太郎

陳彥亨——著

目次

第一章

記得好幾年前，像是嘉裕西服，還是洋服青山，抑或汎德西服，曾以「人生的第一套西裝」做為廣告詞，招引初入社會的青年，以及一些潛在顧客，選購一套剪裁合身、質料精緻、經久耐穿，又價格合理的西裝。他，已年過花甲，總算準備購買人生的第一套西裝，卻是為太郎，一個年近弱冠的小伙子而買。這也稀鬆平常，只是太郎膚質特殊，比諸白雪公主尤纖且嫩，不宜穿上墨黑、暗藍、鐵灰等深色服裝，否則對肌膚有害。如此一來，可難為了他。不，為一個玉貌雪膚、惹人憐愛的少年買套西裝，再辛勞也值得。

於是在二〇二〇年，由深秋轉為初冬的十一、十二月間，他逛遍了大葉高島屋、新光三越等各家西服專櫃。然而觸目所及皆為深色西裝居多，其間縱有窺見淺色的，不是款式單調，就是價格過高。最後，來到遠東崇光，走向G2000的專櫃時，方才瞥見兩、三套淺色西裝，而且裁剪俐落、色澤鮮明、款式不俗，連那腰身的部分都裁切得曲線畢露。

「先生，您好！看西裝嗎？」年終拚業績，順便視察分店的經理羅先生問著。

「有色較淺ê無？」他問說。

「有啊，毋過較少，西裝大部分攏是深色ê。阿伯！汝是欲買互恁後生呦？」
「毋是啦！是欲買互モレル（模特兒）尪仔穿ê，大約啊親像恁擺ê展示用ê尪仔。」
「喔！阿伯！汝有咧收集尪仔呦？」
「是啦！芭比娃娃、土尪仔、布尪仔、柴尪仔、瓷仔尪仔，大仙、細仙攏有。」
「有這趣味袂穤。是講汝ê尪仔咁一定愛穿淺色ê？暗色ê應該嘛會使，貨色濟，花樣亦真濟。淺色ê總是較驚垃儳。」
「我ê尪仔是矽膠彼材料做ê，恐驚會黕色。」
「了解囉！阿伯！汝知影汝彼仙尪仔ê寸尺否？」
他點點頭，將寫著太郎的肩寬、三圍、身高等數據的紙條交給羅經理，並指著要端詳掛在後側的那套淺藍色西裝。那淺藍既非海水般藍得晶瑩，亦非晴空般藍得剔透，而是淡雅的淺藍布滿細白的線條，交織成無數的方格，以致於不會顯得老氣橫秋，也不會覺得稚氣青澀。羅經理看了都說眼光不錯，選得好，但一邊也覺得客人雖對西裝的款式、色彩、質料等頗有見識，卻似乎缺乏實際購買經驗。
「阿伯！歹勢，借問ê，汝罕咧買西裝吧？」
「無毋對。我因為腳無好，愛穿鐵鞋，鐵仔時常會劌破褲，所以我ê西裝攏是撿阮大兄、二兄ê，穿舊啊遮留互我。」
「喔！了解囉！啊！顧講話，真失禮。阿伯！我緊來後壁揭一隻椅仔互汝坐。」

「好！好！多謝。」

「汝這尪仔ê肩胛頭ê闊度是四十四公分，我遮是有這寸尺，但是尪仔不比人，拄仔好ê寸尺無好穿，會束縛，愛揣四十六號ê較好勢穿。」

「喔！按呢生喔。」

其實，不單是西裝，他連襯衫、T恤、毛衣、夾克、外套、風衣等都是接收自兩個哥哥穿膩所留下的。而童年時所穿的衣著，有一些也是他母親的小堂弟不能穿了，再由他三嬸婆整理好送來的。吃人剩菜也是菜，何況穿人舊衣還可穿上好幾年，有些款式還永不退流行，彷彿好酒越陳越香濃。

不提舊衣瑣事了。此刻正值聖誕節、新年將屆，G2000有折扣優惠，而百貨公司為了周年慶，全館貨物只要消費滿一定的金額，也統統再打折。這樣一來，他竟以比一般西服店還便宜的價格，為太郎買到了一套時髦的西裝。不過，有些遺憾，與這套西裝上衣搭配的褲子，其尺碼太大，必須從別家分店調貨，找一條適合太郎穿的。為此，幾天後，他得再專程來一趟。

就在搭電扶梯下樓，來到三、四樓交接處時，他驀然看到一個穿著淺灰色高領毛衣、深灰色西褲的年輕人在擺攤位，像是在調整商品的位置。匆匆望去，那模樣好似藝術家，也像手工藝品創作者，或許擺著販售的正是他所做的應景飾品。瓶瓶罐罐、大大小小，燈光輝耀下繽紛無比。

為一探究竟，他走下電扶梯，來到梯旁的攤位邊，忽聽得有人喊說：「Kevin! 今晚也點滷肉飯和貢丸湯嗎？」那穿著高領毛衣的年輕人回頭道ＯＫ，又忙著擺放櫃檯上的大瓶小罐。察覺有客人走近，抬起頭來，臉上現出一抹笑意。那是微笑沒錯，祇因疫情的關係，戴著口罩，遮住其鼻孔、嘴唇和下巴。

「喔！原來恁是咧賣香水、香粉ê。」他說著。

「哦！大哥！抱歉，我台語不太會，講國語可以嗎？」Kevin問說。

「當然可以。我說你們是在賣香水之類的化妝品嗎？」

「可以這麼說，但主要是香氛之類的東西，包括身體乳、室內擴香等等。大哥！這幾天凡是在SOGO消費滿三千元，就送一瓶香氛身體乳。快看看你的發票。」

「喔！我應該有了。」說著便將發票拿給Kevin看。

「很好，送大哥一瓶。」

「怎麼打開呢？是擠壓式的吧！」他接過來，有些疑惑地說著，一手還得拎著加了防塵封套的西裝上衣，以及那根外婆留給他的木頭拐杖。

「來，衣服和拐杖我先幫大哥拿著。我教你怎麼打開。啊！我找一瓶樣品乳液，示範給大哥看比較好。新的這一瓶大哥帶回家用。」說著，Kevin從櫃檯上拿了瓶已開封的樣品，但為了示範，得用到雙手，只好將衣服和拐杖暫時掛在櫃檯邊緣的一處角落上。

「大哥說得對，是用擠壓的，跟沐浴乳、洗髮精一樣，但必須先把瓶口和壓桿之間的這個鎖片拿掉。看，這樣就可以擠出來了。大哥！趕快把你的左手伸過來，我讓它滴落在你手掌心。」

「啊！太多了。嗯！像鮮奶一樣白，還有淡淡的香味。」他說著，同時也注意到Kevin的手巒白皙的，但在右手的大拇指上有些脫皮，像是輕微的擦傷，還好僅是些表層而已。

「用右手的手指頭搓揉開，讓它均勻擴散到你的整片手掌心。」

「還真有些滑滑、油油的，越搓越大團，都沾到了手指頭上。」

「來，大哥！我教你。」Kevin說著，就輕巧地在客人的手掌心上，用他自己的手指頭如畫圓圈一般，一圈又一圈，不急不徐，將那乳液勻散開來。

「謝謝！很像護手霜，真好。你們有在賣冬天專用的護手霜嗎？」他邊說邊將沾了乳液的右手手指頭貼到左手掌，再上下左右搓揉。

「有啊！我拿彩色型錄給你看，再向你介紹產品。」

「哇！各種產品都有，美髮、護膚、沐浴、擴香的。這些都是從紐西蘭或澳洲進口的嗎？」他說著，並瞧見各類精美瓶罐下的標價，少則數百元，多則上萬元，就連他手上這瓶贈品也要三百多元。

「都是本土製造的，只是有些草本類材料，像羽衣草、鼠尾草等才部分從紐西蘭進口。大哥！你只要買個一、兩樣，滿三千元，就可以再拿一瓶香氛身體乳的贈品，很划算。」

「好是好，可是我等一下還要去超市買東西，恐怕錢不夠。反正我下禮拜還得來拿西裝褲，下次買好了。」

「喔！我們這裡是臨時設攤，到這個週末就結束。」

「你們在哪兒才有專櫃？」

「復興SOGO和微風廣場的松高、信義、南山等分店都有。」

「好吧！改天有空，我再去復興SOGO看看。」

「好啊！大哥！你慢走。」

歸途中，在公車上，他望著車窗外的夜景，看那無數的霓虹燈如大珠小珠，顆顆璀璨耀眼，閃爍不息，彷彿翻滾在無垠的夜空中。一邊想著，被呼為大哥比被喚做伯伯，感覺好很多，好像忽然年輕了幾十歲，尤其是被一個二十來歲的青年這樣呼喚時。這般想著，他攤開了雙手，那股清淡的香味早已遠飄，但滋潤過、呵護過的手就是不一樣，宛如沐浴過、按摩過一般，既光滑又舒適。

而就在準備縮回雙手時，Kevin那戴著口罩的臉龐卻悄然浮現出，在他手指頭的縫隙間，在他腦海裡，也在他的下意識中。那張臉雖只露出眉目和鼻樑，以下的部分均被口罩遮住，但眉目清揚，鼻柱秀挺，稱其為帥哥，再恰當不過，絕非泛泛的恭維。畢竟，時下稱人為帥哥已太氾濫，只要長得稍微過得去，甚至已顯老粗之相，一律都被呼為帥哥。而Kevin則名副其實，身高也有一米八二之譜，絕對夠格參加凱渥的模特兒選拔。

其實，他也曾見過比Kevin還吸引人的男子，那就是多年前他在百達電子工作時，比他小七歲，任職品保部課長的楊偉柏。Kevin再帥終究是一張東方面孔，而楊則不然，其輪廓立體、五官細緻、容貌英俊、身材修長、體格壯碩，儼然是一副西洋人的長相。當時就有同事暱稱楊為超人，意即長得很像常演超人那角色的明星，克里斯多夫李維。然歲月流逝一如大江東去，如今他都年逾花甲，楊算來也該有五十六、七歲了。今日的楊恐難以和當下的Kevin相比。

回到家中。一進門，開了燈，除了四面牆上，父親在世時，陸續所掛上的油畫、水彩、雕塑、藝品、相片等之外，就屬擺在長櫃上，他多年來，所蒐集的各式娃娃最醒目。從父親遺留下來，歐洲村姑模樣的瓷器娃娃，到大哥送給他的捷克木偶、二哥為贊助陳水扁競選總統，所購買的阿扁塑膠娃娃、大型阿扁布娃娃、小號阿扁布娃娃，以及近幾年他自歐洲帶回的各國民族娃娃，陶瓷的、木頭的、絨布的、磁器的應有盡有。長長一桌，一字排開顯得琳瑯滿目、熱鬧非凡。其中還包括搖著鈴聲、手持蠟燭的聖誕老公公。當然，老牌的芭比娃娃、她的男伴肯恩娃娃、日本的麗加娃娃、之後推出的梅西娃娃等都在列，高高低低站在櫥櫃上，日日夜夜迎送他進出，更歷經歲歲年年，迎接了每一道曙光，送走了每一片晚霞。自然也目睹了主人家數不盡的爭吵、歡笑、憂傷、喜悅等。

這時，他擱下滿是雜貨的購物袋，並將那件淺藍色西裝，小心翼翼地平放在長沙發椅上，再走到肯恩娃娃面前。大概是二十四歲，剛上西洋語文研究所那年的十月仲秋，他將肯恩從文具店帶回家。就這樣過了四十載，他由青年轉為中年，再由中年步入老年，可是肯恩滿面瀟灑俊俏，依舊年年笑春風。看他英姿煥發，身著黑色燕尾禮服，露出雪白的牙齒，笑得燦爛如驕陽，比那身旁穿著粉紅色露肩禮服的芭比還迷人。顯然，今日的楊偉柏都要自嘆弗如，望塵莫及。而正值青春年少的Kevin呢？就像跟時間賽跑一樣，跑不過時間，也就賽輸了肯恩。

在長青樹一般的肯恩和芭比旁邊，還站著一個更長青的麗加，歷時半世紀，依然靈巧可愛、俏麗無比，好似一位嬌美的小淑女。麗加是他那當年在日、韓、港、澳等地跑單幫的大姑媽，偶然間在大阪的一家百貨公司看到，買回來送給他的。猶記當時母親曾說都快升國中三年級了，又是男孩子，還買洋娃娃給他，真有點害臊。可是大姑媽很開通，也很了解他，反而說：「伊都對服裝設計有趣味，閣愛繪圖，真好啊！這仙尪仔互伊做モレル（模特兒）拄仔好。將來會使讀這方面ê科目，做一个出名ê設計家、裁縫師。人佇咧外國，服裝設計家，無論男裝抑是女裝，攏嘛是おとこ（男人）。」

跟這批玩偶大軍打過招呼後，他將那一袋雜貨提到廚房，有的放入冰箱，有的擺進櫃子裡。然後，返回客廳，拎起平放在沙發椅上的那件西裝，再走向後端的一間房間。往日那是父親的書房，更早則是大哥、二哥的臥房，後來成了他的電腦室，現在書籍、電腦、掛圖等雖全俱在，卻也同時做為太郎的寢室。

即便他走得慢，從客廳到此，不消半分鐘就可開門進房。在這極為短暫的時間裡，讓他更堅信娃娃或玩偶的優點。彼等雖為物，終究會成住壞空，卻遠比真人存在得長久，且青春永駐，美貌長存，除非是落入頑童手中，那才會瞬間就消殞。再者，人會背叛、辜負、欺瞞、說謊、埋怨、懷恨、報復等等，玩偶絕不會。彼等雖非貓、狗等，但論忠誠度，同樣不亞於這些人類的寵物。

開了房門，捻亮燈，俊秀帥氣的太郎穿著背心式的內衣、宜而爽的三角內褲、遮住小腿約二分之一的白色襪子，安安靜靜、沉沉穩穩端坐在床上，顯得純潔又性感。那張床除了床單，還鋪上棉被和毛毯，為的就是保護太郎那水蜜桃般的屁股，不至於因久坐而被磨扁磨平。那如果讓太郎站立著呢？其腳板有鑲嵌釘子，是可站起來，就像服裝店裡的模特兒一樣，但必須有牆面當靠山，否則稍強些的地震來襲，一旦使其傾倒就不堪設想。況且，太郎身高一米七，體重五十三公斤，而他只有一米六的身長、四十一公斤的重量，非得再找人幫忙，才有辦法讓太郎站起來。基於此，當初太郎由兩個業務員抬上來時，就決定令其坐在床上，日後則可找人協助，將其換上外衣和長褲，使其坐在有靠背的椅子上。

望著太郎微微一笑，他說了句回來了，便將那西裝上衣先掛進壁櫥內，再順著床的側邊走過去，將右腿鐵支架上，臨近膝蓋處的兩個滑扣扳上，使腿彎曲，便於斜坐在床沿。然後，頭稍微歪斜，親吻了太郎的右臉頰，再將自己的左手臂繞到太郎的肩膀上，右手撫摸著太郎的左側大腿，親吻了太郎的左臉頰，接著吻了太郎的嘴唇。此時，他低下頭，將自己的左臉頰和左耳貼近太郎的胸膛，以便傾聽太郎的心聲。明白太郎也想親吻他時，遂抬起頭來，將自己的左臉頰和嘴巴挨近太郎的嘴唇，好讓太郎回吻他。

言及太郎之胸膛，其強健之處宛若避風港或防波堤，其柔軟之處則有如夢鄉或仙境。雖然他從未與太郎同床共榻，也基於重量等因素，絕不與太郎翻雲覆雨，以免搞得兩敗俱傷，但他很清楚，世上罕有男性的胸膛，堪與太郎的媲美。

親吻過後，他撫摸了太郎的胸膛，以及那藏在內褲裡，卻勃起直挺的陽具。接著，他將右邊膝蓋處的兩個滑扣扳下，使腿伸直，站了起來，轉身走向壁櫥，打開櫥櫃，將那件罩著防塵套的西裝拿了出來。拉下防塵套的拉鍊，將衣架上的西裝取下來後，他展開給太郎看，問他可喜歡？從太郎那雙會說話的眼睛、有著細長睫毛的眼睛、清澈如溪澗的眼睛、晶亮似星辰的眼睛、鋒利像劍鋩的眼睛可看出，太郎對那色澤、款式、剪裁、設計等均很滿意。於是，他將整件西裝攤在太郎身上，就像買衣服時，一般人都會先將衣裳平貼在胸前，然後照照鏡子，大致符合自己的體型、膚色、年齡等，才會進一步試穿。

就在將西裝袖子貼準太郎的左手腕時，他突然察覺到，手腕上大拇指的下方，竟有些瑕疵。顯然，這是矽膠材料在攪拌製作時，所造成或留下，像是氣泡之類的微小孔隙。這樣的小瑕疵無損於整體的完美性，但初看之下，則令他想起Kevin那右手大拇指上的些微脫皮，或輕微擦傷。也好，母親在世時常說：「嬪無嬪十全。」，而玩偶雖儘量製造得完美，但意外留下一點瑕疵，反倒更接近真人。何況，Kevin再怎麼眉清目秀，還是比不上太郎那雙美目，以及那英挺的鼻樑、性感的唇型。凡此皆使太郎看起來既像金城武，又像郭富成、林志穎，或日本的鶴見辰吾、加勢大周、柏原崇等。不過，還得加上一句，這些明星年輕的時候。

他邊想邊歎時光一去永不回，忽然又想到什麼似的，對著太郎說：「腹肚枵啊？我趕緊來攢暗頓。」，又吻了太郎一下，這才匆忙離開房間，往廚房走去。除了台語和華語，他也會用一些日語、韓語、英語、德語、法語、西班牙語、義大利語和太郎對話。至於太郎，就用那雙明眸傳遞其心中的想法。

第二章

與太郎結緣，並將之迎接入門，是在十月十六日那天午後。然而，若將這份善緣往前追溯，則應是在二〇一六年的初夏。那年五月二十一日，中午時分，他遊罷奧地利、捷克、斯洛伐克及匈牙利四國，搭機由維也納返抵國門。約一個月後，於六月十七日下午，他在樓下的信箱裡，收到一封發自中壢的平信。會是同團的美雲姊寄來的嗎？她怎麼知道他的地址和全名？啊！對了。她也是從旅行社那兒得知的。就像他自己一樣，幾週前是透過旅行社，將他和美雲姊在旅途中的合照轉寄出去。所以，這封信很可能是美雲姊特地寫來致謝，表示照片已收到了。可是，也不太對。有信用的旅行社是可偶爾代轉郵件，但不會隨便將某位旅客的全名、住址等提供給另一個客人。

因那天午後和牙醫師有約，必須趕去診所洗牙，他就暫且將信再擱在信箱裡，準備傍晚歸來時，拿到二樓的寓所好好展讀。在洗牙的過程中，他一直閉目養神，但腦子裡，盡是追憶著東歐之旅的點點滴滴。其中，美雲姊可說是旅途上所遇到的大貴人。有著一頭銀髮的美雲姊約莫七十多歲，身體健朗，談笑也風趣。她見他行動不便，又是獨自出外旅行，一路上常跟他慢慢走，幫他顧左看右，且有三回彎下腰，替他繫緊鬆散的鞋帶。每當前面一堆人走遠時，美雲姊就大喊：「喂！頭前ê，佮領隊ê阿吉仔講，較替後壁ê李さん（先生）設想佮考慮，都毋是咧參加走相逐，大家嘛行較慢ê，嘛倘好好仔欣賞四箍圍ê風景。」

還有，匈牙利那位華語流利、風度瀟脫的導遊David也令人難忘。在布達佩斯的隔天早上，飄著小雨，David帶著雨傘，準時到飯店的庭院等候遊客。見到李一人拄著拐杖，背著小皮包，慢慢走過來時，David立刻趨前問好。簡短的交談中，David發覺李的英語講得不錯，行前還學了點匈牙利語，也對歐洲的歷史、文化與藝術等有些了解，頓時有了好印象。在馬蒂亞斯大教堂、漁夫堡、皇宮等著名景點的導覽之餘，當眾人自由活動時，David和李總會聚在一塊，眺望那流經布達佩斯的多腦河、跨河的各式橋樑等，並說說各人的志趣。迄今，最讓李印象深刻的是，當車經塞切尼鏈橋時，David幽默地說：「二次大戰希特勒的德軍攻打過來時，這橋頭的兩隻獅子竟乖乖的，一動也不動，完全不敢起來反抗。」

夜晚茶餘飯後，李拆開那封信來看，原來是多年前在四海書局上班時，擔任編輯的同事呂秀芳寄來的。信中呂寫著——「回想當年與你編校英漢辭典，每次遇到美術、音樂等的詞彙，常向你請教，與你討論，真是受益匪淺。我很珍惜你過去寄來的每張聖誕卡。如今你退休了嗎？何時有空？約你出來吃個午餐方便嗎？在下不才，毫無成就，目前在社區裡的頂好超市兼差，已好些年了。大兒子已出社會工作，小女兒也上大學了。」

看完信，李心中充滿驚喜、感動和欣慰。記得大三那年暑假，母親曾對大哥說：「伊無查某朋友，亦無查埔朋友，歸日干礁讀冊，欲準備明年研究所ê考試，有倘時看伊亦真孤單。」其實，李頗健談，連大四時為系刊特輯採訪他的學弟都在文章開頭寫著──「李學長一副文弱書生的模樣，但談起文學就兩眼炯炯有神，整個人一下子顯得神采奕奕，更樂於與人交流。」可是，說也奇怪，除了李以榜首的成績考入研究所時，有兩、三個學弟、學妹打電話來請教之外，整個夏天似乎沒人打電話給他。喔！不對，至少有個周姓同學在放榜當天，有打電話來報佳音，或許周也有參加考試，明瞭其中艱苦之故。

畢業後，步入社會工作，待過不少職場，那些無緣、互看不順眼的人就算了，一些互動還不錯，尚談得來的同事，除了兩位皆姓王的以外，幾乎少有人主動打電話來找李。若有，恐怕是為了公事。無所謂，自己主動最重要。但長久下來，李發覺全是他在維繫著關係，就像戀愛中、婚姻中，僅是一方在付出，在關愛，在珍惜，在包容，在努力。只要一段日子沒主動聯絡，那些人根本不會在乎李，更不會問他近來可好？這樣也不算壞，已好多年李沒收到紅帖白帖了，更甭說像他大哥、二哥那樣，紅帖白帖應付個沒完沒了，還被朋友的友人、同事的配偶等騙了錢，虧了財。莫怪有時李會想起住家附近，一位老太太阿珠曾說：「啥米咧朋友？人總是詉詉仔！咱佮錢伯仔做好朋友較要緊。」

說到打電話，在李的記憶中，呂秀芳也未曾打電話來找過他，但那是因為離職時，彼此沒互留電話號碼，再且呂住外縣市，一旦通話就成了長途電話。不過，幸好有互留地址，剛離開後那些年，每到歲暮，雙方也都有互寄賀卡。而今呂在信中已留下手機號碼，也期待著與老友會面，李想著，那就盡快與她聯絡，約個時間及地點，兩人好好吃頓飯。

於是，幾天後，在六月二十三日那天，早上約十點十五分，呂秀芳從中壢搭車抵達台北，再循著地址來到了李家。之前的電話中，呂得知李母已在二〇一三年端午節前夕過世，現在是李獨居，必須每天做家事，還要購物，看書，寫文章等，因此叫李不用特地到車站接她，天母離石牌不遠，而她小女兒正就讀石牌的健康大學，這一帶她蠻熟的。

登堂入室後，呂秀芳與李互看了一會，愉悅、驚喜之情固然已寫在臉上，但出乎意料之外，呂比過去更福泰，有著豐滿之美，予人知足常樂之感；而李則較以往清瘦，彷彿在輕盈中有著說不出的、淡淡的憂傷。幸好，李懂得安排退休後的生活，家事、瑣事再忙，也會去旅行，去看書，去學習外語，去接觸文學、佛教、音樂、美術、影劇等表演藝術，甚至關心社會的發展、台灣的前途、國家的未來等、因而內心深處並非有太多愁悵。

「哇！恁兜尪仔真濟，是汝久長沓沓仔撿ê呦？好親像娃娃ê聯合國，真心適。」呂秀芳將咖啡、泡麵、核桃酥等伴手禮擱在客廳的茶几上，歎為觀止地說。

「是啊！一年一年沓沓仔收集ê，不過有ê是阮老爸留落來ê瓷仔尪仔。」

「啊！芭比娃娃邊仔ê男朋友穿這白色ê西裝真飄撇。伊ê領帶是茄花色ê，佮芭比所穿ê茄花色ê蓬裙真四配，二人徛做伙親像金童玉女。阮堂兄有咧開西裝店，但是罕看得白色ê西裝，差不多攏是黑色ê、藍色ê、咖啡色ê、鳥鼠仔色ê較濟。白色ê大部分攏是結婚時新郎咧穿ê。」

「是啊！上班、應酬咧穿ê隴嘛是暗色ê。」

「汝看！汝遮ê尪仔攏有鼻、目、喙，閣真媠，阮堂兄店仔內底êモレル（模特兒）ê尪仔體格是真讚，毋過攏無五官，干礁一粒頭空空，無好看。」

「我會記ê囡仔時，踮西裝店抑是服裝店所看得ê，無論是查埔尪仔抑是查某尪仔攏嘛有五官，閣有頭鬃，模樣就親像外國人，足媠ê，而且體型嘛真讚。但是這馬所看得ê，尪仔頭攏簡化，真是變做一粒柴頭，干礁體型袂穤。當然啦！買衫ê人主要是愛看衫ê形體、布料佮設計，穿起好看無？所以尪仔ê跤手佮身軀較重要，做囉比正港ê人較標準。」

「無錯，阮堂兄嘛按呢講。伊老爸，就是我ê阿伯咧做裁縫時，店內所徛ê尪仔攏嘛是咱囡仔時所看得ê，完全佮真正ê人仝款。」

談娃娃，說往事，話家常，也聊八卦，直到午後一點，李才帶著呂秀芳去住家附近的一家西餐廳吃午飯。那是一間專門供應義大利美食的餐館。在吃著海鮮義大利麵，吹著沁涼的冷氣，聽著輕柔的鄉村音樂時，兩人不免又閒聊起來。

「恁厝遐闊，房間閣三、四間，一間仔租予學生啥米款？阮細漢查某囝ê健康大學定定有學生咧揣房間蹛，會使一、二間出租，倘好每个月收租金。」

「唉！這馬ê厝跤無人愛佮厝頭家蹛，而且閣是查某囡仔厝跤。」

「會使租予查埔學生啊！」

「仝款啦，人閣較討厭老歲仔ê厝頭家，嘛毋知來ê是虎抑是豹。」

「汝講亦有理，但是厝內有人每日佮汝相借問，幫汝看頭看尾，毋是真好？按呢汝就袂一个人傷孤單。」

「每日雜雜滴滴仔代誌有夠無閒，那有心情去想孤單。」

「若準破病咧？誰幫汝買物件，款三頓。」

「時到時擔當，無米才煮番薯湯。閣再講，我亦有二ê大兄倘鬥相共。」

「好啦！家己著愛較保重ê，咱攏漸漸有年歲囉。」

「我就是趁這陣抑會行，遮歐洲四界去看看ê。」

「對，按呢真好，若汝遊歐洲，一定比別人感想較深。我現此時佇超級市場工作，嘛沒法度四界去，無我嘛真愛去歐洲踅踅ê。」

「愛去啦！另日遮佮恁尪、恁囝做伙去。」

飯局近尾聲時，李去上了一下洗手間，順便付了帳。走出餐廳時，豔陽高照，呂秀芳打開洋傘，將傘撐得高高的，好讓已戴上帽子的李能再多些遮蔽。和來餐廳時不同的是，搭上開往市區的公車後，李坐了兩站就下車，呂則須坐到石牌捷運站，然後再轉乘捷運，方可去敦化北路一帶她姑媽家。接著，恐怕也要和姑媽吃過晚餐，上街買些東西後，才會再搭公路局的巴士回中壢老家。不到半分鐘，兩人就在巷口的天北站互道再見。這一別四年匆匆過去。

這期間，除了偶爾通個電話，寄一、二回聖誕卡外，李和呂秀芳各忙各的，沒太多聯繫。而就在二〇二〇年十月八日，李忽然收到呂發出的一封電子郵件，還在主旨那一欄寫著：娃娃送你。什麼娃娃要送我？李有些納悶，更感好奇，遂將信件點了開來。內文寫著——「去年我堂哥買了個有眼睛、鼻子、嘴巴等五官的模特兒娃娃，看起來很帥，可是因為特殊材質的關係，讓他穿上深色西裝後，時間稍久就會染色，而且也不適合長久擺在玻璃窗內，怕陽光猛烈時，照久了材質會變壞。我知道你有在收集娃娃，我堂哥也願意轉送給你，否則丟棄了太可惜。如果都沒人要，只好請代理的進口商回收，直接送回代工的中國原廠。聽我堂哥說，那家代理商信用還不錯，絕不會當二手貨轉賣，再賺一筆，因此運回工廠後，可能就報銷吧。隨函附上娃娃的照片，你好好考慮一下，隨時可跟我聯絡。」

將那張照片另存新檔，並透過相片檢視器的軟體，放大觀覽後，李一臉的驚喜、讚嘆有幾分像是二十多年前，中國央視製播的戲劇《武則天》中，大唐（大周）女皇在年邁體衰、孤寂悵惘的晚年，初會絕世美少年張昌宗，即六郎時的表情。那幕戲裡，老眼昏花的女皇一見六郎，忽然雙目明亮起來，面露燦爛的笑容，愉快地說：「和畫裡的一模一樣。」果真六郎及其稍後引薦的張易之，即其兄五郎，俊美得有如古畫中的仙童嗎？甚至記載中六郎真的貌似蓮花嗎？這就和書畫、詩詞、戲曲等總是過於美化西施、楊貴妃或王昭君一般，已超乎了史實。再說，當時的俊男美女就只這些人？中原版圖遼闊，山川靈秀，天生麗質者應不在少數，祇能說他們與皇上特別有緣。而李與太郎之相會，亦在於一個緣字。

照片中的太郎斜披著一條白色浴巾，魁偉的肩膀、胳膊及胸膛若隱若現，看來性感十足。但難道不能拍張穿上襯衫的照片嗎？襯衫不都是白色或淺色的居多？會不會是為了遮住已染色的部位？那些色塊應可設法清除吧？既然心動，就先回函說要，再看該怎麼補救。

當呂秀芳的堂哥得知李願意接收，就對染色一事請教了代理商，並從那兒購得一罐除色膏，私下照著指示，將娃娃身上的色塊清除乾淨，還用沾了水的毛巾約略洗滌，再撲上一些痱子粉，以保護娃娃矽膠材質。這樣差不多就跟新的一樣，那幹嘛還要送人？其因除了這類娃娃不適合穿深色衣服、不適合矗立在玻璃窗內曬太陽之外，尚有四肢無法分解，以致穿起衣褲較費時費工的缺點。此外，當初未深思就訂貨，其實矽膠娃娃和其他材質的娃娃擺在一齊，多少都顯得很唐突。客人是來選購西裝、西褲、領帶等，衣物的質料及款式最重要，誰會在乎展示用的娃娃漂亮與否。

一週後，經原物主及代理商之安排，由兩位業務員搭著計程車，自士林分店來到天母李家，將一口紙箱扛進後面的書房時，在紙箱裡的太郎就跟芸芸眾生一樣，赤條條一身來到這五濁惡世、娑婆世界。不但是裸身，頭頂無毛，尚且為了不使紙箱過長，其頭顱還與身軀分開。顯然，投胎為人，一旦呱呱墜地，絕不會頭和身體分開，但太郎這樣的人偶也有強項，那就是絕不帶業來世間。既無惡業，亦無善業，一切唯有緣。有緣與之相逢，就如有緣識美物，有緣讀好書，有緣觀名畫，有緣賞名曲，有緣品佳釀等。既能與之結下良緣，自然也該像惜物愛書一般，珍愛之，疼惜之，護衛之。

緊接著，業務員開箱，小心翼翼取出太郎，並將其頭殼與軀體銜接上，再將一頂濃密的黑色假髮戴在其頭上。然後，合力將太郎安放在鋪好棉被的床上，且幫他穿上預備好的內衣、內褲及白色襪子。最後，業務員將寫著太郎的身高、體重、三圍等的紙條，以及除色膏、痱子粉等物品交給李，向李說了些注意事項，並收取車資後即告辭而去。

至此太郎、太郎叫得好熟悉，聽來宛如呼喊親人、熟人或老友般自然又親切。實則，這名字也是李想了好一會才取的。當兩位業務員離去後，李坐在床邊的椅子上，攤開那寫著娃娃的身高、體重等的紙條一看，品名是唐，其後則是一串數字代號。難道這娃娃的名字就叫唐？也行，轉換成英文就是Tang，一個在英、美等國都算普及的男性名字。然觀其濃眉大眼，配上秀氣、挺直的鼻樑，真有點像亞蘭德倫，那就叫他Alain好了，反正東方男子取英文或歐洲名字的很普遍。可是，想想還是有個東方名字較好。再三凝視，其白皙、可愛的模樣，加上一頭濃密、光亮的烏黑秀髮，好像兒時曾在何處見過。啊！想起來了，就是日本童話裡的桃太郎或浦島太郎。而在唐朝也是稱男子為郎，如五郎、六郎等，連楊貴妃對唐玄宗也暱稱為三郎。對，就將娃娃取名為太郎。這遠比取個西洋名字好，又深具意義。沒錯，就像說起Morris Change，國內也許有不少人不知其為何人，但講張忠謀，則幾乎家喻戶曉了。

從此，晴雨晨昏，問候對象又多了一個太郎。在李家，自從兩位哥哥先後成家立業，相繼搬出祖宅，老屋裡除了李，其餘的就是外婆及父母三位長輩。但二十四年前，外婆和父親相隔一年先後往生，母親也在八年前過世後，家裡就唯有李一人居住。這些年來，起床後，就寢前，李都會來到外婆的房間，對著外婆的遺照請安問好。接著，再到父母的套房，面向父母的遺像道聲早安或晚安。另外，每天三餐前後，以及夜晚熄燈關窗前，李也會向佛堂上的列祖列宗、神明佛祖、觀音菩薩等膜拜和禱告。甚至出門前，他也同樣在佛堂前祈求平安。除了問安與祈禱，當內心煩憂，或遭逢困境時，李也常向佛祖及先人訴說，並請求指引。如今添了個太郎，雖不過是尊人偶而已，李還是噓寒問暖，傾吐心事時未遺漏之。

事實上，每當走進太郎的臥房，無論是早晨拉開百葉窗，推開上下層的玻璃窗，清理書桌下垃圾桶裡的紙屑，或是夜晚關閉窗戶，熄滅燈火之前，除了問些昨晚可睡得好，或希望今宵睡得安穩又甜蜜等等的尋常話之外，李總會摟著太郎的肩膀，親著他的雙頰，吻著他的嘴唇、耳朵和下巴，再與他鼻對鼻磨蹭一番。畢竟太郎在李的心目中，既是個娃娃，又是個近乎真人，甚至比真人還了解他，給予他慰藉的栩栩如生的人偶。正因如此，李來到太郎的房間，總比在外婆或父母的臥室裡待得久些。何況，這裡還擺著一部電腦，李常用來查詢英文、德文、日文等，也常用來觀賞影劇，學聲樂，聽器樂，寫文章，看新聞，計帳，網購等。一旁則有太郎在陪伴著，李在這房裡自然待得較久些。

這樣平靜中有著幸福感的日子持續了好幾天，太郎也逐漸熟悉寢室裡的環境和擺設，對那窗外的小陽台、陽台外從遠方流經的磺溪、溪畔的青草綠樹、人家粉牆外迎風搖曳的各色花蕊等尤其歡喜。不料，有一晚那住在石牌的二哥突然來訪。他在佛堂拜了一拜，就逕自走入這後頭的房間。原來他是特地來拿取房裡的矮櫃中所放置的一些父母親遺留下的公事包、皮夾子、大皮包、小錢包等。這些雖全是經年舊貨，卻統統是名牌商品。二哥拿這些要去變賣嗎？才不是，他是要拿去送給二嫂的兄弟姊妹，好和他們博感情。這也無妨，反正都是親家，總比白白送給收破爛的要好。

誰知那天不怕地不怕，只怕老婆的二哥一進入房間，扭開天花板的三盞燈，還來不及彎下腰打開櫃子，猛然與太郎四目相視，竟嚇得大叫：「哇！這奈有一个人？」

「喔！免驚啦！彼是我同事ê堂兄送我ê。伊咧開西裝店，因為彼仙尫仔無適合佇店內擺久，所以頭家遮送互我。」李在飯聽裡，聽到二哥的叫聲說著。

「彼尫仔遐大仙，親像正人，看囉足恐怖，還人好啦！」二哥拿了皮包，裝入帶來的塑膠袋內，急忙走出房間時說著。

「還人愛閣麻煩人走一逝，我感覺尫仔袂穤，留ê看覓遮講。」李來到客廳說著

「唉！我知影汝愛收集尫仔，但是提較細仙ê較好，嘛較古錐。人彼是咧開服裝店，需要大仙尫仔做モレル（模特兒），姑不將遮擺大仙ê。」

「我遮詳細考慮看覓，免急啦！再講，做兄弟遐久，汝嘛大概知影我ê性癖。」

「汝毋是定定咧講，厝內無需要、無欲愛ê物件毋通囥傷濟，毋通囥傷久，所以我遮緊走來提遮ê皮包仔，倘送互愛得ê人。這馬嘛是汝咧擺大仙尫仔，傷鎮位啦！我看還人去較好，厝內毋通擺這款尫仔，太恐怖啦！汝毋驚暗時咧睏時，彼仙尫仔變做正人來揣汝。」

二哥臉色又驚又氣，匆匆離開後，李到廚房，打開冰箱，拿出前一天所買的鯛魚，準備來盤清蒸鮮魚，腦子裡卻回想著二哥最後那句話：「汝毋驚暗時咧睏時，彼仙尫仔變做正人來揣汝。」好啊！夜裡太郎入夢來，很好啊！這樣自言自語著，李突然擱下鯛魚，逕往後頭的房間走

去。那房裡的燈還亮著，而床上的太郎雖仍是一張不變的表情，一副若無其事的樣子，但從他的眼神卻可窺見失望、難過又落寞的心情。李趕忙走過去，摟抱他，吻著他說：「免驚！免驚！二兄走囉，這个驚某大丈夫干礁彼枝喙，祇要我佇ê，無人敢共汝按怎，連個某嘛免假肖。」

連二嫂也別裝腔作勢？是這樣，李家的客廳連到佛堂及飯廳，當中有個玄關。這玄關分左右兩側，左側的又分上下層。那上層錯落有致，擺著些花瓶、雕塑等，下層有個抽屜，放些鞋油、鞋刷、抹布等。至於玄關的右側則接連一面牆，做成拱門狀，使得往來客廳、佛堂等皆自如。這樣的格局已歷經四十餘載。不料兩年前某月，二哥逢初十五來家中祭拜，之後拿出尺來量那拱狀兩端的長度。問所為何來？二哥說二嫂聽風水先生講，家中有拱門不妥，應做個板子或拿塊布幔，將那拱形弧狀遮住，使弧線成一直線。李一聽頗覺奇特，因對面鄭家、三樓何家等均沒這樣做，遂於當天午後，以擲筊方式詢問祖先及神明。

結果，連擲三次，所得答覆皆為無須多此一舉。李就此於電話中告知二哥，二哥無法作主，便請出二嫂。二嫂起先仍堅持己見，說若不遮住，則家中興訟不斷。奇怪了，四十多年不都平安度過，何況外婆與父母都不信此道。最後，李請二嫂擇日來家中，再擲筊請示。二嫂一聽猶豫了一下，接著便說事情到此算了。

是的，拱門瑣事到此了之，還是回過頭來關心太郎為要。在李的下意識裡，太郎固然可說是伴侶、情侶或配偶，但更像是愛兒或金孫。猶記得那首兒歌〈泥娃娃〉，唱到「我做他媽媽，我做他爸爸，永遠愛著他。」一時即唱出了李的心聲。

第三章

至二〇二〇年聖誕節之前，為了太郎的西褲，李又去了天母SOGO百貨公司的G2000專櫃三次。頭一次是去領回從別家門市部調來，合乎尺碼的貨品。第二次則是拿去修改褲長，因為將西褲平貼在太郎的下半身，那長度遠超過他八十六公分的腿長，必須裁剪一部分才行。原本花些時間等候，當天即可從專櫃小姐手中取回改好的褲子，但又想去銀行辦些事，待回頭再搭車過來也費時，因而再跑第三次才拿回完全合身的西褲。

「上衣沒問題吧？」專櫃的張小姐將西褲交給李時問說。

「那是個娃娃，比你們這邊展示用的更難穿，我只是大概比對一番，看來還可以。」

「希望一切ＯＫ，否則上衣是可以改，但是較花時間和功夫，又得來個兩趟。」

「到時要替娃娃穿西裝上衣，還有褲子，非得找個人幫忙不可。」

「我們這裡的娃娃也要兩個人來幫忙穿，一個人太花時間和力氣。」

「你們的還可以拆解，我那個是四肢和軀幹都無法分開。」

「不用擔心，找個人幫忙，慢慢穿就行。穿起來一定很漂亮。」

「是啊！衣服都買了，總要給他穿上。」

屆時要找誰來協助？兩張王牌之一的王吉康就是最佳的人選。此處所謂的兩張王牌乃是李私下的說法，意指兩位始終與他保持聯繫的老同事：王盈貞小姐及王吉康先生。因兩人皆姓王，且長久以來均為李的知心朋友，故李將此二人稱做兩張王牌。王盈貞是一九八九年，李在中原徵信所工作時認識的；而王吉康則是一九九三年，李在健順電子上班時結識的。與此二位共事的時間都不久，像和王盈貞一齊處理徵信事務不過四年，跟王吉康從事電子字典的製作也僅三年。然而，曾在哪兒讀過一句意味雋永的話——『一生中結交幾位好友冥冥中已有定數』，此二位多年來，早已離開當初的職場，那個王吉康更是換過十位以上的老闆，卻都與李有著深厚的緣份，從上世紀末，至本世紀中，一直未曾斷了音訊。還記得大學時，教大一英文的一位周老師，就曾在課堂上說過：「人的一生當中只要有一、兩位知己，他能進入你心中，你也能進入他心裡，這樣就很足夠了。」每當想起這句話，李就頗覺安慰，不會因朋友太少深感遺憾，何況還有個呂秀芳。或許呂心思細膩，察覺到李內心那種微妙的孤獨感，遂趁機送來太郎與之作伴。

可是，現在還不能請王吉康來幫忙，因為除了新買的這套淺藍色西裝外，尚需一些配件，如襯衫、領帶、襪子、皮鞋及皮帶等。襯衫倒是有現成的，李自身就有兩、三件白襯衫。另外，二哥家中衣櫥小，衣服卻太多，好幾年前，就拿了些過來，一直掛在雙親套房裡的大壁櫥內。那些襯衫有純白、水藍及米黃色等，並且無條紋、細條紋、粗條紋、有格子、無格子的皆有。如今二哥發福，這些襯衫根本無法穿。那與其閒掛著，不如挑件合適的給太郎穿。

至於領帶也有現成的，李本身就有三、四條，卻與太郎的淺藍色西裝不搭調。而李父生前是銀行家，其擁有的領帶多於一打，但很可惜，人過世後，其衣物也須銷毀，除了大眾電腦送給他的一條黃色領帶，其餘的皆已毀棄。那條印著大眾電腦logo的黃色領帶仍擺在壁櫥下端的抽屜裡，看來主人在世時不曾用過。幸好有這條黃色領帶，拿來和那淺藍色西裝配對，還蠻活潑亮眼，不會像藍色配同色系的那般古板。給太郎打上這條領帶多少亦含有懷念先父的意味。

再來，襪子、皮鞋及皮帶就須額外購買了。皮帶較簡單，在家樂福的大賣場就可找到物美價廉的商品。而襪子呢？根據男裝時尚專家的研究，這是一般男士最容易忽略的項目。世上的男人在穿著西裝時，幾乎百分之百都會選擇黑襪。可是在百貨公司、專賣店裡，明明有很多質料、色澤、款式不同的男襪可選購，為何總挑黑襪？思及此，李一開始就避開了黑襪，最終在專賣店裡找到了一雙淡藍色底、有著灰色條紋及小方格、純棉質地佔六成的襪子。這樣的襪子與太郎的淺藍色西裝真是絕配，毫無同屬藍色系統而予人呆板的感覺。

最後，該購買的就是皮鞋。在天母這一帶，赫赫有名的喬治皮鞋店，開店迄今已逾四十餘年。李在此地也定居了四十多年，從當學生到出社會，每天早晚都會經過這家老店，卻從未入內參觀。很顯然，他是注定一輩子要穿鐵鞋，進去看那些製作精良的各式皮鞋又有何用？怎料為了心愛的太郎，李終於有了開啟店門，瀏覽貨色，並仔細選購的一天。

置身店中，李發覺，可能是貨品太多，架上不夠擺，因而一邊的走道上也堆積了不少鞋子。那些皮鞋有式樣古典的、外觀時髦的，包括牛津鞋、德比鞋、樂福鞋、孟克鞋、雕花鞋、切爾西靴子等。鞋型全是依照正常腳樣裁製，即前端偏斜，顯得較尖些。這樣的鞋子即使李拿來，套在他未染上濾過性病毒的左腳上，還是穿不下，就算拿最大號的來，或許腳伸得進去，但必定穿不牢，走不穩，因其右腿感染病毒，造成小兒麻痺症，連帶地原本正常的左腳也日久變形。每當他看到正常、帥氣的皮鞋時，羡慕之餘總帶著一絲惋歎。

沒關係，就如同一輩子做苦工，只受些基本教育的父母，當其子女獲得高等學位，在社會上又有名望時，那就不僅是欣慰，更彷彿是自己的成就一般，當李想到一雙精緻的皮鞋，穿在太郎那曲線優美、有如男性芭蕾舞者的腳上時，一切的遺憾、不平都得到了補償。思及此，李的心情豁然開朗，眼光更雪亮，務必要為太郎找到一雙合適、舒適、外型不落俗套、製作精美的好皮鞋。

看來樂福鞋不用彎腰綁鞋帶，有些還在鞋面上點綴著兩條流蘇，且開口較淺，襪子的質地、花色等可一覽無遺，給人的印象就是帥氣、瀟灑又豪邁，顯然是最佳的選擇。再者，樂福鞋既可搭配西裝，更適合穿著便裝、休閒服時。

「恁這雙有寸尺較小ê無？」李拿取架上一隻黑色的樂福鞋問說。

「查查看就知道，等我一下下。」店員小姐說。

「免查啦！阮店內無，愛調貨。人客！汝腳ê長度咁無二十五公分？」旁邊一個製鞋師傅模樣的中年人走過來說。

「喔！毋是我欲穿ê，是我êモレル（模特兒）尪仔欲穿ê。伊ê腳長二十二公分。」

「啊！赫幼秀！確實愛調貨，揣上細號ê。汝亦敖揀，這雙鞋仔看囉真秀氣。」

「若這雙有上細號ê無？」李又拿取一隻棕色的樂福鞋問說。

「仝款愛偎別位調貨來。人客！抑是黑色ê較媠，二條ちょうちょう（蝴蝶結，即指流蘇）嘛較秀氣，歸雙看起真高雅。」

「好啦！麻煩汝為我調貨。愛幾工？」

「差不多二、三工。汝後日來提就會使。若確定，付一寡仔訂金，我緊安排。」

「不用這麼麻煩。先生！你是要買給娃娃穿的吧？」一位像似老闆娘的婦人從後頭走出來說。

「沒錯。」

「前面走道上，零碼的鞋子中就有些樂福鞋，應該有最小號的。來！我帶你去看看。找到了你想要的，結了帳就直接拎回家，那就不必再多跑一趟。」

「好啊！」

走過去一看，那些零碼的鞋子中，的確有幾雙樂福鞋，而且式樣、縫製、質料等都不亞於架上所展示的。很可惜，那種帶有流蘇的款式並無最小號的，只好退而求其次，挑選其他樂福式的皮鞋。最後，李以一千兩百元的價格，買到了一雙最小號的樂福鞋。那皮鞋是黑色的，款式頗傳統，但鞋頭的部分有些雕花，非繁複的花紋，而是簡單俐落，尤顯年輕、活潑的那種型式。

所需的衣物、鞋襪都備齊後，李想著王吉康還在工作，唯有週末及假日較閒，因此打算在週四時，再與王聯絡，請他過來幫忙。不料，在週二上午，大概十點左右，那位東海人壽的保險業務員廖慶祥打來電話，說他午後會去榮總探望一位住院的客戶，之後還有時間，就順道來天母拜訪李。

關於投保東海人壽一事，應是在一九九五年的秋末冬初，而那也是為大嫂增添一項業績，因當時她正從事壽險業務。起先李也不太願意，總認為有健保就行了，但李父勸他說健保尚不足，若遇到重大傷病，需要動手術、住院療養等，必需要有份商業保險較周全，特別是完整的醫療險。當然，李父也是顧及大嫂，深知拉保險頗辛苦，而李既有此需求，不如向自家人投保。李這才與東海結緣，成為其客戶。四年後大嫂離職，經高商同學介紹，加入美樂家事業聯盟，做起保健食品等的直銷工作。此後壽險即由廖慶祥接手，成為李的業務專員。

經驗老道的廖慶祥在東海服務已逾三十年。他和李只差六歲左右，但每次碰面，或在電話中，總是李大哥、李大哥叫個不停。他深知李愛吃水果，除了幾回因趕時間，空手而來之外，其餘每次來訪，總會在超市買個兩、三樣水果帶過來。原先李較單純，總覺得讓廖破費不好意思，但之後稍微一想，自己前前後後在南山買了不少保險，包括年金保險、儲蓄險，以及經由銀行代售的各類終身壽險，早已成為VIP級的保戶，讓廖賺了不少佣金，那麼收他些水果頗合理。至少比起嗜好煙酒或補品的客戶，廖應覺得既好應付，又划得來。

李母於二〇一三年往生後，廖慶祥在日常家事上也幫李不少忙。他教李如何使用洗衣機，還帶了些大小不同的洗衣袋過來。當李洗完棉被套子，並晾乾收回後，因一時難以將裡子塞進棉被套內，便打了通電話，廖就即刻前來協助，還教他些技巧。另外，廖也勸李多吃雞蛋，並教他如何用電鍋來做水煮蛋及蒸蛋。不過有些家事如拖地、打掃房間、清潔浴室等，李彷彿生來就會，像是李母曾說的：「時到自然會曉。」；再說炊事如煮湯、炒菜、燙青菜之類的，李也是做一、兩次就頗有心得。儘管如此，對李而言，廖乃生活上的好幫手，特別是遇到須搬動家具時。而從廖的角度來看，既然在家中就常做家事，幫太太忙，則協助獨居又行動不便的李也算行善，何樂而不為。

就這樣，在週二午後，約三點半，廖慶祥再度來拜訪李，也同樣帶了香蕉和柑橘當伴手禮。廖在客廳坐下，噓寒問暖幾句，喝了口茶，一時興起，視線就移向長櫃上所擺放的那些娃娃。他知道自從二〇一四年起，李幾乎每年都會去歐洲旅遊，返國時必定帶回一、兩個當地的娃娃。今天他掃描一番，就是想識出可有新的玩偶加入這娃娃聯合國。喔！看到了，就是那對相擁起舞的瓷器娃娃。

「李大哥！彼對跳舞ê尪仔是汝今年新買ê呦？真媠啊！」

「汝嘛袂記得，今年全世界攏互武漢肺炎害到，無通出國。彼是舊年買ê。」

「啊！對啦！舊年汝是去西班牙佮葡萄牙，所以看起彼是踮西班牙買ê。」

「是啦！彼對尪仔是咧跳Flamenco（佛朗明哥舞）。」

「我對西班牙有單薄仔認識，因為阮大漢後生有去彼打塔讀建築。」

「是啊！西班牙ê建築佮舞蹈攏真出名。汝後生卒業啊？」

「差不多一冬半進前就卒業啊。唉！今年袂當出國，汝嘛無倘買新ê尪仔。」

「無錯，但是有人送我一仙真特別ê尪仔。」

「啥米款特別ê尪仔？」
「就親像汝踮百貨公司抑是服裝店所看ê，一款モレル（模特兒）尪仔。」
「抑毋真大仙。汝擺ê佗位？會使參觀無？」
「我囥得後壁ê書房。汝待ê看得毋通驚一下。」
廖慶祥跟隨李來到書房後，不像二哥那樣被嚇得魂飛魄散，卻也全身宛如被電擊了一下，直盯著床上的太郎看，剎那間產生了些許驚豔之感。他很快就意識到太郎非比尋常，不是一般服裝店所擺置的娃娃，而是為了與人作陪，供人排遣寂寞等，所特別製造的一種性愛娃娃。當廖專心看著時，李約略說明了太郎的來歷、材質，及維護上應注意的事項。
「這尪仔確實真媠！歹勢，會使摸伊下跤ê所在無？」廖慶祥問說。
「會使啊。」
「做甲真結實，比正人ê較好。」廖將手伸入太郎的內褲，摸了其陽具說著。
「但是若準欲互伊穿西裝，彼塔位閣捅出就穤看。」
「唉！欲送汝毋都送一仙查某ê較適當。」
「這是西裝店ê頭家送互我，來ê當然是查埔尪仔。」
「這馬天氣漸漸冷啊！伊除了內衫內褲，咁無外口衫倘穿？」
「尪仔毋驚寒啦！毋過我有甲伊攢一套西裝，遮想欲互伊穿。」

「來，衫佮褲準備互好，我幫汝鬥穿。這仙看起有夠重，愛人鬥相共。」

話一說完，廖慶祥就脫下拖鞋，跳到床上，將太郎的雙手舉高，再徐徐脫下他的背心式內衣。李坐在床沿，一邊也將太郎的內褲褪下，但仍需要廖適時伸手過來，兩人合力將太郎的屁股抬高一些，以便將內褲完全脫下。那根有人形容為「祖母眼中的寶貝」的陽具原本就直挺挺，勃然翹起，此時無內褲罩住，更像一把性能卓越的手槍，或一支渾厚紮實的棒子，正待扣動扳機，或揮舞棒端，霎時就能迸出點點火花或星火。李這樣想著，毫無邪念，反覺得那一絲絲或一汩汩雪白、濃密、黏稠的精液是多麼神聖。愛情的歡愉、性慾的圓成，終至生命的形塑與誕生不就是在於此。就算無緣與卵子遇合，有如乳液滑動的精液還是很可貴，畢竟此乃生物本能的現象，亦為生命健康的顯現。

「會使穿衫仔袂？」廖慶祥問說。

「愛先溜溜拭拭，焦啊遮閣散一寡仔痱仔粉。」

「倘保護尪仔ê材質。」

「是啊！」

說著，李便打開矮櫃的上層抽屜，取出一條毛巾和一罐痱子粉，並到浴室捧來一盆水，將毛巾置入盆中，約沾滿了水，再往太郎身上來回擦拭。乾了後就將痱子粉倒些在粉撲上，然後輕巧地在太郎的軀幹、四肢等處拍打。又為防止穿上衣褲時，太郎的頭部不免晃動，頭髮會凌亂，遂將其假髮先摘下。

接下來，應可穿上那件水藍色襯衫，但為了待會兒穿上西褲，即使是淡藍色的，一旦穿久唯恐會染色，李又特地買了一條宜而爽衛生褲，即入冬後，畏寒怕冷的人常穿的那種白色長內褲。當他從衣櫥的抽屜裡拿出衛生褲，並將它交給廖慶祥時，心想這應該也得兩人合力，才能順利穿到太郎的腿上，誰知廖一人就行了。其訣竅正是當初業務員所教的；將娃娃傾倒，使其頭部及背部均在床上，再將其兩腿併攏，有如玩翹翹板一樣，讓腿部筆直矗起，整體成一個反過來的L字形，然後順勢將褲子從腳端套入，直到將褲頭拉至腰部。接著，穿上襯衫、西褲及鞋襪，再繫上皮帶就更容易了，但仍得兩人合作才省時省力。至於穿上西裝外套，並打上那條黃色領帶，就須將太郎挪出床舖，且又抱又扶之下，使其安穩坐在椅上才能進行。

穿妥後，剩下的就是再戴上那頂烏黑、柔亮的假髮。其實，光著頭的太郎也蠻有魅力，有幾分酷似圖博（西藏）、尼泊爾或其他亞洲國家的年輕和尚，顯現出一副清秀、虔誠又聖潔的模樣。而假髮終究是假髮，戴上或摘下一如帽子，卻又比帽子麻煩些，還得拿起梳子，前後左右梳理一番。這一梳就多少異於原本的髮型。譬如說，之前還可拉出左耳、右耳旁的兩條鬢毛，且長短粗細一致，這回卻祇能拉出一邊的，或根本兩側都拉不出來。想來髮型設計還真不簡單。

「大約仔捋做一般ê西裝頭，好看就好。」廖慶祥說。

「總是愛伊頭前ê毛蓑仔較濟ê，看起較少年、較古錐。」

「有夠少年、漂撇啊！是講若送互汝ê是一仙查某尪仔應該較好。」

「愛講幾擺，人是開西裝店ê，只有查埔尪仔。」

「對啦！對啦！」

「汝若遐合意查某尪仔，會使去買一仙啊！」

「這看起無俗吧！上無嘛愛幾萬箍。」

「但是值得買啊！隨時會使佮汝相好。」

「無囉！查某尪仔嘛有一个重量，不比正人，佇眠床頂佮伊反來反去真食力，閣再講，做散嘛愛共伊洗洗ê，家己嘛愛洗洗ê，無者身軀會有尪仔ê樹乳氣味。看起抑是擺ê欣賞較通，就親像汝按呢，擺ê陪伴汝讀冊抑是拍電腦。」

「無錯，我就共伊當做啞口ê囝來疼惜。」

廖慶祥欲告辭離去時，已將近下午五點。李為了答謝他幫太郎穿戴，想邀他到附近的餐館，吃頓晚餐。然而廖畢竟是有經驗，又守分際的業務員，深知不可隨便接受客戶的招待，讓客戶破費。他推說此刻家中必已備好晚飯，正等著他回家一齊吃，假如再晚些，路上開車就費神。李聽廖這麼一說，就不再堅持。稍後李在準備晚餐時想了一下，雖說業務員幫客戶是應該的，但也得看對方願不願意，或是否做得來？像廖這樣樂於協助，又有能力，多少是看在業務的份上吧？如此買賣雙方的關係，真能培養出好友般的情誼嗎？並非不可能，至少在李與廖長期的互動中，就已跨出了一般商人跟客人之間的侷限。

第四章

靜靜一個人，默默看著已穿戴整齊的太郎，穩穩坐在鋪了毯子的椅上，悄悄回想著廖慶祥剛說的那句話：「若送互汝ê是一仙查某尪仔應該較好。」，李心中真有無限感慨，卻早已懂得應對，就回他一句：「愛講幾擺，人是開西裝店ê，只有查埔尪仔。」即可。至於內心深處那句：「我干焦合意查埔尪仔，我較愛查埔人。」就留待有朝一日，真正遇上志同道合的男子再說。也很可能，說也不用說，因為眼神、態度、手勢、動作，特別是心意就能代替嘴巴。再者，此處的志同道合亦無須再加括弧，因演變至今，已跳脫了原先熱愛某種藝術，或熱衷某種信仰的同好者之意，而賦予同性戀之新義。簡言之，志同道合即同志也。現在一提及同志，已很少有人會聯想到政黨或組織裡的成員了。

李前思後想，思緒像添了翅膀似的，在無垠的天際中翱翔，逛了幾大圈，又飛回心中那句：「我干焦合意查埔尪仔，我較愛查埔人。」，且停在那兒發愁發呆。已到快領老人證的歲數了，還有遇上同志的可能性嗎？大約半年前，出於好奇，想交個同性朋友，甚且希望媒合成功，找到可共度後半生的伴侶，李在名為HEDER的網站上，留下個人基本資料及興趣、專長等。但可想而知，一般婚姻介紹所都無法保證，能讓相親的男女配成雙，更何況是這種男男交友平台。再者，HEDER也坦承一旦年過三十五歲，配對成功的機率鑾低，那像李這準老翁更甭提了。若還想依靠這種營利的交友網站，找到知己，尋著伴侶，簡直是癡人說夢。

在國外，同性的情侶或配偶中，兩人年紀相差十幾歲，甚至幾十歲者時有所聞，而國內亦不乏這樣的例子，較遠的像何祥與王天明，較近的如趙守泉與英國人安迪。前者兩人相差十八歲，後者則差距多達五十一歲。有些媒體分別將之稱為父子戀、爺孫戀、老少戀等。這固然沒錯，但就跟稱呼某些異性戀伴侶為父女戀、母子戀、姊弟戀一樣，除了新聞上引人注目外，其實對當事人大不敬。若這樣行之有理，則對一般年齡相仿，且通常男方大些的異性戀情侶，為何不稱為兄妹戀？可見此等稱呼全出於傳統社會上，以男權或父權為主的觀念。不提這些了。李頗有自知之明，無論再怎麼羨慕前述二例，畢竟那是他們的造化與機遇，給予祝福之外，總不能說有為者亦若是。算了，連欣羨也免了。孤家寡人又怎樣，數十年不也過了，何況現在有了太郎，同樣可以感受到擁抱、親吻、撫摸、說愛、談情之樂趣。世上還有像太郎這樣溫柔、英挺、健美，又永遠年輕的男伴嗎？

可是，反過來一想，從小到大，自少至老，雖曾擁有不少娃娃，迄今也收藏了一籮筐的玩偶，但常與之交談，特別是談情說愛，很顯然，太郎是僅有的一個。至於與玩偶共眠，想來還真有趣。李在兒時，常將眼睛可睜可閉的女娃娃，擺在枕頭邊和他睡覺。有時，他也會捉弄兩個哥哥，等他們大概都睡熟了之後，就隨便挑兩個娃娃，一個擺在大哥的枕邊，一個放在二哥的枕邊，看他們天亮時瞧見，會不會嚇一跳。結果，被嚇得鬼叫的還是二哥。那大哥倒是仁厚又幽默。當他醒來，看到枕頭旁躺著一個三弟的娃娃，就一把拿起，輕輕撫順了娃娃的金髮，還摸了摸她的粉頰，再來到弟弟的床前，叫喚著說：「天光啊！好起啊！汝ê尪仔半暝起放尿，厝內暗趖趖，認毋對眠床，走去我彼爿睏，閣佮我睏共天光。」李聽了哈哈大笑。

那時是一九六四年的夏天。到了九月份，李就要上小學，而他大哥也要進入初中就讀。至於二哥雖仍在念小學，但暑假一過就升為四年級。說來真有趣，李家三兄弟，由大至小，各差三歲，性格迥異，卻唯獨李愛玩洋娃娃。這或許和他九個月大時即罹患小兒麻痺症有些關係，因不良於行，無法像一般男孩在街頭巷尾耍槍弄劍，奔跑追逐，只好玩些較文靜、較屬於女孩子的遊戲。當時家住南京東路三段一帶，鄰居有戶蘇姓人家，夫婦倆生了個兒子夭折，只留下三個女兒。那最小的女兒蘇寶蓮與李同齡，常到李家來，自然就成了李的最佳玩伴。他們都對繪畫、歌唱有些天分，聚在一齊時不是畫畫、剪貼，就是學唱當年流行的梁祝黃梅調。待畫圖畫完，或歌謠唱罷後，他們就搬出洋娃娃、小家具等，興高采烈玩起家家酒的遊戲。其中，最喜愛的部分就是幫娃娃穿衣、打扮、梳頭等。

多年後，李回想，是否兒時與蘇寶蓮等女孩玩在一塊，以致於自己的個性、言行等也跟著女性化。這確實曾令他十分困惑，但現在他已澈底明白，就算他小時候全跟男孩子玩，如果他天生就是會愛慕同性，特別是那些長相好、人品好，又頗具才幹者，那也是與生俱來，無法改變的。否則，他家全是男孩，為什麼無法像他大哥、二哥一樣，長大後愛戀的就是異性？佛教常言帶業來投胎。若說愛慕同性也算是一種業，那愛戀異性呢？再者，這些人類情感之業，是惡業抑或善業？如今已過耳順之年，李很清楚，眾生有情，然情感亦有牽絆，這在異性間、同性間皆如此。

童年往事猶如一部老電影的片段，有些至今依然清晰，有些卻模糊不清。同樣是在一九六四年的夏天。暑假裡，七月中的某一天，李家二哥跟左鄰右舍的男孩趁著太陽西下，就在社區的死巷裡玩起躲避球。說是死巷，即指此條巷子後面無路可通，反倒成了孩童遊戲的天堂，既不用怕人群，也不必擔心車輛。怎料那天李家二哥玩得起勁，將球猛烈一擲，竟將蘇寶蓮家的兩片玻璃窗給打破。一向愛寧靜的蘇父已很容忍孩子的戲耍，但卻換來孩子的囂張，尤其是男孩子的粗魯舉動，兩、三下就打破了他每天勤擦的玻璃窗，遂怒不可遏，衝出來臭罵一頓。事後李家父母有賠錢，也道歉，看來似乎擺平了，卻從此以後，兩家變得生疏，蘇寶蓮也不再來找李玩了。

上了小學後，李反而跟女生的互動較少，絕大部分都是和男生往來。直到今天，他依舊記得那些與他有良好互動的男同學的名字，然後再連上永遠銘刻在心底的各種形象。李清河長得一副弱不禁風的樣子，性情則有如其名，清澈寬厚。藍立漢被暱稱為男子漢，一張圓滾滾的臉龐總是堆滿笑容。陳明義生來一副正義感十足的模樣，也充滿運動細胞。潘強華個子高，骨架也大，和李最投緣，因為他也擅長繪畫，喜愛美術，又同樣愛看故事書、兒童雜誌等。林福長長相不討喜，且因家貧，衛生習慣較差，但功課還不錯，又懂得上進。許春文模樣斯文秀氣，嗓門倒不小，被老師選為路隊隊長，專門發號司令。林注欽是個小胖子，只要手上有些餅乾、糖果等，常和身邊的同學分享。他曾有次放學時，和李等一夥同學回家。途中，其他人相繼揮別後，只剩下他跟李兩人，他好似惋惜，也像似感嘆，就對著李說：「我覺得老天爺真是沒長眼睛，你生得這麼好看，竟讓你得了小兒痲痺症，太不公平了！」李一聽很感動，卻也無話可回，只有和林注欽往回家的路上繼續走著。

李的確一出生就像個小天使，到了兩、三歲就長得很討人喜歡，但這樣的孩子不算少，他班上同學中，暫不提女生，光是眉目清秀的男生少說也有一半。奇妙的是，他並未特別喜愛當中的哪一位，顯然小一、小二的學童尚未來到憧憬愛情美好的年齡，就連對異性也看得像是與自身性別無太大差別。這種說法用在李身上不太適合。早在和蘇寶蓮玩家家酒的四、五歲年紀，他就偷偷喜歡上住家附近的一個青少年比比。比比當然有名有姓，只是社區一帶的人都這樣稱呼他。比比那時大概十七、八歲，長得頗俊俏，那穿上牛仔褲的雙腿尤其修長，一副瀟灑不羈的模樣，想來真有明星詹姆斯狄恩之韻味。此外，也常在巷口見到一位婦人，那容貌和比比相像，但多了些哀傷、憂愁的神情。那就是比比的媽媽，因比比放蕩不學好，三不五時就有警察找上門，莫怪他媽媽老是愁眉不展。李上了小學後，很少看到比比，聽說早已搬家了。無論如何，李還記得有時比比匆匆走過，隨意拋給他的一絲微笑。

「蘇寶蓮！蘇寶蓮！」好像有個男生在蘇家門口叫喊著。那是小四下學期，大概四月末某天午後的事。那時李正好寫完功課，一則出於好奇，二則被那蠻有磁性的嗓音所吸引，便推開家門，探出頭來觀望。原先猜想可能是像比比那樣的中學生，結果一看，個子是沒比比那麼高，但就小四的男生而言，眼前這位同學已算高於同儕。不僅身材高，一臉的俊秀更非那些稚氣未脫的同儕可比。後來才知他叫周光華，與蘇寶蓮同屬於庚班，乃奉了師命，前來找他的女同學討論課外活動。蘇因向來成績優異，在庚班已當了好幾屆班長，而周則是在四年級時才被選為康樂股長。初見周，在李心中，多少像是看到比比一樣，欣賞、愛慕、歡喜全攪在一齊，卻也不會主動去接近他。畢竟周是在庚班，是在蘇的身旁，長得再好看也無法天天出現在自己眼前。就這麼簡單，比比離去了，李沒什麼懷念。與自己同齡的周偶然出現，李一時歡喜，卻過了兩、三天就不再去想。本來就這樣，十歲的孩子見到花兒盛開，快樂的心情也跟著怒放，過些天花兒凋謝了，內心卻平靜如常，毫無黛玉葬花那種哀怨、惋惜之感。

那年暑假，透過出生地雙連的老鄰居陳春櫻大姊的特別申請，李進入了位於榮總斜對面的振興醫學中心，接受小兒麻痺症的復健治療。說起這位陳大姊，當年在台大是念外文系，畢業後先在貿易公司當祕書，之後轉到振興，擔任行政工作，也兼外賓來訪時的英文口譯。為了振興的職務，陳還被派遣至美國的類似機構觀摩，以了解如何協助孩童接受物理治療，並與家長、老師、復健師、護理師等溝通。從小到大，陳都堪稱是李的大貴人，因為日後她還介紹李至中原徵信所工作，而正是在那兒，李結識了一生的知己好友，也就是兩張王牌之一的王盈貞。除了中原徵信所，陳在數年後，得知李已離職，還替他再介紹理令法律事務所，只可惜李筆試未通過。之後，各忙各的，將近二十年未聯繫。待李猛然想起，打電話去，欲問候及致謝，那號碼已成空號。不知終身未嫁的陳何去何從？想起兩次介紹工作時，陳總是說：「咱來努力看看。」這句話對李頗具影響力，此後遇到艱難險阻，像是風雨天必須外出辦事等，他都會全力以赴。

過完暑假，為了持續治療，李和其他院童一樣，未返回原先的學校，就留在振興接受小學教育。在振興的孩童，從幼稚園到小六，都是上午上課，下午治療。那裡的學童無須穿卡其制服，可穿著喜愛的便裝，髮型及長度也沒限制，比起當年一般的國小自由多了。就是在那樣活潑、開放的環境中，李發現了一位瀟灑、俊俏的男孩蕭飛。蕭比李早些入院，舉凡院內的規矩、制度等他都很清楚，又因同屬小五的班級，兩人很快就成為好朋友。那時方十歲上下的蕭頗有當年電視演員康凱的樣貌，亦有稍後崛起的明星秦漢的姿容，顯得既風采翩翩，又豪邁奔放。不論天冷天熱，蕭都經常穿著一件淺藍色、有著細細白色條紋的長袖襯衫，配上一條深藍色的牛仔褲，真是灑脫極了。當時還常聽他哼唱一首傳入台灣，立即流行的西班牙語歌曲〈關達拉美拉〉，伴著他輕快的舞步、生動的表情，著實很吸引人。因蕭的症狀較輕，僅在右腳穿上半截的特製鞋，幾乎跟正常的孩子沒兩樣，故益發受到李的青睞。

有一回，李和蕭飛在午後皆分別做完治療，距離搭交通車回家的時間尚早，又不像其他院童跑去圖書室看課外書，或到遊戲室踩單車，拉槓桿等，就祇回到教室呆坐。這時，空蕩蕩的教室裡只有他們兩人。一時興起，蕭又唱起那首〈關達拉美拉〉，而且唱得很起勁。聽著，聽著，李突然覺得有些口渴，便從座位上站起來，欲離開教室，到走廊角落上的飲水器喝冰水。蕭邊唱邊看著李起身離去，以為是感到厭煩，不想聽，遂也快速站起來，兩、三步就跑過去拉住李。

「怎麼了？今天唱得不好嗎？不想聽了？」蕭問說。

「是啊！唱來唱去，就只會唱〈關達拉美拉〉，沒別的歌嗎？」李說。

「要不然我唱謝雷的〈苦酒滿杯〉好嗎？」
「你沒聽前幾天郝玉華也唱〈苦酒滿杯〉，結果老師說聽聽就好，別唱那種無精打采的歌，音樂課教了好多歌，怎麼都不唱呢？」
「唉呀！那些歌是幼稚園或低年級生在唱的，不怎麼好聽啦！」
「好了！好了！我要離開一下。」說著就用力甩脫了強拉住他的蕭。
李這一甩的確蠻大力，竟將蕭飛給推倒在教室門口的地板上。
「啊！對不起，對不起。」說著就屈下身欲扶起蕭。
「喔！你什麼時候開始變得討厭我了？」說著也用力一把將李拉過來。
「沒有討厭你啊！一直都和你很好。」李跌坐在地上說著。
「那你是喜歡我囉？」
「是啊！」
「來，說你愛我。」
「……」李猶豫著。
「就假裝一下嘛！」
「像電影或電視劇裡那樣？」
「是啊！」
「好！好！我愛蕭飛，我很喜愛蕭飛。」

「哈！哈！這就對了。」蕭大聲笑著說。李也跟著笑開懷。

「什麼事那麼好笑？快起來，地板雖然天天有在擦，還是有些髒，快起來。」剛好走過教室，準備往某間診療室去的護士徐阿姨看了說。

那年聖誕節來臨前，振興的院童依照慣例，要製作些聖誕卡片，再由老師從中挑選一張最佳的，於聖誕晚會上，呈獻給創辦人宋美齡女士。如何製作呢？就是從一大堆現成的卡片當中，任由孩童自選喜歡的圖樣或畫面，將其剪下，再貼在空白的紙片上，成為一張新的卡片。雖然是剪剪貼貼，孩童仍可發揮創意，將來源不同的圖樣、畫面等分別剪下，再全部貼在一張白色紙卡上，令其產生漂亮、有趣，又有意義的新樣式。這種勞作讓人了解到賀卡所傳遞的問候與祝福。於是，出於好玩，李和蕭飛也分別在市面上買了卡片，然後要了對方的地址，互寄到彼此家中。很可惜，念國中時，某次家裡大掃除，順便清除些廢物；結果，李家外婆沒注意，竟將李收藏的一盒卡片當廢物，賣給了收破爛的業者。當中，有一張卡片好像是聖誕老人在爐邊取暖的就是蕭寄來的。

過了聖誕節，蕭飛離開了振興，又過了約三個禮拜的寒假，李也出院，返回原先就讀的中正國小。那時正是小五的下學期，一般的小學皆實施高年級男女分班，因此原屬庚班的周光華，就與原屬辛班的李同在一個班級。李曾問過周，是否很喜歡蘇寶蓮？周的答覆是普普通通，畢竟蘇的學業很優秀，根本不把功課不如她的人看在眼裡。至於李呢？既不再想蕭飛，也沒對周抱有什麼特殊的情懷。當時的他只熱衷於美術，喜歡和同班的潘強華討論繪畫技巧、配色原則、畫圖比賽、壁報設計等。兩人也從那時開始，課餘常相約去看些奇幻片、恐怖片等電影。

顯然老師看出了李和潘強華很要好，因而上下樓梯或放學時，曾交代潘要特別照顧李，跟著李一齊走。就在考完期考，正等待暑假快點來臨時，有天午後，李和潘跟平常一樣，邊下樓梯邊交談。談些暑假裡到海邊玩水、到游泳池學游泳、相約去看新片《二〇〇一年太空漫遊》、找些新的漫畫書或《王子》雜誌等來看個過癮。或許是談得太愉快，兩人都沉醉在快樂暑假的美好計畫中，潘沒注意，李竟在快下完樓梯時不小心，兩階當一階跨，使得穿著鐵鞋的右腿踩了空，就這樣扭傷了右腳腳踝。潘見狀不妙，跑去辦公室告訴老師，結果被罵了一、兩句，再與老師攙扶著李，叫了輛計程車送李回家。一般人腳踝扭傷，若不太嚴重，了不起半個月就復元，但李卻裹了草藥，又換了草藥，再裹了又換，足足耗去一整個暑假，乖乖待在家裡，這才痊癒。

經過這次意外扭傷，李家父母特別謹慎，在九月初開學後，經校方的安排，將李轉到位於二樓的六年丙班。雖然還要爬樓梯，但比起原本位於四樓的辛班，至少可少爬兩層樓，安全上總是較好。來到丙班沒多久，李認識了一位歌唱得不錯，口琴吹得很棒，又對音樂頗有素養的廖宗仁同學。就是從廖那兒得知，貝多芬長得並不好看，而且脾氣很壞；莫札特也不像畫裡那般乖巧，而是腦子裡、血液裡充滿了鬼靈精般的奇妙構想，以及不守成規的頑抗精神。

也是在小六那一年，李的歌喉、歌藝獲得了高度肯定。當時教音樂的嚴老師真可謂全校最帥的男老師，就是他使李此後更熱愛音樂，尤其是聲樂。記得有一回音樂課期考，每位同學都得唱一首指定曲及一首自選曲，再由老師評分。當李唱完指定的〈松柏長青〉與自選的〈卡布里亞島〉後，班上先是靜默片刻，隨之掌聲如雷，連嚴老師都面露笑容地說：「李同學唱得非常好，太美妙了，老師給你九十五分，不，不，就給你一百分滿分。」

人的情感還真微妙、多變，特別是像李這種十二歲的孩子更難以捉摸。他對長相清秀的廖宗仁、教音樂的那位帥氣的嚴老師，還有班上最英俊的林思銘似乎沒產生任何的愛慕。原來此時，他有了可憧憬愛情的新對象，而此人竟是他父親在一銀的同事黃銘弘。黃先生來李家大概是在十月中旬的某日。那天晚上，黃與李父均出席銀行一位同事的喜宴，且酒席就設在離李家不遠的第一大飯店。由於離席時尚未晚，黃又對李所收藏的西畫、雕塑頗有興趣，便在李父的邀請與陪同下，來到李家作客。

也許，那晚是吃喜酒的緣故，黃銘弘穿著一襲灰色、雙排釦的西裝，打著一條酒紅色、有著黑色小圓點的領帶，看來非常正式、體面。然而，最吸引李的不單是黃的穿著，而是那君子般儒雅、敦厚的舉止，和那氣定神閒、言之有物似的談吐。至於黃的容貌，既斯文又俊雅。待黃告辭後，從李父口中方得知，黃的父親是台灣人，母親是日本人，而且很巧，他太太那邊也是父親台灣人，母親日本人。當時，李對台日混血兒沒什麼概念，只是黃的長相太有韻味。多年後，李接觸了日本文學，認識了近代的文學家如夏目漱石、川端康成、有島武郎、志賀直哉、森鷗外等，才意識到黃的斯文、清秀不單是外表，而是深具內涵，有著前述文人的氣質。實際上，小李父四歲的黃不僅漢文、日文優異，還因念過淡水英專（今之淡江大學），英文造詣也非常好。

俗話常說緣份天注定，用在李、黃兩家再真實不過。十一月初，李父帶著太太和三個兒子去北投度週末，入夜就投宿於一銀的溫泉招待所。當穿過花木扶疏的庭院，拉開木門，一踏進玄關時，即聽到某間榻榻米寢室傳來孩子的嬉鬧聲，接著是追逐奔跑聲，像是玩捉迷藏似，竟衝到玄關這邊的榻榻米上。接著，背後傳來一個男人的責備聲，那聲音不像斥罵那般粗魯，聽在李父耳裡蠻熟悉。待那人走到玄關處，李父一看竟是黃銘弘，原來他也趁著週末，帶著太太和一雙兒女來北投度假。兩家不期而遇，大人喜出望外，孩子們更覺得好玩又有趣。

隔天是週日，典型的秋高氣爽的好天氣。吃過清粥小菜的早餐後，李父提議上陽明山走走，看看花卉草木，黃家立即附議。雖說陽明山離北投很近，還是搭公路局的巴士較省時省力，只不過假日上山的人多，車子早已載滿遊客。李、黃兩家，大人加小孩總共九個人，一擠上車，不是抓著拉環站著，就是扶著鐵桿站著，而黃家小兒子尚是小一的學童，個子小，只好夾在李家夫婦中間，由他們護著。此刻，黃銘弘見李抓不牢拉環，遂及時將李拉到身邊，要李環抱著他。也許，前一晚大家相見歡，遲遲洗完溫泉才入眠，隔天卻起得早，當李抱著黃的腰部時，睡意已襲來，索性就閉上雙眼，將頭貼向黃的背部，打盹了起來。

那天黃銘弘在尼龍襯衫外，加穿一件稍厚的米白色毛衣，給人純潔、溫馨、豪爽、瀟灑的感覺。李抱著黃的腰部，頭貼向黃的背部，縱然是在打盹，心中卻滿懷喜悅，好像依偎在愛人身邊那般幸福。直至車子到了站，他都緊緊抱著黃，將頭部牢牢貼向黃的背脊，彷彿那是一塊好枕頭，既柔美又暖和。這時，黃輕聲喚醒他。他睜開眼看著黃，心滿意足地說：「おじちゃん！ありがとう（叔叔！謝謝）。」黃摸摸他的頭，微笑著說不用客氣。

之後每逢週末，只要申請得到住宿，李、黃兩家總相約至北投度假。但李家大哥已是高三要考大學，一、兩次後就不再跟父母、弟弟去招待所過夜。猶記隔年四月中一個春陽和煦的週末午後，因大家到得早，除了李家父母先去泡溫泉外，其餘的人都聚在大榻榻米室，稍事歇息。黃太太看孩子們閒著無聊，便教他們玩起名為拿破崙的撲克牌遊戲，但李向來對紙牌沒興趣，那黃小弟也不想玩，於是就由李拿出帶來的畫筆、畫紙，畫些小動物、娃娃等給黃小弟看，再由他仿著畫。

此時雖近黃昏，因天氣不錯，戶外光線猶亮。祇見在日式房舍屋簷下的廊間，黃銘弘就坐在一把藤椅上，靜靜翻閱一本書。那天他也是襯衫外，加穿一件棗紅色、質地較薄的毛衣，配上一條深褐色的西褲，以及一雙棕色帶有花紋的襪子，看起來非常優雅、穩重。李低頭畫著圖，亦不時抬頭看著黃，直到黃驀然轉過頭，望向寢室這邊，不期然與李四目相視，李才又趕緊低下頭，忙著作畫。大概書也看了個段落，黃從廊下走入榻榻米室內，來到李的身邊，微笑著摸摸他的頭，再摸摸他小兒子的頭，說著：「好好佮哥哥學畫圖喔！」

升上國中之前的那年暑假，對李而言，對黃家姊弟而言，都是難以忘懷的歡樂時光。由於兩家的父親皆忙於公事，好幾次都由兩家的母親帶著孩子來北投玩。黃銘弘沒來，李似乎沒什麼失落感，因黃太太偶爾也會帶著她親戚的小孩來，反而更添熱鬧。回想那個暑假，顯然是告別童年的最後一個夏天。在李的記憶深處，那環繞屋舍半圈的山巒彷彿特別青翠，庭院中的玫瑰特別嫵媚，老樹上的蟬鳴特別悠揚，池塘裡的荷花特別幽香，優游其中的鯉魚特別豔紅，果園裡的番茄、木瓜、蕃石榴等特別香甜，就連那冰水也特別沁涼。

進入國中後，可能是有新的課程如英語、數學、生物等，李竟然對黃銘弘依戀的心情逐漸變淡。孩子的感情世界太奇妙了，說來就來，說去就去。就這樣經歷了國中、高中、大學、研究所各階段，李、黃兩家幾乎不像過去那般往來密切，但每隔一陣子，還是會從李父口中得知些消息，像黃家小姐考上中山女高、之後是中央大學、黃小弟進入致理商專就讀、黃小姐要出嫁了、接著是在美國因子宮癌動了幾回手術等等。這其間，為了讓黃小姐能進入日亞航附屬的旅行社工作，黃銘弘夫婦還曾特地來李家拜訪，因李父妹婿的弟弟就是那間旅行社的總經理。那晚，黃跟李家兄弟也聊了一下。客人走後，二哥卻彎疑惑地說：「おじちゃん（叔叔）這馬奈變做烏焦瘦，我會記得往過彼白肉白肉，看起真漂撇。」

塵封往事，待回首已邁入新世紀。就在聯絡不著陳春櫻大姊後，隔了些時日，李又在母親遺留下的聯絡簿上，找到板橋黃家的電話號碼，打了過去，接聽的正是黃太太。她說黃銘弘已九十二歲，由重聽而失聰，身體機能大為衰退，早已住進護理之家。黃小姐幸好戰勝了癌魔，現已為人祖母，而黃小弟結婚又離婚，已達花甲之齡。至於黃太太，神智尚清，但須坐輪椅，並由外勞照顧。久別再敘，無限感慨，李父、李母均未享耆壽，但都去得灑脫又自在。

第五章

通常到了十二月中旬，台灣的天氣還未真正冷起來，必須等到下旬，聖誕節將臨時才會有入冬的感覺。每天做完家事，近午時分，李就來到書房，開啟電腦，閱覽電子新聞，然後開始聲樂練唱。如今身旁坐著年少俊美的太郎，一位風采翩翩的紳士，更是個一流的觀眾，李放聲高歌時，心情也愈加亢奮。不是嗎？就是聲樂老師也無法時時刻刻守著你，至於觀眾，再怎麼有愛樂之心，也無法日日月月圍著你，無論你是唱對或唱錯，唱得悅耳動聽，抑或索然無味。而太郎就不一樣了，雖然啞口無言，既不能給你意見，也無法給你稱讚，連聲高喊Bravo，但透過他那雙清澈、晶亮的美目，卻可傳遞出永無止盡的鼓勵與讚賞。

之後，氣溫一天天下降，李在自己的衣櫥中，找到了一件白色羊毛背心，想給太郎穿上，既保暖，又可當西裝背心。可是，要將這件羊毛背心套在太郎的胸膛上，必須先將他的雙手舉起，再徐徐脫下西裝上衣，方能將背心穿到他身上。穿好了背心，還得再將西裝上衣穿回去。心想大概不難。等實際扳動太郎的左手、右手時，才覺得吃力。折騰了半晌，徒勞無功。靈機一動，乾脆就再扳下來，讓左手的肘部有些彎曲，手掌的五根手指頭也稍微彎曲。再到客廳的櫃子裡，取來一只乳白色底、繪著紅薔薇的咖啡杯，將它放在太郎的掌中，並使他握牢。這樣太郎就可邊喝咖啡，邊聽業餘聲樂家引吭高歌。反正書房也不是歌劇院或音樂廳，就讓太郎隨意些，喝杯咖啡或紅茶。

其實，太郎不止是觀眾，在幾齣著名的歌劇如《魔笛》、《卡門》、《托斯卡》、《茶花女》、《波西米亞人》、《蝴蝶夫人》及《羅密歐與朱麗葉》中，他都可以跟李互扮男、女主角，分別唱出各具代表性的詠嘆調。李的音質特殊，音色尤美，雖年過六旬，唱腔仍不減當年，抒情男高音、戲劇男高音的歌可以唱，抒情女高音、花腔女高音的歌也可以唱，因此唱起歌劇就更加過癮。

李最喜歡唱《羅密歐與朱麗葉》的第一幕中，朱麗葉在生日派對上所歡唱的〈我願活在夢中〉（Je veux vivre dans ce rêve），以及第二幕中，羅密歐在深夜裡，於愛人的窗台下所吟唱的〈太陽昇起吧！〉（Ah! Lève-Toi, soleil）。這齣古諾所譜曲的法語歌劇，雖取材自莎士比亞戲劇，其旋律卻帶有十八世紀的音樂調性，特別是〈我願活在夢中〉一曲更洋溢著華爾滋舞曲的美妙節奏。李在唱這首歌時，滿面春風，眉飛色舞，而坐在一旁的太郎，則變為羅密歐，起身與之翩翩共舞，同度良辰。等到李唱起〈太陽昇起吧！〉，太郎則又坐回椅上，化身朱麗葉，靜靜傾聽愛人在窗下唱首情歌。或者就讓太郎繼續扮演羅密歐，眼睛望向小陽台，彷彿凝視著朱麗葉的窗台，再由李代唱，以傳達其心聲與愛意。

除了歌劇的詠嘆調，李也愛唱歐洲、美國等地的民謠及藝術歌曲。除了自唱自娛，一到歐洲旅行，也會唱些配合當地風情、民情的歌曲以娛樂團員。像二〇一四年，首次獨自參團去德國，就在暢遊萊茵河時，唱了首德語民謠〈羅勒萊〉（Die Lorelei）給團員聽。之後，在二〇一六年，至捷克、奧地利等國旅遊時，一口氣唱了數首莫札特歌劇中的詠嘆調，因行程中有來到其故鄉薩爾斯堡。而在二〇一七年，到北歐遊玩時，更在行經挪威的途中，以原本的挪威語，演唱葛利格所作曲的《皮爾金》劇樂中，唯一一首以人聲唱出的〈蘇爾維格之歌〉（**Solveig's Sang**）。至於二〇一九年，遊覽葡萄牙、西班牙時就更有趣，在由葡入西的路途上，唱了《卡門》歌劇中男、女主角各一首最具代表性的詠嘆調，為此大受讚揚。

李生來愛歌唱，過去在職時，也常在尾牙宴席上大展歌喉。退休後，除了旅行時會唱，也會在鄉里所辦的中秋晚會上高歌一曲。李這樣算是歌唱家嗎？每當想起這個問題，李就會拉開書房床鋪下的抽屜，翻出一本小學畢業時的紀念冊。這本小小的紀念冊是全由收藏者向同學一一索取簽名、留言，並附上照片匯集而成，自是彌足珍貴。當中，李最珍愛的是第一頁。這一頁的留言者即廖宗仁，那位同樣熱愛音樂的同學。廖的留言是：「祝你學業進步，也能變成歌唱家。」沒錯，歌唱家未必得職業性，只要自唱自娛，藉著歌唱抒發各種情感，並從中獲得生活的樂趣、生命的喜悅、人生的啟示等都算是。

有一天，李在練唱之餘，有感於天氣愈來愈冷，遂找了條棕色、帶有方格、條紋及流蘇的圍巾，將之圍繞在太郎的頸間，並打了個較寬鬆的領結，使得太郎愈發俊秀風雅。就在那天午後，欲出門購物時，在樓下的信箱裡收到了一張賀卡。不用拆開來看，祇須瞧那筆跡，還有那卡片的信封套，就知道是王盈貞寄來的。自中原徵信所退休後，王就踏入木柵的萬芳醫院擔任行政工作，並每週兼做志工一、兩次。王頗用心，並非在制式的卡片上，簽個名就了事，還會在空白處，親筆寫上問候與祝福的話語。這在時下已少寄實體卡片的社會中，如此的作為真教人備感窩心。而每年歲末一收到，李也盡可能回寄一張。

這一回，手邊正好欠缺卡片，李便撥了通電話到萬芳醫院，再轉到王盈貞那邊。

「喂！你好，我是王盈貞。」

「嗨！我是李裕亨啦！謝謝你寄卡片來。」

「沒什麼啦！反正都是醫院制式的卡片，總要用了才有意義，就也寄一張給你。怎麼樣？近來還好嗎？聖誕節、元旦也快到了，我們好久沒見面，就約個時間和地點，吃個飯聚聚好嗎？」

「好啊！就約在十二月二十一號冬至那天好嗎？」

「喔！我看一下行事曆，那一天是禮拜一，晚上我不用當志工，ＯＫ沒問題。」

「那地點呢？傍晚下班時你要從木柵那邊過來，如果選一家台北東區的西餐廳怎麼樣？方不方便？應該不難搭車吧？」

「我看這樣好了，這幾年都沒去你天母家中，下班時我就直接去你家裡坐坐，我們再找附近的餐館吃頓飯，反正你們天母不輸東台北，各種餐廳都有，熱鬧得很。這樣子你就不必搭車來東區了。」

「好啊！天母這裡的餐廳很多，我來請客好了。」

「那就先謝了，我們就下週一，二十一號晚上見。」

十二月二十一日晚上，王盈貞準時下班，但搭捷運，又轉公車，來到天母李家已過了六點半，天色早就漆黑一片。王登堂入室後，將帶來的柿子、牛肉乾等伴手禮擱在客廳的茶几上，隨即坐下來，跟李裕亨噓寒問暖一、兩句。李起身要進廚房倒杯茶給她喝，她卻說自己皮包裡就有一瓶水，而且也不渴。好些年沒見，王的聲音依然讓人感到溫馨、誠懇，甚至蠻有磁性，只是跟李一樣，敵不過歲月的摧折，容貌已略顯老態。還好，她有些微發福，氣質依舊高雅端莊，毫無瘦削、憔悴、蒼老的感覺。

「孩子都大學畢業，出社會工作了吧？」李裕亨問說。

「我女兒念淡江法文系，工作不到半年，就結婚生了兩個寶寶，過得還好，不用我操心。至於兒子就麻煩了些，原本在大葉大學念材料科學，結果念不下去，成績很糟，經親友介紹，就送他去澳洲念商業美術，反正花錢的是我跟我先生。」

「不錯啊！現在的企業界很需要商業美術、藝術設計的人才，回來台灣應該大有前途。如果孩子喜歡美術，念起來也開心，那就太好了，幹嘛一定要念工科的！」

「唉！他就是跟他表哥很像，放著資訊工程不念，半途跑去學造型設計。對啦！現在就在你們天母一家髮廊當髮型設計師。」

「天母這一帶美髮店好幾間，你知道是哪一家嗎？」

「好像叫Grand Hair的，蠻大的，全台灣都有分店。」

「喔！我知道了，就在天母西路上，離天母廣場不遠。」

「我是沒去過，聽說裡頭的裝潢、設備很氣派。反正我們這種年紀了，何必花大錢去做什麼髮型，普通的美容院就行了。」

「是啊！我近年來都到百元理髮店修剪，又便宜，又不錯。對了！台北市議員苗博雅是在你們文山區的吧？看她問政的能力很好，也很有實力，都能抓住市政的弊端。起初還以為她是男的，後來才知道是女的，而且還是台大法律系財經法律組畢業的，就連高中也是念北一女。」

「我才不會投她票，看那樣子真不像個女人，總是穿著褲裝，跟男人一樣。」

「你也曾穿過褲裝啊，看起來蠻灑脫的。」

「那是年輕時候，再說苗博雅是個Lesbian，女同性戀者，她自己都出櫃承認了，而且還真的有女伴。唉！偶爾在媒體上看到那女孩，還蠻秀麗的，放著天下那麼多帥氣的男人不要，偏偏要跟苗博雅這種男人婆在一齊，真想不透。」

「不用想啦！人家就是看上苗博雅比一般男人還有正義感、還有魄力，還有魅力，而且因自身是女性，更懂得體貼女人，諒解女人，愛護女人。」

「唉！我就是一時難以接受同性戀，不管是男同志，還是女同志。」

「不用去想接不接受啦！他們過他們的，人家好就好，我們管不著。」

「說的也是，別再講這些了。」

「哇！已經七點四十分了，我去準備一下，今晚我們去吃法國料理好嗎？」
「好啊！難得吃一回法國菜。」
趁著李裕亨去臥室更衣，並開抽屜拿錢和鑰匙等，王盈貞從座位站了起來，走到客廳的一排長櫃前，仔細端詳櫃子上所擺設的各種玩偶。
「今年有添購新的娃娃嗎？」見李一出來，王轉頭問說。
「今年被武漢肺炎害了，根本無法出國，不過倒有增添一個很特別的人偶。」
「什麼特別的人偶？可以看看嗎？」
「好啊！擺在後面的書房，待會兒看了別嚇一跳。」
好奇的王盈貞跟著李裕亨來到書房，一看到坐在椅子上的太郎，還真有些嚇到。
「嗨！太郎！我的好朋友王盈貞來看你啦。」
「哇！哪裡買的？像真人一樣，很帥、很漂亮。」
「是我以前在四海書局的同事呂小姐的堂哥送的。那位堂哥開西裝店，本來是做為模特兒展示用，後來因穿深色西裝會染色，也不能常擺在櫥窗曬太陽，所以就送給我。如果都沒人要，就得送回中國原廠報廢。」
「那太可惜了，做得這麼精緻的人偶。這西裝是附帶的嗎？看來款式不錯。」
「我前陣子在SOGO買的，反正就當娃娃收藏，也當啞巴兒子疼。」
「不錯啊！至少比我兒子還乖巧，不會頂你，也不會讓你操煩，讓你生氣。」

「這倒是真的，只是他頭上那頂假髮，我不太會梳理，樣子較老套。」

「去Grand Hair找我姪兒，他姓盧，盧梭的盧，英文名字叫Stephen，我是他阿姨，說我介紹的。Stephen技巧不錯，處理過客人的假髮，對彩妝也很行。」

李裕亨和王盈貞來到西餐廳已晚，距離九點打烊，只剩一個鐘頭又一刻，但這樣的用餐時間足夠了。再且，周遭客人少，反而更增寧靜、浪漫、悠閒的氣氛，又有香頌樂曲如潮水般緩緩襲來，吃起法國菜餚，彷彿置身歐洲，令人身心愉悅無比。李、王二人邊吃邊聊。因王目前在醫院工作，且較偏向社會工作那一環，故有不少感人，或讓人悲憤的故事可講。譬如常遇到被子女拋棄的孤苦老人來求醫，經協助並查證，才知這類長者多半在過去，不是棄兒女於不顧，就是對父母不孝在先。但醫院是營利機構，不可能盡做些慈善事業，這時就教社工人員頗為難。「俗話常說，不是一家人不進一家門，可是在門裡，難免會有前世相欠債，互相結冤仇，今生成了夫妻，成了親子而彼此傷害，相處得水火不相容的。」王感慨萬千地說，李聽了頗有同感，頻頻點頭道是。

一席飯吃罷，已將近九點，王盈貞從那兒再搭車回木柵，中間還得轉乘捷運，想必到家時已快十點。隔天，李裕亨打了通電話給王，問她昨晚平安到家否，順便為她帶來的伴手禮再道聲謝，也希望未來有機會再聚餐，並常保聯繫。掛上話筒後，李想著幸好有王，還能有些聚餐等社交活動。當然，除了這張王牌之外，李還有另一張王牌，即任職健順電子時結識的王吉康，想來應該很欣慰了。王吉康在以往，不但曾跟李聚餐過數次，近些年來，幾乎每回李遊歐歸來，他都會來看望李，和李邊吃點心，邊欣賞拍回來的風景照等。甚至有一回，李要將一箱舊書捐給圖書館，王吉康還特地開車來載李，將書送過去。

然而，在內心深處，李多少總覺得孤寂，總希望朋友，尤其是像這兩張王牌一樣的知己越多越好。但另一方面，李也很清楚，知己一多就不成為知己。知己無論隔多久，總會主動與你聯絡，而朋友呢？就李所遇到的，絕大部分都得你主動去問候，主動去維繫。有個在百達電子認識，名叫林遠志的工程師甚至回說：「不曉得打電話要講什麼？」難道連個寒暄都不會嗎？連問候近況都覺得困難嗎？跟這種人打交道，還真不如跟太郎互動來得有意義。

自一九八九年至一九九三年，李裕亨在中原徵信所，擔任工商徵信、移民徵信等報告的英文翻譯，而同部門的王盈貞則是徵信員。當時李、王二人的交往普普通通，沒有比一般同事更親密。不過，在眾多的徵信員當中，李很快就發現王是少數文筆不錯、字跡工整的徵信員之一。將她撰寫的報告翻成英文毫不費力，而且遇到較生澀的專有名詞，她都會附上原文，使譯者省去翻查字典的麻煩。此外，李也注意到，在已婚的女同事當中，王也顯得較嫻熟、優雅、端莊、大方且善體人意。有一回，她外出做徵信，回到公司大樓，搭乘電梯時，到了二樓，和剛開完會，從會議室出來的一群同事，包括李及徵信部劉經理等碰上。他們都是要返回四樓的徵信部，繼續辦公。在電梯中，劉經理顯得很懊惱，抱怨說張董只會責罵人，苛求人，對員工提出的改善辦法、因應對策等皆無意採納，就只會大放鞭炮，放了快一個鐘頭。王一聽，顯然不是新聞，就幽默地對劉經理說：「有被炸到嗎？沒關係，我皮包裡有一罐虎標萬金油，待會兒擦擦就好。」

真正與王盈貞展開長久的友誼是在離職後。那時李裕亨忍無可忍，按捺不住四年來壓抑的情緒，因細故終於與同做翻譯的王錦雲撕破臉，乃至互擲紙杯，結果被總經理要求提出辭呈。事後李有閉門思過，自己也太計較，但四年來王錦雲仗著老資格，又是當主任，常將冗長、複雜的急件派給李翻，莫怪李會記恨在心頭。事隔多年，有一次，李偶然在捷運上遇到當年一位柯姓副理，聊著聊著就談起那樁不愉快的往事。柯說：「王錦雲這查某實在真嬌，愛偏人，逐項攏愛佮汝爭，連個尪一擺郊遊時都偷偷仔咧講，伊佇厝內就是尚大仙ê，大家（婆婆）嘛愛配合伊，看伊ê面色。往過阮攏知影汝真吞忍，尾仔真氣遮會佮伊冤起來，我也捌勸過伊，攏無效，這漚查某就是遐嬌。」李聽了，雖覺得有人了解事情的真相，也了解他的性情而有些欣慰感，但終究是早已落幕的往事，何必再提。

同樣是安慰人，王盈貞的做法就不一樣。王打電話給李裕亨是在事發不久，即李剛離職時，因此祇要是稍有智慧的人，絕不會在問候對方的當下，又提起令人憤慨的事。在電話中，王表示過去相處蠻愉快，也很佩服李的英文造詣。當得知李一邊在找新的工作，一邊也趁機多看些書，還在《英語週刊》上投稿，撰寫專欄時，她頗覺高興。此後，李一收到主編多寄的週刊時，總留下三份，一份轉寄給王，另兩份則寄給王特別介紹的兩位老同事，他們也對英文進修同感興趣。為了不讓李破費，王等三人都是預先將郵票寄來，以備李轉寄週刊時可用上。那年夏天，因王之鼓勵與支持，李在寫作及翻譯上，均有一番新的進展。

緣份的確很奧妙。李裕亨成為《英語週刊》固定的撰稿人，在某些程度上，就如同跟王盈貞結下善緣一般。原來該週刊之主編兼發行人，黃豐業就是李念大三時，教英文作文一科的老師。當時的師生關係很普通，幾乎可忽略掉，但黃為人親切、誠懇，教學又認真，倒是給李留下美好的印象，以致於畢業後，為報考台大境內的語言中心，李還特別拜託黃，請他做為推薦者。後來，雖未能進入語言中心工作，然師生的關係卻比在學時更密切。就是從那時起，李的譯筆大受肯定與讚賞，開始長期在週刊上投稿，賺取不少稿費。如今週刊早已停刊，外界環境亦變化萬千，但師生間的情誼卻一直維繫著。其間，縱有對世局、世事之辯論，師生二人也多能達成有效的溝通。

然而，很不幸，也很諷刺，當李裕亨和王盈貞在辯論國內政事時，很可能是同輩分，而非師生的關係，幾度交手都不歡而散。若追究誰的過錯，顯然李該負最大的責任。最初李、王二人談及政治是在一九九四年十一月間，那時李已在健順電子工作，而該年十二月三日的一場選舉可說是劃時代的大選舉，因將首次選出台北、高雄二直轄市的市長，以及全台灣的省長。在電話中，談到台北市長選舉時，李大方地說出，要投民進黨候選人陳水扁一票，而王也毫不保留地說，欲將選票投給新黨的趙少康。那回兩人尚有風度，既不批評對方中意的候選人，也不強拉人一票，只表示對這場選舉很感興趣，到時一定會去投票。但往後幾年，隨著台灣意識逐漸抬頭、台灣與中國之區別越來越大、立場不同的媒體之推波助瀾、共產中國欲併吞民主台灣之野心加劇等，李開始討厭並憎恨新住民，即俗稱的外省人，偏偏王就是其中之一。

「中國那麼好，幹嘛不趕快回去？只會天天說台灣不好。」李在電話中生氣地說。
「那也得在中國有個工作才行，否則怎麼生活？」王冷靜地回說。
「去了再找啊！省得一天到晚對台灣嫌東嫌西，再不然就移民到美國。」
「美國沒有我們想像得那麼好，亞裔公民常常受到歧視和排擠。」
「中國你祖國不敢回去，在台灣又不願認同台灣，乾脆移民到月球去算了。」
「哈！哈！你真會說笑。」
「要不然哩？你們啊！就是台語常說的飼鳥鼠咬布袋。」
「抱歉，聽不太懂，什麼意思？。」
「就是說台灣給你們吃，給你們住，你們毫不感激，反而罵台灣，害台灣。」
「別這麼激動，至少我不會這樣惡劣，再怎麼說，我們都在同一條船上。」
「講得好聽，心裡卻老是對台灣不滿，唯有中國好。」李說完就掛上電話。
這一掛，李裕亨也自知不禮貌，又太衝動，但是一想到這些吃裡扒外的中國人，李心中就升起一把無名火。約過了一週，李忽然在Outlook的信箱裡，收到王盈貞寄來的一封電子郵件，還附加一張櫻花盛開的日本風景照。看來王鑾有心，知道李家向來喜歡日本的風光、文物等，也藉由這簡短的E-mail提醒李，畢竟都是老同事，別為了統獨、族群、政治理念之爭而傷了友誼。李看了信，還能抱怨什麼？就趕緊打通電話，慚愧地向王賠不是。可是，過沒多久，兩人又為國內政局、今後走向、盡快本土化、去中國化等問題吵了起來。這回王已失去耐性，就在電話中說李真可悲又可憐，成為政客操弄的小棋子。李一聽當然火大，也對王說她不也成為人家操縱的小棋子。然後，過了些日子，王自知本身亦有過錯，便藉著E-mail再度遞出橄欖枝。這樣吵了又合，合了又吵，約有三、四次。

兩人真正合好如初大概是在李裕亨退休後，特別是李母辭世後。那幾年，李逐漸看清世局，弄懂美國、中國、台灣與日本之間，既錯綜複雜，又涇渭分明的四角關係。原來，台灣自日清甲午戰爭後，依雙方締結的《馬關條約》，名正言順成為日本的屬地。之後，因二次大戰日本戰敗，於美國主導的《舊金山對日和約》中聲明放棄台、澎等地，卻未明言交付予誰，遂由主要戰勝國美國代為託管。換言之，果真台灣欲獨立，成為完全正常的國家，絕非自中國脫離出，那是國、共兩黨設下的圈套或假議題，而是忖度時勢、世局等，徵得美國之同意，並照會日本，並在國際社會見證下，擇期進行公投，制定台灣新憲法，以求法理上建立新而獨立的國家。這些論述，加上個人的看法及意見，李多次向報社投書，也泰半獲得正面的迴響及廣泛的肯定。

經由與王盈貞之辯論，乃至爭論，李裕亨最終所獲致的不單是認清台灣之現況、處境、歷史沿革等，更重要的是，深感王為人之寬厚、仁慈、平和與篤實，尤其是珍惜友誼、包容過失、主動言和之高尚情操。暫不提李從前所接觸過、交往過的女同事當中，有誰像王這般有氣度，就是在多數的男性友人中，恐怕也很難找到一個像王這樣心胸開闊的人。那個李稱之為王牌之一的王吉康，曾因私下透露年少風流，有過尋花問柳之事，而被李無意中講了出去，以致和李冷戰了一會，又言歸於好，也算不記恨之外，就實在想不出有哪個男同事像王盈貞一樣，有容人之雅量，特別是為了不同的政治觀點而爭論時。當然，王吉康和李一樣，同屬於堅定的台派，根本不可能因政事吵翻天。相反地，他每遇到困惑之處，或聽到可疑之言，總會打電話給李，以確定實為老共同路人在造謠。

其次，雖不盡然是欺善怕惡，但李裕亨也自知和一般人沒兩樣，即有著柿子專挑軟的吃的毛病。怎麼說？在他的熟識當中，像在四海書局，擔任英漢辭典編輯時，所共事的朱肇和也是新住民。為何不像質疑，或嘲諷王盈貞一樣，亦以相同的方式對付朱呢？原來，朱的年紀較大，看似文質彬彬，實則脾氣古怪，且懷抱大中國主義之思想，的確不好惹。此外，日後在百達電子任職時，所結識的楊偉柏也是新住民，又為何不對他質疑並嘲諷呢？原來，楊長得英俊瀟灑，一副西方人的面孔，尤似明星克里斯多夫李維。自初遇以來，李就對他情有獨鍾，怎會藉機惹他。不過，也許楊之年紀遠小於朱，亦顧及友情之緣故，在二〇〇四年大選前夕，李、楊二人曾在電話中談及候選人、政局種種，看法雖南轅北轍，楊仍表示意見相左是難免的。若換成老朱，李就等著被重重數落了。唉！還是王最寬容、最仁厚，一思及此，李就更覺愧疚。

第六章

在內心深處李裕亨很清楚，很明白，也很無可奈何，太郎再怎麼年輕、俊美、帥氣、性感、健壯，終究是尊人偶，是個假人。每當這般思量時，李不免想起《悲慘世界》裡寄人籬下，每天吃不飽，又得操勞家事的可憐小女孩珂塞蒂。即使是一條又破又舊的抹布，珂塞蒂都能將它捲成一團，當做一個小玩偶；抱在手上，摟在懷裡，看在眼中，愛在心坎，就跟有錢人家的女孩在玩的漂亮、精緻、昂貴的洋娃娃一樣。試想珂塞蒂都可將抹布當成娃娃疼惜，那李再怎樣無奈或感傷，自然也就將太郎視為真人。

不，不對，珂塞蒂後來有得到尚萬強，即《悲慘世界》中畢生歷經艱辛、贏得世人景仰的男主角之接濟與領養，不久就獲得了一個可愛、美麗的洋娃娃。及長又與年輕改革家馬里奧相戀，也在尚萬強的協助與祝福下，與愛人結成佳眷。而李裕亨呢？縱使社會氛圍已對同性戀較能理解，並試著接納，且立法院亦於二〇一九年五月中通過同性婚姻專法，但已年逾甲子的李，有望享受到專法的保障與維護嗎？看來真是渺茫。也罷。自己的童年遠比珂塞蒂幸福，比起真實世界中，時刻在飢餓與死亡邊緣掙扎的貧童，不也是幸福、快樂千萬倍嗎？成年後雖時而覺得寂寞、孤獨，但也曾陶醉在似愛情、像友情的夢境中，更何況最後還贏來兩張王牌，外加呂秀芳，共三人之堅定、永恆的友誼。世上變調的愛情、走樣的婚姻，包括同性及異性，實在多如牛毛，何必太欽羨。再怎麼說，還是可大聲說出：「我有太郎！我有太郎！」只要一息尚存，天下沒有絕對使人絕望的事。有一天或許太郎會變成真的人。至少，太郎有好些真人、活人所沒有的優點。

性的撫慰是人類的本能，卻也是製造像太郎這種人偶的宗旨。這類擬人化的玩偶亦具備性交的功能。可是有些人買了性愛娃娃，不會好好維護，成天就當成性奴來搞，尤其是獸慾較強的男性對上嬌美的女娃娃。這樣搞雖不至於搞成性病，長久下來，終究對自身及人偶皆不妥。李裕亨絕不會這樣，當然是因為他搞不動，但就算他可搞定，也不會如此對待太郎，將個美少年當性奴把玩。讓太郎晨昏晴雨陪伴在身邊，好好親吻他，輕輕撫摸他，定時幫他擦拭臉龐、手足等，待乾後再撲上痱子粉，不也是最美好、最健康的性安慰。

算是孤家寡人的李裕亨，難道不需要進一步的性撫慰嗎？需要啊！連有伴侶、配偶的人都有另找第三者的時候，更何況是獨身者。那怎麼做呢？自慰就行了。原來，李收藏著一冊冊剪貼簿，裡頭全是俊男帥哥的照片，多半是從男裝雜誌、型錄或廣告上剪輯下來。這樣類似集郵的習慣大概始於高二，但那時剪下來的多半是電影畫報、電視週刊上的明星，一看就知是某某人，反而之後所蒐集的各國模特兒之照片顯得較新鮮、有趣。這一本本俊男專輯、帥哥集錦，無形中已成為李的紙上後宮、紙上妓院。一切人馬具備，就等李大駕光臨。

在歐美、亞洲皆有的俊男帥哥中，李裕亨最喜愛一位棕髮褐眼的美男子，因為他的照片最多，而且每一張所穿著的西裝都很高雅時髦，表情、姿態也各異，既耐人尋味，又引人遐思。有一張他在接聽手機的照片，笑容可掬、風采翩翩，彷彿接收到李的召喚，正準備服侍恩客。還有一張是他坐在飯店大廳的沙發椅上，悠然翻閱一本雜誌，好斯文、好有書卷氣。那翹腿端坐的姿勢，不僅顯示出西褲的質料與筆挺，更將腳上與褲子相配的牛津皮鞋、絲光棉襪完美展露出。沒錯，這一晚，他再度接到李的點召，已穿上典雅的西裝，提前來到飯店，就等恩客跨入大廳，再起身恭迎。他將與李共進浪漫的燭光晚宴，共享美酒佳餚。之後，會攙扶著李，讓李依偎著他，再搭電梯上樓。開啟房門後，兩人稍坐一會，聽些音樂，小酌一番。當月滿西樓時，他就褪去一切衣物，並幫李寬衣解帶，好與李共度良宵。在性愛的幻想下，李自慰了，從中釋放出壓力，感受到無比的喜悅。

以上雖是李裕亨為自慰而興起的幻想，但在現今世界各地確實已有高級男伴，專門陪同婦女出遊、赴宴、度春宵等，部分尚有為同性男客提供服務者。這些情色交易早已司空見慣，且多半合法。然而，適度的自慰仍有其好處。就李那看圖說故事般的綺麗幻想而言，顯然要完美多了，既省時、省力，又省下大把鈔票。至於衛生安全方面，凡合法場所的從業人員較無病媒傳染之虞，但比起自慰還是有些微風險。當然，自慰亦須注意清潔、衛生等。那麼李是從何時懂得自慰？大概是從十來歲開始。不過，李在國中時很少自慰，少到幾乎沒印象。記憶中，唯有一次最鮮明、最特別，那已是國中畢業後的夏天。

一九七三年七月中旬，李裕亨剛考完高中聯考，而他二哥則在七月初就考完大學聯考。由於年齡相仿，隔壁陳家的三哥、四弟也分別考完大學、高中聯考。為了好好放鬆一下，二哥央求父親，為他及弟弟申請一銀的溫泉招待所之住宿，以便到北投玩。出發前，二哥又邀請了陳家兄弟，這樣就更熱鬧好玩了。陳家兄弟早已聽聞李家常到北投洗溫泉、過夜等，因此受到邀約時頗興奮，包袱裡裝了三天兩夜換穿的衣褲之外，還帶了些餅乾等零食，以及望遠鏡、撲克牌、象棋等。他們是在午後約兩點時抵達招待所，正是暑氣旺盛時，所以放好背包後，有的在榻榻米上邊吹電風扇，邊打瞌睡，有的就先跑去大澡堂洗溫泉。

等四人都洗完溫泉浴，天色依然通亮晴朗，便到庭院、花房、果園、菜圃四處閒逛。因是日式屋舍，下了榻榻米後，不是穿著鞋子走，就是穿上木屐，很少有人穿著橡膠拖鞋。一拉開玄關處的大鞋櫃，有好幾雙乾淨的木屐，但李裕亨也注意到有一雙咖啡色皮鞋，那式樣相當時髦、高尚。還會有人來嗎？平常天行員都在上班，大部分都是假日才來。難道會是董事長或總經理來度假嗎？有可能。好了，管他娘的，他度他的，我們玩我們的。二哥等三人一下子就穿好木屐，但還是得等李穿好那鐵支架，再一塊兒去院子蹓躂。這不是二哥有耐性，而是李父特別交代，不希望李像小學時一樣，不小心又扭傷腳踝。

在偌大的後院東逛西逛，不知不覺已快四點半，但二哥和陳家兄弟仍意猶未盡，還想到日治時代為防空襲而建，就座落在果園後頭的的防空洞裡去探險。李裕亨心想已一身汗水，再到那防空洞裡，勢必悶熱又漆黑，便先回屋舍去，脫離了探險隊。當李穿過草坪、花房、池塘等，小心翼翼循著路徑，來到屋舍前的小花園時，大門忽然開了，走進一個高挑、斯文的青年，約二十六歲左右，一手拿著網球拍，另一手拿著球，全身從上衣、毛巾、短褲到鞋襪皆為白色，乃標準的網球運動裝扮。即使李與那男子有些距離，並且雙方都在行走中，李仍瞥見那人有一頭捲髮。不知是自然卷，還是燙過的？此刻，對方也注意到李，向他點了點頭。這會是上層的人嗎？有這麼年輕的？

二哥他們回到房舍後，揮汗如雨下，趕緊再去大澡堂沐浴。晚上，李裕亨等四人就在八疊榻榻米的大房間裡吃晚餐。那些飯菜是委託管理員阿琴代訂，從山腳下的一家飯館，由專人騎機車送上來的。茶餘飯後，四人閒聊著聯考，以及若考上後成為高中生、大學生的點點滴滴。李一時尿急，想要去上廁所，便踉蹌地來到大房間的後方。那裡有兩間廁所，面積都很小，一間只備便斗，另一間則僅有馬桶。在走道前端還有間四疊榻榻米的房間，其對面就有間小澡堂，以方便住宿這裡的人泡溫泉，不用再去那大澡堂洗。這時，李注意到，小房間內點著燈，映照在紙糊的拉門上，有個人影像是低頭在看書。很顯然，那個人就是午後在小花園遇到的男子，因為影子的頭頂部分有著卷曲的線條。對啊！果真是董事長或總經理來，應該是住樓上的貴賓室，怎會住在樓梯口底下的小房間。唉！管他爹的！趕快尿尿要緊。

隔天一大早，吃過早餐，二哥帶著陳家兄弟去附近爬山，留下李裕亨一人在大房間裡，隨意瀏覽著一本當期的讀者文摘。此時，管理員阿琴送茶水過來，李出於好奇，便問阿琴說：「仝款來遮蹛ê彼个少年家是行員咻？特別請假來ê？」

「毋是啦！伊是總行總務部江經理ê後生，最近考著調查局，趁訓練進前，由個老爸申請，來招待所蹓幾工啊。伊是頭一擺來，真合意這所在。」

「看伊下晝時攏會去拍Tennis，欲暗仔遮倒轉來。」

「喔！汝昨昏有遇著伊咻？按怎？江先生看起人漂撇，閣真有禮貌。」

「是啊！」

「好啦！汝看汝ê書，我來彼爿灶跤洗碗盤。」

「無閒隨汝去。」

午間，二哥他們爬山歸來，稍事休息，便邀李裕亨一同至巷口外，半山腰的一家麵店吃榨菜肉絲麵。那家麵店隔著一條大道，與對面逸仙國小的外牆相望。江先生就是在學校的操場打網球吧！在操場可以打網球嗎？問了二哥才知，網球場不在校內，而是在附近的一個地方，有點偏僻。他們翻山越嶺時有路過。吃完麵，一返回招待所，夏日炎炎，無所事事，大夥就邊吹電風扇，邊躺在榻榻米上睡午覺。李沒爬山，不怎麼睏，只是閉目養神。約莫過了十二分鐘，忽聽得有輕微的腳步聲，從後頭的小房間，穿過走道，經過大房間的紙拉門，來到玄關處。緊接著，那人拉開鞋櫃，拿了鞋穿上，再推開木門，經由小花園，走到大門，開了門步出招待所。是江先生吧？想必又是去打網球。可是，聽他在玄關處的穿鞋聲，還有踏著碎石步道走出去的聲音，應該是穿上那雙咖啡色皮鞋。管他爺的，人家今天不打球，可能是要到山下的戲院看電影。

說是閉目養神，李裕亨倒也瞇了約二十分鐘。午睡醒來，有些尿意，遂往大房間的後頭踉蹌而去。經過四疊榻榻米的小房間時，因紙拉門沒全部拉上，還留了三分之一的縫隙，故李探個頭，即可將房內的棉被、枕頭、衣物等一覽清楚。他看到網球拍和網球擱在牆角，運動用的衣褲掛在牆上，那雙白襪則像丟棄了似，就隨便扔在榻榻米上，並且離紙拉門很近。果然江先生今天下午不打球了。

再稍微仔細看那雙白襪，質料蠻不錯，有種像羊毛般柔軟、舒適，又彈性極佳的感覺。四下無人，寂靜無聲，李裕亨一時好奇，竟將那雙白襪拾起，摸了摸，毛毛的、柔柔的、雪一般的白、雲一般的美。看了看，索性就帶著這雙襪子到廁所去。坐在馬桶上，李將襪子穿在自己的腳上，低頭看著，一大一小，總沒有穿在江先生的腳上那樣勻稱好看，但還是穿著。這時，趁著尿意尚未火急，李將陰莖掏了出來，揉了再揉，就這麼自慰了一番。想來真是驚險、刺激、過癮又難忘的一次自慰。待走出廁所，將手洗了又洗，並將襪子放回原處，回到大房間時，二哥他們仍睡得很沉。再豎耳傾聽，絲毫未聞有皮鞋的踏步聲傳來。

過完山中假期，回到家，約一個禮拜後，高中及大學聯考陸續放榜了。李裕亨原本估算，應可考上第三志願，即李父的母校台北二中，今之成功中學，但因數學李祇考五十三分，遂被分發到士林高中。至於陳家四弟和李差不多，考上了建中夜間部。而那位李兒時的玩伴，住在左鄰的蘇寶蓮則考上北一女。很遺憾，二哥及陳家三哥都沒考上大學。二哥心想乾脆就跟大哥一樣，先念所三專，當完兵回來再說。然李父認為家中該有個念大學的，出社會也較好找工作，因此二哥祇好進補習班加強，隔年捲土重來。那陳家三哥雖父親早逝，但其寡母亦希望兒子上大學，於是也進了補習班，準備重考。

就考得最差的數學一科而言，李母總認為，若李裕亨能再多考個十分，則考上成功中學就毫無問題。甚至再多用功些，第二志願的師大附中也頗有希望。偏偏李就是將數學擺爛，連家教班也不去補習，只知道放假，或平日有空時，瘋什麼服裝設計，忙著裁製娃娃的洋裝、泳裝、晚禮服等。其實，就算李當時沒這興趣，他就是討厭數學一科，越念越煩，否則為何同樣是在縫製娃娃的衣裳，其他學科都毫無影響，英語還考了九十二分。想來真有點玄，國一時李的數學還蠻不錯，考下來都在七、八十分，甚至九十幾分都有。不幸，升上國二時，不知是教材內容偏難，還是換了個嚴厲的老師，李的數學成績就一落千丈。

國三時李裕亨經常被數學老師打手心，只因每次都考太壞，或叫到黑板前解題，卻解不出。有一次，老師打得太重，李幾乎淚水奪眶而出。這時，坐在前排，有位個子較小，不僅在數學課常挨打，在英語課、理化課等也常吃鞭子，名為詹耀榮的同學忽對李喊說：「李裕亨！較忍耐些。」想來十分微妙，直到今天，這句話還真管用，無論是李病痛時、悲傷時、氣憤時，抑或內心感到空虛寂寞時。更奇妙的是，詹乃國三時才由他校轉入大同國中，與李的友誼算普通，但他樂觀、豁達、開朗，又樂於助人的精神卻值得嘉許，比起其他同窗三載的同學益加令人難忘。畢業後，祇知他去讀五專，從此杳無音訊。

除了詹耀榮，還有一位名叫林尚義的同學也蠻特別，雖早已失去聯絡，卻也曾在李裕亨的成長過程中，留下不可磨滅的記憶。那時李、林二人處得不好。李常在美術課、工藝課向旁邊的同學借畫筆、橡皮擦、刀片、剪刀、漿糊等，每回林見著，總譏諷李是一級貧民。又因李在某些言行上較有女性特質，林更是抓住要害似的，經常找機會嘲弄。李多次向導師舉發，但林就是不聽勸，即便導師欲扣其操行分數，林還是我行我素，認為是李不像個男生，才討人厭，討人罵。

這樣惡劣的關係，畢業後就煙消雲散了。怎料高一下學期某個三月天，李裕亨在父親的陪同下，至新莊的傷殘用具廠訂製新鞋，事了於歸途中，竟在公路局的巴士上，與林尚義不期而遇。當李瞪大了眼睛，不知是怨還是氣時，林已一臉和顏悅色，點頭問好，也向一旁的李父請安。原來，林在高中聯考落榜後，就直接進入私立恆毅中學就讀，而該校就在新莊市區，離輔具工廠很近。兩個國中老同學偶然重逢，一掃過去互看不順眼之晦氣，歡喜地在車上談論著就讀高中後的種種。

「你們士林高中有個教數學的朱濟世老師吧？」林尚義問說。

「有啊！他就教我們班數學。你怎麼知道的？」

「朱老師晚上也在補習班教，我是去補習，看了各科任教老師的基本資料，才知道他主要是在士林高中教。怎麼樣？他去年才師大剛畢業，很年輕，長得算好看，教得也不壞。」

「是啊！至少不會像國中時那個莊老師那樣愛打人，對學生還蠻和氣的。」

「不一樣了，我們現在是高中生，至少要尊重我們；再說，就算他敢打，恐怕也打不過班上有些個子高、身體壯的同學。」

「哈！哈！你說得對。」

朱濟世老師是還不錯，平常小考時，就算全答錯，或交白卷，也還有基本的二十分可拿。但很不幸，上下兩個學期平均下來，李裕亨的數學成績僅四十九分。依照當時教育部對公立高中的規定，凡有一科未達五十分，經補考亦未通過，則必須留級。李經此打擊，從此對數學深惡痛絕。但所幸重讀高一時，在數學課上遇到一位長得頗秀麗，教學方式亦能循循善誘的蘇珮璇老師，對李鼓勵有加，勸他好好來上課就行，別想太多。有一回課後，蘇還安慰似地對李說：「你其他科的成績都很好，數學稍微加強一下，將來考上大學，人家只知道你念大學了，沒有人會記得你曾經留級過。」

回想那黑暗時代般的一年，雖有父母、師長不斷的鼓勵與支持，但最能帶給李裕亨安慰的莫過於林尚義的一再打氣。在數回的通信中，林也在信上屢次抱怨教育部殘酷的規定，感慨做為高中生的悲哀、無奈等。甚至剛得知李不幸留級時，林還提供了朱濟世老師家的電話號碼，要李打去向朱討公道。唉！太遲了，討什麼公道？打去時，朱已準備當兵去，但還是和藹地說：「怎麼學期快結束前，不特別跟我講一聲呢？老師絕無惡意整你，那麼多班級和名字，我實在很難對每位學生都有印象。現在你打這通電話來，我想起來了，你一向很守秩序、很文靜，只是數學念不好。沒關係，趁這年重讀，好好打下基礎，你的數學成績會變強，將來考大學時一定比別人佔優勢。」

以上兩位數學老師的話固然鼓舞人心，但最令李裕亨感動、難忘的還是林尚義在那年聖誕節前，在寄來的賀卡上所寫下的一段文字：「烏雲後往往是一大片陽光照耀，勇敢地振作起來，光明的前途是屬於堅持不撓者。又一年了，別計較過去，好好把握著未來那無數個日子吧！」實則，何止又一年，已歷經了數十寒暑，走過無數悲歡歲月，度過無數憂喜日子，然這張印上齊白石星塘名畫的卡片卻始終保存著，縱使林早已不知去向。

別再提這惱人、誤人的數學了。若李裕亨當初能稍微換個角度想，重讀高一的那年正好是士林高中改名為中正高中，則就當念士中那年是試讀或旁聽好了，後面的三年才是正式念高中，而且又是前所未有的中正高中，像是一所新學府，那心理不就舒坦多了。再且，畢業時也稱得上是第一屆中正高中的畢業生，心情不也是蠻好的。

實際上，也是在中正高中念高三時，李裕亨遇到了生命中另一個大貴人，教國文的曹炳煥老師。曹同時也擔任班級導師。若言李迄今仍愛寫作，不管是文學創作，還是時事評論等，曹的影響力與鼓勵絕對具有關鍵性。曹亦從事寫作，尤其擅長傳記文學。而對於李之痛恨數學，曹亦比任何人更能感同身受，因當年曹念東海大學時，先是主修經濟學，無奈數理程度自中學即積弱不振，不得已才轉到中文系就讀。他曾嘲諷似地說：「只要有兩個眼睛，一根鼻子，誰都可以念中文系。」顯然這是不對的。稍有治學經驗的人即知，文史課程、社會課程均比自然學科、理工學科還難念。好些學醫、行醫的人就曾對李訴說，同樣屬於日耳曼語系，德文比英文難學又難懂。豈止德文，比起其他歐洲或東方語文，英文算是簡單了。即便如此，有不少醫生、律師等寫起英文，不是文法錯，就是修辭有問題。

自離校後，雖曾一度未聯繫，然偶然一次候車時，李裕亨巧遇曹炳煥老師，兩人遂又頻繁聯絡至今。或許曹很早就發覺李的性傾向。多年前當李迷戀同事楊偉柏，其間因楊工作壓力大，以致對李疏忽時，李像失戀般曾請教曹，曹即以普通戀愛觀開導李，並未對李之同性戀有何訝異，或特別對待。不僅是曹，就連大學老師黃豐業亦對李頗多了解。有次從李為情所困的談話中，黃得知對象是男性時，毫無驚訝，只勸李一切順其自然，千萬別鑽牛角尖。

第七章

有個太郎這樣精緻的人偶陪在身邊，光是看他一身光鮮亮麗就令人賞心悅目，有他在房裡，有一種微妙的、淡然的、說不出的幸福感。當李裕亨放聲高歌時，不僅俊帥的太郎聽得如癡如醉，若逢日麗風和的好天氣，窗外更會飛來三五成群的鳥兒，駐足在陽台上，嘰嘰喳喳，像似合音天使為李伴唱，平添單調、孤寂的日子幾許歡愉及樂趣。練唱完畢，收拾好樂譜，李總會挨近太郎，摟抱著他，親吻他的臉頰、嘴唇、下巴，還有那英挺的鼻樑，說著謝謝太郎的陪伴。咦！怎麼不也親吻太郎的額頭呢？情侶間、夫妻間不都是會有這動作，就是親子間，或教宗與信徒之間也常這樣做，不是嗎？原來欲親吻太郎的額頭，還先得將他額頭前的瀏海往上撥，或撇到左邊去，這樣才能將那雪白、柔和，又飽滿的天庭親吻到。祇是親完後，又得將太郎的髮型梳回原狀。這就有些費時費力了。既然自己的手藝不行，改天有空，還是去請教那個Grand Hair姓盧的美髮師，即王盈貞的侄兒Stephen較佳。可是人家是專業師傅，願意處理人偶的頭髮嗎？費用會跟真人一樣貴嗎？再看看吧！起碼最基本的髮型自己還能梳。

在親過，摟過並謝過，欲離開書房時，剎那間李裕亨忽然想起了某人，其容貌與太郎倒有幾分像，特別是那濃眉大眼。好奇怪！先前端詳太郎，總是聯想到一些台灣、日本的偶像明星，或日本童話裡桃太郎可愛的模樣，卻不曾想到那個好像名叫Paolo的義大利男孩。在二〇一一年，李曾和大哥遊覽義大利，而就在南方的阿瑪菲，與那年約十一歲的男孩Paolo相遇，並留下一禎合照。那照片仍存放在電腦的風景資料夾裡。猶記得當時大哥一拍下，看了預覽即說：「恁二人ê表情攏真自然，笑到真歡喜。」

在回想這俊俏、可愛的Paolo之前，不妨先簡述一下阿瑪菲。阿瑪菲位於港都拿坡里（即那不勒斯）不遠之處，向來以其風光旖旎的海岸線著稱。若說托斯卡尼的豔陽瑰麗迷人，則阿瑪菲海岸的陽光更熱情有加，充分展現出南國的魅力。稱阿瑪菲為南國，不單是其地理位置，而是九至十二世紀，在此確曾建立阿瑪菲公國，與遠在中部的羅馬帝國遙遙相對，稱霸於地中海，尤以海上貿易揚名。可惜有盛必有衰，至十二世紀中葉，阿瑪菲被比薩所取代，隨後又被威尼斯所超越。

暢遊阿瑪菲時，除了機車、轎車等，凡是大巴士都必須換成小巴士，這樣司機才能靈活穿梭於九彎十八拐的山崖路上。這類似台灣的蘇花公路，甚至更陡峭、更險峻。李裕亨一向不暈車，但抵達岸邊就急著想上廁所，因為顛簸異常，已將胃攪得很不舒服。幸好，岸邊最接近停車處就有一家冷飲店，不過店內的廁所雖可借用，裡頭卻又暗又窄，而且馬桶上沒蓋子。無所謂，將就點，小心使用就行，好在只是拉而已，並無嘔吐之意。

解決了生理問題後，出了店門，來到海岸邊，看那大哥已在取景拍照。此刻海風頻送，陽光普照，海水尤其湛藍，人也頓覺神清氣爽。轉個頭，忽見有個男孩穿梭在戶外的咖啡座之間，忙著遞送飲料，李裕亨心想應是店裡的小幫手，或是店東的小兒子。只見這男孩俊秀無比，一頭黑髮在豔陽照射下，既烏黑亮麗，又光滑柔美，但膚色略顯黝黑，必是長期日曬之故。當他和李四目交投時，還蠻大方，點頭笑了一笑。這時座中有客人像是喊著Paolo! Paolo! 那男孩隨即跑了過去。顯然是熟客在叫喚他。

等Paolo從店裡重新端出飲料，並送到客人那裡，再擦了擦桌子，收拾好空杯子，欲返回店裡時，李裕亨靈機一動，向他揮了揮手。可愛、活潑的Paolo立刻走了過來，想必是有人要再點什麼果汁或咖啡。李用義大利語向Paolo表示，可否與他拍張合照，結果Paolo誤以為是李要他幫忙，為李和大哥二人拍照，遂擱下托盤及抹布，順手就拿取大哥面前的數位相機。於是，李趕緊再將自己的訴求講了一遍，並做了些手勢。這下子Paolo完全會意了，便高興地將左手搭在李的左肩上，身子稍微向前屈，面露燦爛的笑容，對著相機的鏡頭，由大哥按下快門，拍了張與李的合照。一拍完，Paolo拾起托盤和抹布，準備離去時，李輕拍他的左手臂，說了聲grazie mille（非常謝謝），Paolo也回首道了聲prego（不用客氣），這才往店內走去。

因太郎的緣故，驀然間，想起了幾乎已淡忘的男孩Paolo，以及那美麗的阿瑪菲海岸。然而，義大利還有風情萬種的水都威尼斯，於是思緒像添了翅膀，剎那間就飛向那水鄉澤國，回憶起數年前讀過的那本德文小說Der Tod in Venedig（魂斷威尼斯）。書中男主角艾森巴哈年過半百，因寫作上遭逢瓶頸，且深懷喪妻之慟，遂自我放逐般，遠離陰寒的德國，搭船來到暖和的威尼斯。在此他等候飯店的晚餐時，邂逅了一位俊美脫俗、有如雕像般細緻、優雅的波蘭少年達秋，從此對其一往情深，愛慕之情與日俱增，最終不顧瘟疫襲捲水都，至死仍對達秋一片癡心。思及此，李裕亨想著當年遊義大利時，年紀就與艾森巴哈相仿，而巧遇的Paolo只比達秋小約三、四歲，但遭遇全然不同。當然，經典文學不可任意與俗世之事類比，縱有某些相似之處，亦有其侷限，畢竟文學創作已是情感的爬梳、提煉與昇華。若欲試著相比，李與Paolo的邂逅輕鬆多了、快樂多了。

輕鬆多了、快樂多了，真的嗎？那是尚未真正愛上一個人，迷戀一個人的時候，一旦陷入了情網，就無法輕鬆起來。至於快樂，或多或少都會有，就像艾森巴哈每天期待達秋出現在大廳、餐桌旁或電梯口那樣既愉快，又有些緊張，但也不免伴隨著希望落空時的惆悵、無奈與感傷。凡此悲喜、憂樂的心情，尤其是其間的落差，比洗三溫暖還強烈，李裕亨在二十幾年前已體驗過，所幸還沒落到茶飯不思，乃至失魂落魄的地步。

那是一九九七年的暮春。有天中午，李裕亨和往常一樣，在午休鐘聲響過，約十分鐘後，方從七樓的研發部，搭電梯來到地下一樓的員工餐廳，準備吃午餐。這時在熙來攘往的人群中，突然看到一個又高又帥的身影，端著盛好飯菜的盤子，正找尋位子坐下，以便享用餐點。此君想必是百達電子的新進員工，也可能是來洽商的別家公司之業務員、工程師等。但若真是外人，也應有內部人員陪同。總之，那英挺的身影在轉瞬間，就這麼鑲入了李的腦海裡，嵌入了李的心坎中。

過了一、兩天，某日下班時，天色已暗，飄著細雨，李裕亨因額外編修一份市場企劃部的新聞稿，故遲些下樓，準備趕搭末班車回家。當電梯來到五樓時暫停，走進一個也要下班的員工，而該員工正是那個又高又帥的男子。因電梯裡只有李和那人二位，又見他穿著不俗，打著一條斜條紋的藍色領帶，恐是中階主管，或市場部的企劃專員，李便逮住機會想認識他。

「外面好像在下雨，你有帶雨傘嗎？」李裕亨以平常的語調問說。

「我有開車來，沒關係。」那人露出美好的笑容說著。

「我看先生好像是新來的，對吧？」

「對！我這個星期一才來報到，我在品保部工作。」

「喔！品保部的工作很辛苦吧？」

「剛來還在適應中。」

「是啊！適應一陣子，你就熟練了。」

電梯很快就抵達一樓的大廳，李裕亨和那位先生走了出來。這時李瞄了一下服務台，分別負責接待訪客，以及接聽電話的兩位小姐早就準時下班了。

「你是哪個單位的？」那人邊走邊微笑著問說。

「我是屬於研發部，但不是工程師，主要是幫他們編譯機器的使用手冊，或產品的測試報告等，有時也要編修一些市場部的型錄、DM及新聞稿。」

「喔！我知道了，你是Technical writer，英文能力一定很棒。」

「還可以啦！」

兩人走到玻璃大門前，互道再見後，那位先生就快步走了出去。李裕亨心想大概是新來的，在地下二樓的停車場一時無空位，他才暫時將車子停靠在外邊。長此以往，實在不便，只能請總務部盡快設法解決。

隔天，李裕亨收到一本業界的刊物，那是去年參觀電子展時，一家專為電子、電腦等廠商刊登廣告的雜誌社寄來的。正巧那一期有登出品管的最新資訊，而且若想進一步了解，還可填寫一張明信片，以索取一本品管專業書刊。李一看到，立即想到那位品保部新來的先生，遂打了通電話到品保部。問那部門的助理小姐才知，那人姓楊，於是再轉接到楊先生那裡。告知楊原委後，李便和他約在五樓的玻璃門外，好將那份雜誌送給他。

「真是謝謝你。」楊先生說著。

「不客氣。既然可索取，就不妨拿來參考一下。」李說著。

「應該對工作蠻有幫助。」

「請問你大學時是主修什麼的？」

「IE，工業工程。」

「喔！那最適合擔任品管、品保之類的工作。」

「是啊！對了，該怎麼稱呼你呢？」

「我姓李，木子李，名叫裕亨，裕隆汽車的裕，萬事亨通的亨。」

「我叫楊偉柏，楊是木易楊，偉是偉大的偉，柏是柏樹的柏。」

「名字不錯。」

「謝謝。」楊微笑地說著。那驕陽般燦爛的笑容幾乎要將李給融化了似。

如今回想，楊偉柏那迷人的笑容真像是肯恩娃娃的笑臉，尤其是一九八三年推出的肯恩娃娃。那年初夏，李裕亨以榜首的成績，考入華大西語所英文組。同年十月，偶然路過一家文具店，被櫥窗裡穿著白色西裝、打著紫色領帶、笑得無比瀟灑的肯恩所吸引，遂走入店內，付了錢，買下肯恩，將其帶回家。俊美、英挺的肯恩連孩童都可拿在手上，然若依真人的身高比例來看，他那修長、健壯的身軀至少也有一米八五。此後，入眠時，褪去衣衫的肯恩就睡在李的枕邊。沐浴時，一身天體的肯恩就與李共浴。平常肯恩總穿得光鮮體面，陪著李讀書，伴著李聽音樂，也隨時跟李說些悄悄話。

這麼說來，楊偉柏就是肯恩的化身囉！不，絕對不是。人有其優點，卻也有玩偶所無的許多缺點。遙想那時與楊結識後，就像《魂斷威尼斯》中，艾森巴哈天天盼望著見到達秋一樣，李裕亨也日日期待著看到楊。同樣的，見著時會有說不出的喜悅；但若一連好幾天沒遇見，就有著失望、落寞之歎。不過，比起艾森巴哈與達秋的情況好多了。當李與楊碰面時，兩人總會打聲招呼，閒話家常；甚至午休時若同在餐廳點菜，還會一塊坐下來，共享美食。但李不久就發現，在楊那明朗、健康、英挺、豪邁、瀟灑的外表下，其實有著羞澀、拘謹、保守、木訥，乃至於頑固的內在。也許正如此，幾乎每次都是李先開口，楊才跟著與之對談。無所謂，西洋面孔東方心不是更教人著迷嗎？

常言道演戲的是瘋子，看戲的是傻子，而不小心墮入愛情陷阱的人呢？就跟李裕亨一樣，既是瘋子，更是傻子。有一回，李下班時，又在電梯裡碰見楊偉柏。李問楊工作還好吧？楊答以實在快待不下去了。李一聽勸他來日方長，想開些，不知當時楊已承受了蠻大的工作壓力。李只注視著楊那天所穿的一件短袖紅色polo衫。那件紅色polo衫穿在楊身上，將他那明星般的風采、魅力與氣質完全展露出。又有一回，楊因任職品保課長之故，來到七樓與研發部的一些專案經理開會。會議結束後，與會人員一哄而散，楊最後才步出。當他行經李的辦公區時，特地和李打了個招呼，並驚訝地表示，李的桌上擺了那麼多英文字典，還有機械、電子、電腦等專門字典，真是壯觀。那天楊也是穿著那件紅色polo衫，且將雙手的手肘擱在李的辦公區之屏風上，對著李微笑，讓李看了心頭小鹿亂撞，毫不知剛才在會議中，楊已受到了些苛責。

接下去的日子裡，偶然在公司大樓的任一角落，李裕亨多少都會碰到楊偉柏，但情況似乎不妙。楊固然吸引人，卻是在他無憂無慮、輕鬆愉快的時候；若是遭逢不如意的事，譬如工作不順、壓力過大、身體不適，或家中不和諧等，那瀟灑的英姿非但不見蹤影，反而恰似烏雲籠罩、風雨欲來的樣子，既冷酷無情，又陰鬱險峻，望之令人生畏。現在想來，這種好酷的臉龐李也曾在大學時見過，就是那個名叫馬岳群的哲學系學長。祖籍山東的馬也是生來一副明星架勢，充滿喜樂時英氣四射，懷憂喪志時邪氣逼人。唉！這也是人之常情，難道俊男美女從未煩悶過？從不擺臭臉？可憐那暗戀中的李當時不解，一心就鑽牛角尖，自問自責，是否無形中傷了楊的心，將愛人那顆玻璃心給打破了？

說實在，就算沒有任何不順心的事發生，楊偉柏長得雖英俊，卻不具親和力，更何況工作壓力一大，心情不佳，整個人就令人退避三舍，不敢接近。原本李裕亨還蠻主動，突然看到楊這種冷漠的表情，一時誤以為楊開始厭惡他，更自尋煩惱，直想著是否無意中得罪了楊，傷了楊的自尊心。李這樣情緒低落、無精打采，莫怪有一晚飯後茶餘，李父見狀，問他是否愛上了某人，結果不順遂而失戀了。當李坦白道出內情時，李父頗震驚，直說這比一般的男女愛情還複雜，並且對方年紀又小些，更加讓人難以理解和接受。「唉！汝是按怎樣？家己嘛是一个查埔人，好好查某人無欲愛，竟然予一个少年家仔煞著。我看恐驚ê是汝家己一个對人有意思，而且人反勢有家後。唉！汝哪按呢生？」李父無奈地說著。

左思右想，不知如何是好，李裕亨便在某天假日午後，撥了通電話給同樣定居天母，就住在天玉街的曹炳煥老師，並說出情感上的困擾。

「我不敢當面問他，因為他最近臉色有些陰沉，好像有心事，看到我也懶得打招呼。我想可能是我不知不覺中，在言談或行為上傷害了他，他才變得不想再理會我，處處迴避我。」李訴說著。

「你對他那麼好，他應該不會突然間討厭你，拒絕與你交往。這當中一定有某些原因，例如工作上遇到困境，或是受到上級主管的嚴厲責備，不盡然是你惹毛了他。我看就安心等待一陣子，到時他又會跟你有說有笑。」曹回說著。

「我在想是否寫個信問問他？寫好就交給他們品保部的助理，再由助理轉交給他。這樣好嗎？如果現在要我當面問他，有點怕怕，不知如何開口？」

「不需要這麼做，事情沒有你想得那麼嚴重。感情的事很微妙，你就像剛開始的時候一樣，喜歡他，主動和他打招呼，他應該會有回應的。不用心慌，也不用急，以後有的是時間，漸漸地彼此就會更加認識，更加了解。不必在這個節骨眼寫信問他，反而會帶給他一些壓力，就當一般朋友看待好了。」

「好吧！我試試看。」

「啊！對了，下個週末我堂哥家有開小提琴演奏會，歡迎你來觀賞，就當做散散心也好。我堂哥家就在天母圖書館附近，這一、兩天我會把節目單寄給你，上面就有他家的地址和聯絡電話，或者你先來我家，我們再一齊過去也行。」

「好啊！那就謝謝老師了。」

週末當晚來表演的是位捷克的音樂家，也虧曹炳煥的堂哥既熱愛音樂，又財力雄厚，方能重金禮聘國外傑出的演奏者。在那花好月明的夜晚，李裕亨和其他來賓魚貫入場，坐在舒適、寬敞、高雅、晶亮的二樓大廳之席位上，悠閒、愉快地聆聽那童顏般的年輕小提琴家扣人心弦地拉奏著捷克、德國、奧地利、俄羅斯等作曲家所譜出的樂曲。顯然是從那時開始，李學會用心聆賞古典音樂中，聲樂以外的器樂，如協奏曲、奏鳴曲、交響曲等。說也奇妙，在樂曲時而如淙淙泉水，時而如滔滔湍流的演奏中，李的腦海、心海裡楊偉柏的身影始終載浮載沉。

音樂可療傷，特別是心靈上的創傷，而且不限於古典音樂，只要是美好的、能感動人心、撫慰人心的音樂，不拘類型，皆具療效。就在秋意漸濃後，有天午休李裕亨吃完中餐，隨手挑了片西瓜，裝入塑膠袋，信步走向電梯口，準備上七樓再享用。這時有個熟悉的聲音在李的耳畔響起：「吃飽了嗎？哇！你好會選，這一片特別鮮紅，看來幾乎無籽。」轉頭一看竟是楊偉柏，一臉燦爛的笑容真是久違不見，且持續片刻，彷彿陣陣柔和的春風，將李那內心深處的寒湖給吹綠了。此後，縱使楊仍等待李先開口居多，甚至察覺李走近時偶爾會羞怯地低下頭，但已看不到前陣子那種冷漠的表情、冷淡的舉止。楊由陰鬱趨向開朗，也令李由悲轉喜。看在李父眼裡，總算可放心了，遂告訴李：「會使佮伊做明朗ê交陪，毋通隨便予伊ê情緒影響著。」

翌年春節前的尾牙宴席間，李裕亨在舞台上演唱了一首世界民謠〈西班牙姑娘〉。因一時找不到原文歌詞，祇得以中文唱出。然一曲唱罷，博得全場掌聲如雷，連總務部那位罕與李互動的吳經理都特地離席，跑來李的座位旁，大加讚揚。隔天吃午餐時，黃董正好碰見李，也讚美他唱得中氣十足，讓公司有了美好的藝文形象。不過，最令李開心的是，稍後的抽獎活動中，因楊偉柏上台領獎，於返回時穿過李的席位，與李四目相視，便興奮地說：「剛才你唱歌時歌聲真好耶！厲害！厲害！」說著還將左手搭在李的右肩上。李也彎曲著左手，撫拍著楊的手背，像是謝謝他的誇讚。這樣一人忘情撫拍，一人歡喜承受，大概持續了八秒。

沒多久，李裕亨也上台領獎，並於返回座位前，趁機到洗手間。出來後，繼續往宴會廳走去。就在穿梭各席位間，忽逢楊偉柏端坐在中間區塊的那桌上，且身旁還有個小婦人。李向楊微笑打招呼，並問那女子是否為太太，楊點頭道是，李便也向那婦人點頭致意。那楊太太個子嬌小，戴著副度數頗深的眼鏡，五官扁平，不算難看，也不算好看。這麼個平庸的女人配上楊那美男子，不是俊男應匹配美女嗎？誰規定的？楊愛上的或許正是對方的賢慧、勤儉、溫柔、體貼。不過，據品保部同事偶然說起，楊妻對她這高於七尺的丈夫可是勤教嚴管。

隔日午休，李裕亭在員工餐廳，又與楊偉柏共進午餐。楊再度稱讚李多才多藝，李口頭說不敢當，心頭卻充滿喜悅。再來的那年尾牙酒宴，李選唱了舒伯特的〈野玫瑰〉，並以德文演唱，也同樣博得滿堂喝采。可惜那回楊姍姍來遲，未能聆賞，但其席位正巧就在李的那桌旁邊。李吃了幾道菜，驀然轉頭，瞧見楊的背面，遂起身走過去，輕拍楊的肩膀。楊回首看到李，展露出絢爛的笑容，起身拉起李的左手，將之置於自己的手掌心，再輕巧地捏住。李有些羞赧，低下頭去，楊見狀才徐徐鬆開，但迷人的笑靨始終綻放著。那年坐在楊身邊的除了楊太太，其座位旁還多了部嬰兒推車，裡頭睡著的正是楊的兒子。

入春後四月下旬，李裕亭在自由時報所辦的文學獎上，以短篇小說《夢痕》入選佳作。高興之餘，撥了通電話，將此佳音告知楊偉柏。楊直說好優秀，並很想看看那篇作品。因研發部也有不少人想看，李遂於隔日帶來電子檔案，再將之寄發給有興趣一讀的同仁。不知楊看過後，有何感想？其實，小說中的男配角，虹彩電腦的業務課長劉翰光，就是以楊為原型，再加以修飾所創造出的。李在領獎之前，由於新聞已披露，有些同仁喊著要他請客，因此李特別訂了好幾份義美餅乾，分贈部門同事。當然，也少不了楊的那一份。甚至出於好心情，李還特地為楊畫了幅肖像畫。咦！楊沒坐在李面前當模特兒，李也沒他的大頭照，那肖像是怎麼畫的？原來，李是以一張時裝模特兒的照片為藍本，再憑著對楊之具體印象畫出的。展開那張畫像時，楊驚喜又感動地說：「哇！好珍貴喔！從來沒有人為我畫過像，真是謝謝你。還有這餅乾，應該是我請你才對啊！」

此後，李裕亨與楊偉柏雖未天天碰面，然因同處一屋簷下，一陣子總會在餐廳等地不期而遇。俗話說小別勝新婚，用之於友人或同學、同事間亦然，幾天不見反而增進新鮮、有趣、想多加認識對方的感覺。這種感覺比初識時更令人愉快。因同為古典音樂的愛好者，李、楊二人有時會互借CD，彼此可聆聽對方所收藏的美好音樂。祇是李較主動、較熱忱，將CD借給楊鑑賞的次數較多，而楊借給李的僅有一、兩次。關於此，大概是出於楊的惰性或健忘，特別是因工作繁忙而忘了承諾。不過楊尚有自知之明，最終將CD帶來借給李時，還會說真慚愧。設若楊是善借不善還，那李就頗為難，不是向他討回，就是乾脆送他。雖然只是CD而已，卻也是一片片蒐購來的，白白送出去還真捨不得。

實際上，楊偉柏絕非善借不善還的人。有一回李裕亨和楊竟聊到法院、案例、見證等事，剛好李曾譯過一本有關美國精神科醫生，為原告或被告出庭作證的書，遂於數日後將書帶來，並贈送給楊。過了約半個月，楊帶著那本書來到七樓研發部，準備還給李，但經李之提醒，原本就要送給他，楊這才收下。當時看楊那臉色平淡無光，似乎沒太大的興致，恐怕是工作繁重，抽不出時間看書，不如歸還算了。唉！送書給人也會造成壓力，想看卻沒空，或根本懶得看。然而，比起好些祇看簽名頁，之後就將書束之高閣的受贈者，楊算是很坦白。

可惜好景不常在，摯愛的人或物也不常在身邊。由於百達電子的業務量激增，產能跟著擴大，因此在跨入千禧年之前，早已在林口的華亞科學園區購地動工，建造新的廠房，並於一九九九年晚秋，將製造部及品保部等有關生產、品檢、測試等單位遷移至新廠，而將研發部、財務部、市場企劃部等留在原廠。這樣一來，李裕亨與楊偉柏從此分隔兩地，無法碰面了。

在一九九九年的聖誕節前夕，李裕亨自五股寄了張賀卡，給在林口的楊偉柏，卻遲遲未收到楊寄來的卡片。無所謂，只要對方收到就好，況且楊忙於工作，又不免有些惰性，不能期待他一定回寄。千禧年的年初，楊因內部稽核的關係，曾在一月上旬某日，與品管處賴處長，返回五股原廠。就在那天下班時刻，楊於電梯中，又巧遇正準備回家的李。一見到李，楊笑得燦爛如昔，表示賀卡已收到，過些天將會回寄。李聽了蠻高興，直說有收到就好。那是李最後一次見到楊。至於卡片，則始終不見蹤影。

除了楊偉柏，因李裕亨在百達電子待得稍久些，故結交的同事較多些。其中那位財務部副理林達立就跟李蠻要好，即使已離職，另謀高就，還是和李有聯繫。在千禧年總統大選前，林曾特地開車來天母，接李至其楊梅新居作客，訪畢又開車送李回家。林顯然是有意使李免去搭車、等車、換車之苦。基於當日賓主盡歡，返家後李就想著，是否也跟楊講一聲，改天去他桃園老家拜訪。一週後，李寫了封電子郵件，將心願告訴楊。不料楊在回函中，以必須照顧家人為由而婉拒。李失望之餘，又寫了電郵問楊，是否老纏著他，令他很厭煩。楊回函表示很意外，從未覺得李愛纏人，但造成李的誤解真是抱歉，因家中老小確實需要看顧。

家中老小確需看顧？林達立家中也有老母及妻兒，他也必須照顧，為何還能歡迎同事、朋友到他家作客，並盛情款待呢？看來楊偉柏蠻清楚，李裕亨對他已產生了特殊情感，但自身因有家室，亦難以接受超越友情的同性之愛，故編了個說詞，以照顧家人為藉口，逃避李之糾纏或溫情攻勢。至於李呢？即使早已愛上楊，也不會輕易向其傾吐，更何況楊已為人夫、為人父，怎還能有何妄想，只求比一般的同事情誼好些即心滿意足。如此反覆思索，李又陷入情感的泥淖中，一時難以自拔，遂向外求援。這回李請教了大學時的黃豐業老師。當他將受困於情的種種向黃傾訴後，黃問他對方是男性嗎？李回答是。黃一聽不覺詫異，僅平靜地說：「聽你說來，楊先生的確需要照顧家人，或有什麼不便明說的困難之處，我們無須追問，也無權過問，這總是人家的隱私，但他和你的友誼應該沒什麼問題，否則怎能維持到現在。你們相遇是善緣，未來的一切就順其自然，別自尋煩惱，別鑽牛角尖。」

黃豐業這番話李裕亨大致上是有聽進去，可是心理上總覺得楊偉柏像在隱瞞他，似乎有什麼不便明說的困難存在；而另一方面，假使他真的說了又怎樣，恐怕自己也幫不了忙，連安慰的話都嫌多餘。如今已過二十年，李也參透並領悟了。很簡單，若有人問說為何始終未娶妻？難道李要據實以告，祇因愛慕的是男性？或許，不久的將來，據實以告，人人都能完全理解，甚至還鼓勵你勇敢去追求所愛。但在那天來臨之前，或即便已來臨，依李的個性，絕對不會，也認為沒必要據實以告，況且連個對象都沒有。當然，普天之下，早已拖過適婚年齡的男女，真有同性戀傾向的應在少數，絕大部分都各有其原因，外人是不容置喙。

因不滿遠來的和尚會念經，且深感即使委屈亦無法求全，李裕亨於二〇〇三年春節前，離開了百達電子，並於年假後進入正陽科技服務。比起百達，正陽的規模略小，然因其以製造消費性電子產品如電腦周邊輸入裝置、影像處理裝置等為主，故顯得較單純，不像工業生產設備那樣複雜又煩瑣。自二〇〇三年至二〇〇五年三年間，李每隔一陣子，總會在工作之餘，打電話給楊偉柏。每次通話中，楊都顯得很高興，也會說些家裡的瑣事，如又添了第二個兒子、老大快五歲了、孩子天天都想玩等等。有一回，李問起那張肖像畫，楊說一直保存著，就放在他的文件夾裡，會珍惜的。在二〇〇四年大選前，楊說要投給連宋配，李說想再投給水蓮配，只好各投所好，相互尊重。最後一次通話是在二〇〇五年過年前。楊一聽是李的聲音，即刻拜了個早年，還說唯有李會打來，讓李頗覺得欣慰。

在五十四歲時，李裕亨提前退出了職場。此後，即在家中從事翻譯工作，好處是無須上下班，壞處則是收入不穩定。縱然如此，李過得自在愜意，也在這期間，以父親的生平事略寫成了一部二十五萬多字的長篇小說《浮世錄》。因小說的背景涵蓋日治時代、國府遷台、二二八事件、戒嚴時期、民主開放等階段，故除了各縣市圖書館、文學館、文藝資料研究中心有收藏之外，國家人權博物館的白色恐怖文學資料庫亦予以典藏。這對李而言既是鼓勵，也是榮耀，因他為一連串的大時代做了見證。

自退休後，在翻譯、寫作、清掃、購物當中，或在聽音樂、練唱、旅行當中，楊偉柏那英挺的身影、燦爛的笑容，驀然間就會在李裕亨的腦海裡浮現，但李已不再沉湎其間，很快就將之揮去，有如揮走一隻在耳畔嗡嗡鳴響的蚊子一般。想來楊不會這樣思念李吧！二十多年來，如果楊曾想念過李，應該會主動與李取得聯繫。早在李有意至楊家拜訪時，就曾在電郵中留下自家的地址及電話號碼。然當初楊既已婉拒，那封電郵勢必早就刪除了。就算楊還保留著，如今看來已很清楚，他跟李的多數友人，或正確地講，曾交往過的同事一樣，僅是被動地等待李打通電話來，或發個電郵來，自身絕不會主動與李聯繫。既然如此，也早已厭倦這種單靠一方在維繫友誼的方式，那不如讓過往一切任風吹遠。再者，既無楊的市話或手機號碼，欲與他聯絡，唯有打到原公司去，何必呢！顯然楊是不曾懷抱與李同樣的情愫，至少不像李這麼用心動情。這首愛之幻想曲李已獨唱許久，是該畫下休止符的時候了。

第八章

在李父生前的書房，也就是現在太郎的臥房，又是李裕亨目前擺放電腦、樂譜、CD、字典、書籍等的工作坊窗外，有個略成梯形的小陽台，上面的天花板有裝設一盞小燈。那是水電工曹師傅在二〇一九年的冬天，為李家的室內電線重新布局時，看到小燈泡毀損已久，再裝修上去的。但直到二〇二〇年歲末，王盈貞來與李聚餐之後，因天色暗得特別快，房裡房外一片漆黑，李這才於每天傍晚時分，點亮那盞小燈。這樣也好，太郎整天待在房裡，到了日落西山，有陽台上這盞小燈亮起，他就不會處在死寂般的幽暗中。而且，太郎耳朵靈敏，每當李外出購物回來，特別是從磺溪旁的全聯超市歸來時，他一聽是鐵鞋踏步聲，就知道李已走到樓下，不消片刻就會開門入室來，與他相擁親吻，道聲ただいま（我回來了）。而李呢？走入長巷，望見那盞亮黃的小燈，不僅如曹師傅所說，冬夜裡看來好溫馨，更明白心愛的太郎正等待著他。

擬人化的太郎會輸真人嗎？當然是比不上真人。畢竟這全是孤獨、寂寞慣了的李裕亨，透過想像與揣摩，賦予太郎真人般的情感，再隨著自己的生活起居、心靈感受、心境轉換，乃至於外界的變化種種與他互動，使得他，有如大文豪筆下的虛構人物一樣栩栩如生，比真人還有血有肉、有笑有淚。光就這一點來看，太郎，甚至包括擺在客廳長櫃上的芭比、肯恩、麗加等各個小型玩偶，無形中又贏過真人，更勝過那些無情無義、不知感恩的凡夫俗子。不是嗎？若言太郎無法道謝，卻也不會忘恩負義，或辜負好意。而真人呢？得到資助卻不知感激，獲得賞禮卻從不言謝，惟有私利為重，貪得無厭，又毫無擔當的實在太多了。

咦！說人凡夫俗子，李裕亨不也是其中的一個？沒錯，人性的缺點、弱點李多少皆有，但難能可貴的是，李懂得反省，有知恥之心，曉得儘量給人改過遷善的機會，也等於是給自己一個彌補的機會，或為彼此留個下台階。李會這樣想，雖說出於其本性為善，或有慈悲之心，但還是從王盈貞身上學習而來。儘管如此，欲包容一個人的過失或冒犯等，也許不難辦到，祇要你諒解他就行。而若想讓對方明白你的心意，接受你遞出的橄欖枝，最終與你合好如初，那就需要雙方一齊努力，而非你單方在熱心推動，他卻無動於衷。這在親情、友情、愛情及婚姻上皆為真，即便是在國與國之間的國際關係上亦無誤。否則兩國皆倡和平共存，甚至提出讓利或最惠國待遇，結果一國有心實踐，另一國卻處心積慮，伺機吞併，這樣還有和平共存可言嗎？

先前李裕亨曾一再提及兩張王牌，即中原徵信所的王盈貞、健順電子的王吉康。其實，李在中原及健順所待的時間，遠比在百達電子短，但這兩位同事卻成為他的摯友。而今已完全離開職場，未來的人生至多二十年左右，會不會再遇到第三位摯友，甚至可成為同性伴侶的知己，進而變成第三張王牌，顯然連李也無法預知，無從掌握。總之，一切靠緣份，而緣份有起有滅，真如俗話所說的天下無不散之筵席。即使再恩愛相敬的夫妻，也有緣盡的一天，即一方因故先離去，夫妻的關係、緣份也就到此結束了。

朋友也是要靠緣份，亦脫離不了緣起緣滅的鐵律。在百達電子，除了讓李裕亨產生戀情的楊偉柏算是較特殊外，原本是有幾位交情不錯，純屬於友情成份，也有望成為李的第三張、第四張王牌的同事，最後都敵不過人性的弱點，或謂佛祖、菩薩眼中，芸芸眾生難調的剛性，遂提早緣滅，提前成為陌路人。

就從林達立講起。如前所述，林在百達電子的財務部擔任過副理，在二〇〇〇年之初，曾開車來天母，載李裕亨至其楊梅家中作客，並和李保持聯繫，前後約有五、六年。不料在二〇〇四年又逢總統大選時，林於選前及選後，竟因支持的候選人暨政黨、對台灣地位的看法等與李大相逕庭，感到很不愉快，更深覺道不同不相為謀，難再繼續交往。

雖然那時李裕亨、林達立均未唇槍舌劍，辯得臉紅脖子粗，僅是透過電郵系統，以書信的方式，一來一往，討論時事及歷史，力爭一己之觀點或認知，卻也充滿火藥味，使得彼此針鋒相對。若擇要將這些電郵列出，則前前後後的一些字句頗像一段對話。為了與真正的對談區別，就將這些字句以雙引號框起來。

『如果國民黨沒來台灣，台灣早就被中共佔領統治了。』林達立寫著。

『國民黨是被共產黨打敗才退來台灣，而且是靠美國第七艦隊協防台灣，海峽兩岸的中國和台灣才免於戰爭。』李裕亨寫著。

『不是中國和台灣，應該稱大陸跟台灣，因為台灣是中國大陸的一部分。』

『台灣是獨立的政治實體，始終獨立於中國之外。假如真是中國的一部分，為什麼你沒去中國服兵役？為什麼你沒向中國政府納稅？』

『依照開羅宣言，台灣已歸還中國，先是中華民國，現在則是中華人民共和國。』

『如果台灣已歸中國所有，那現在的中華人民共和國來接收就好了，幹嘛要布置成千成百的飛彈對準台灣，又在國際上處處阻擾台灣的外交。實際上台灣的地位要根據舊金山和約來看，也就是說當年日本戰敗，只聲明放棄台灣、澎湖，沒明確說是要交給何國，因此台灣的地位尚未確定，但絕不屬於中國。』

『舊金山和約完全由美國主導，當然條文內容都對美國自身有利。』

『美國是二次大戰最主要的戰勝國，連歐洲戰後重建也由美國協助和主導。日本能在戰後步上民主道路，並且經濟快速復甦，仍是由美國從旁引導。』

『不久的將來中國強盛了，到時美國就無法主宰全球了。』

『專制極權的中國如果強大了，對自由世界會造成一大威脅。』

『如果台灣的經濟不多加依靠中國，未來就等著被邊緣化。』

『國際市場不是只有中國，兩蔣時代不與中國往來，台灣的經濟還是很好。』

『這次阿扁能連任成功，靠的是自導自演，故意製造三一九槍擊事件。』

『自導自演？先甭提這突發事件，光是殺手就難找，真有這種神槍手？』

『惡劣的政客像阿扁，還有什麼卑鄙的事做不出來？』
『等真相查出再下定論好嗎？歷史會還陳總統公道的。』

夠了，別再筆戰了。李裕亨乾脆擱筆，不，應是停止操作鍵盤，並透過電郵軟體來發信。此後，每當林達立發信過來，李連看也不看，就將其刪除掉。幾天後，李又將通訊錄中，有關林的住址及電話號碼等，統統刪除掉。等到有一天，情緒已緩和，且念及舊情，李想試著遞出橄欖枝以言和，卻無從遞送出。打電話到林上班的公司，只知他已離職，沒人清楚轉往何處。

國中一年級時，李裕亨曾在日記本上，以〈與友論學〉為標題，寫下和幾個要好的同學討論國文、英語、數學、生物等科的讀書方法。導師批閱時頗覺有意義，值得鼓勵，便加註一行字：這樣就不會獨學而無友，則孤陋而寡聞了。那麼與友論政呢？即使是同一國的，還是會在某些地方看法分歧，何況是不同國的，就算避開火爆場面，內心一定很難受。至於事過境遷，兩人能否再維持友誼，除了看各人的造化之外，還得視緣份而定。若緣份猶在，一如夫妻，床頭吵得再兇，床尾還是會和。依此而觀，李與林達立算是朋友之緣已盡。不過，讓李好奇的是，林亦為老住民，近年來是否還批台揚中，嚮往連港人都絕望的極權中國？

常聽人說，夫妻就算離了婚，還是可以做朋友，甚至尚有緣盡情未了之說，可是同學、同事、朋友之間呢？一旦緣份已盡，還能再維持什麼關係？依李裕亨過去的經驗，國中時常嘲諷他、欺負他的那個林尚義，畢業後兩人偶然在公車上重逢，一番交談下反倒成為好朋友。林更在李重讀高一，心情極為低落沮喪時，給予李鼓勵及安慰。等那段暗淡的日子一過，林又像是憑空消失了，失去了聯絡。想來也不錯，兩人先是結惡緣，之後則結善緣，最後則緣盡，宛如人去樓空。

思及此，李裕亨對於與同事之間的緣起緣滅，看得也就愈來愈淡，彷彿有生必有死，有成必有敗，有得必有失，有喜必有悲，有聚必有散，有合必有分，不再執著於誰對誰錯，反正再美好的因緣也有走到盡頭的一日。這樣一想，接下去要講的，關於與百達電子另一位老同事林遠志之友誼，特別是情誼生變的原因、衝擊等，李也就不再那麼追究或在意了。

論起在百達電子的服務年資，身為軟體工程師的林遠志大概有三十年，稱得上是公司的開廠元老。這樣長期的服務，照理說，林應升為副總等高階主管，可惜至目前為止，仍是個資深工程師，或稱為技術中心的主任。而當上這類主任的資格，依公司的規定，凡是任職滿十年的工程師，皆可成為主任。事實上，在五十出頭時，公司曾將林晉升為VPG（視頻訊號產生器）的專案經理。然而，當時產業界景氣不佳，時有科技公司裁員之傳聞，因此研發部黃副總對各專案經理的要求特別嚴格。林原本就清瘦些，經此番壓力之折騰，更顯得消瘦羸弱，最後祇得辭去主管職位，專心擔任工程師之職。當李裕亨有一回與林通電話時，得知此消息，反覺得林的決定沒錯，換做是他自己，也會這麼做，因彼此皆個性單純、保守又內向，拙於管理人事，更欠缺較圓滑、討喜的交際或交涉手腕。

在研發部眾多的工程師，包括機構、零件、布局（layout）以及資訊管理（MIS）的工程師當中，因工作性質較密切，與李裕亨較有接觸，也還談得來的不下七、八位，卻唯獨林遠志與李最投緣。想來應是兩人性情相近，但也不盡然，至少林的主動性與積極性就遠遜於李。回想交往的二十幾年裡，大概每十通電話中，僅有一通是林主動打來，而且非久疏問候，特地打來請安，根本是有其私人目的。這也沒關係，反正是多年好友，能幫忙的就儘量幫。

若言共事其間，李裕亨常搭林遠志的便車，在車上又不免閒聊，尤其是談及公司的人與事等，兩人的關係因而較好，也是原因之一。但李也曾搭過其他同事的便車，像研發部的幾位工程師、黃董的秘書錢小姐、律師劉小姐等。過去在健順電子時，李也常搭那位老同事王吉康的便車。甚至先後離職後，王每隔一、兩年來看望李，有時約在附近的餐廳吃頓飯，或順便至淡水、陽明山等地逛逛，王都會驅車來載李，再開車送李回府。總之，能讓李與林維持友誼頗長一段時日，尚有其他原因。最明顯的莫過於一次公司旅遊中，林攜家帶眷而來，令李也認識了他的妻兒四人，即林太太和兩個兒子、一個女兒。

幾次的郊遊中，李裕亨與林遠志的妻兒愈來愈熟，以致於自二〇〇三年李離開百達電子後，每年聖誕節將臨，雙方互寄卡片時，林都會要求妻兒，也在卡片上分別寫下祝福的話語。這樣，李回收到卡片時，就能獲得五個人的祝福。關於這一點，真要感謝林，因他的用心，使得一直單身的李也能感受到家庭的和樂與溫馨。但有一年，李收到賀卡，打開一看，除了林本人和他女兒之外，其他三個人的名字都有變更。打電話去詢問，方知林家因兒子不易教養，常在學校出差錯，而且林太太在內持家，在外工作，均感疲憊不堪，又諸事不順，經命理師強烈建議，遂改名以求改運。

這倒令李憶起年輕時，自身曾在健康、事業、情感上皆處於逆境，李母跟大姑媽將其生辰八字帶去命相館，請教經驗老道的命理師，所得之答覆也是改名以求順遂。然李父得知後，總覺得還是逐漸改變自己的生活作息、處世態度，尤其是性情、性格等最為重要，也最澈底、有效。數年後李亦體認到，花錢改名及跑戶政事務所還算事小，能否真正翻轉運途，朝向正面發展才是事大。畢竟同樣一個名字，有人飛黃騰達，有人終生淡泊，有人卻命運多舛。

總之，正因為與林遠志一家人結緣，所以當李裕亨在二〇〇七年，與大哥去瑞士旅行時，特地買了一大盒巧克力回來，再至郵局掛號，寄送給林及其妻兒。說妙也真妙，那時李竟沒想到，也該多買兩盒，分贈王盈貞及王吉康。接著，李的二哥在二〇〇八年，從美國返台，也帶回一些土產給家人。其中送給李的是雙質料極佳的毛襪，可惜李的腳型太小，穿起來唯恐鬆弛滑落，便郵寄給林當禮物。同樣奇妙，當時李也未想到王吉康，只覺得林最有需要。後來，在二〇一一年與大哥同遊義大利，帶回兩份藝術月曆，仍未想到王吉康或王盈貞，只知一份寄送給林，一份留著自用。想來也蠻有趣，竟連那個曾暗戀過的楊偉柏都給忘了。看來李還真的跟林一家人特別有緣。

送禮者皆希望受禮者道聲謝，或有所回應，此乃人之常情。很遺憾，林遠志接二連三收到李裕亨寄去的禮物，既沒撥通電話說聲謝，也沒發封電郵表示收到。或許途中寄丟了，以致於對方沒收到。於是，在寄送巧克力那次不久，李趁著問候及敘舊，打了通電話過去，順便問說有否收到巧克力？林正好不在，接聽的林太太祇說收到了，竟忘了道謝。也無所謂，有收到最好，這樣寄送的人就安心了。此後，寄去毛襪、月曆等，李就不再打電話去問，心想應收到無疑。至此李得知無論收到與否，林是絕不會撥個電話，或發個電郵說一聲，顯然在他眼中，這些都是可有可無的東西。

另有一次，為增進林遠志的英語字彙能力，李裕亨連續三個月，透過電郵，每週出一道文意字彙的題目讓他解，例如We eat three m_s a day. 並加註中文翻譯：我們一天吃三餐。既然出了題，李也複製一份，寄給同樣好學，甚至比林還用功的王盈貞去解。大致上，兩人的交卷速度都差不多，祇是王答對的機率非常高，但林的成績也不錯。三個月後，李將此測驗告一段落。怎知王為了致謝，又值新年將臨，就寄了張賀卡，外加一盒義美的水果糖當禮物。至於林，大概已對測驗感到厭煩，無任何表示。

實際上，林遠志一陣子也會發個電郵給李裕亨，卻都是轉寄的附加檔案，像各國風景照片、美術圖片、生活小品、幽默小品等。這些對於成天坐在電腦桌前編譯文件的李而言，還頗覺歡迎，既可調劑身心，又可獲知一些趣聞軼事。然後，有一天，林寄來一封電郵，說近來已改信基督教，且教會要求仔細閱讀聖經，必須找個伴共同研讀並討論，再定期到教會發表心得。林毫不思索就想到李，因李是他唯一能求助的人。當時，李尚未多方接觸佛教、佛學，因而就爽快應允，願與林一齊讀聖經。反正，小時候在振興醫學中心，曾上過兒童聖經課；到了大學，選修古代西洋文學的課時，念的也正是聖經。

共同研讀聖經大概維持了三、四個月，之後林遠志就沒再要求，而且在歲暮互寄卡片時，也不再提及教會、基督教等。不知是否又改變宗教信仰，返回一般台灣民間常信的道教？此時李裕亨約已離職，開始在家從事翻譯工作，又可騰出些時間寫作，於是這回改成李「利用」林，希望林能提供些資料，好讓他撰寫一部關於電子業界的內幕，特別是研發工程師的酸甜苦辣之小說。但林不知如何提供，李遂每週提問，請林就以其親身經歷，簡述一下所知或感想，例如工程師都自認為是科技新貴嗎？林還蠻配合，但是所提供的資料太少，不足以寫成一部小說。而也在此時，李偶然在書房的櫃子裡，發現了一份先父以日文寫成的回憶錄。仔細翻閱後，李覺得很可貴，便又到圖書館查閱相關的史料、書籍、名人傳記等，歷經兩年，終於寫成《浮世錄》一書。

在二〇一四年，李裕亨又出版了一本《瑞士湖山遊》的旅遊文學，記述七年前與大哥至瑞士旅行的見聞及感想。圖片的部分即取自大哥所拍的照片。因圖文並茂的書在製作上成本較高，故李和大哥亦負擔一部分出版費用。此書上市後，李拿回約三百本成書。扣除自己典藏，以及贈予至親好友的之外，李家兄弟開始自行推銷大量餘書。因大哥、二哥交友廣，人緣亦佳，幾個月內就以半價賣出兩百多本。唯獨李分配到的賣得較慢，但還是透過曹炳煥老師、黃豐業老師，以及老同事王盈貞、王吉康等人的協助，銷售近四成。當李以電郵，寫出原委，請林遠志也購買一本，並轉介給他親友時，竟毫無回音。最後，李將剩下的數十本書捐給台北市立圖書館，再由總館配送給各分館，或轉贈偏鄉的中小學圖書館。

那年聖誕節將臨時，一則鑒於林遠志未購書贊助，心裡有些不愉快，二則基於林家子女已陸續上大學，恐怕不想再寫卡片，李裕亨就遲遲未寄出賀卡，僅觀望林是否會主動寄來。顯然巴望著林先寄來猶如緣木求魚。算了，李下定決心，今後就不再寄聖誕卡了。縱然如此，每隔一陣子，李還是會發個電郵問候林，關心一下他的近況。林在回函中表示，公司方面仍是老樣子，但家裡卻因次子診斷出有精神障礙的疾病，使得他們夫妻常跑醫院，林太太更得全心照料孩子，實在孿累。對此，李祇能祈求佛祖、菩薩多保佑。說來這么兒還是為林太太的娘家而生，因娘家均為姊妹，為求傳宗接代，特地與林約定，讓此子從母姓。

過了約兩年，有天午後，李裕亨收到一封林遠志發送出的電郵。內文寫著：「附加檔案是篇論文的中文摘要，把它翻成英文，再寄回給我，這是我女兒玉婷在產業研究所將提出的碩士論文，學校也要求一份英文摘要。」喔！有事才會主動寫信來。可是自李母去世後，李一人得做所有的家事，還須看自己的書，學習日文、德文等，偶爾也寫些文章投稿，早就不再做那吃力不討好的翻譯工作。當然李非聖賢，度量不大，當初林不願購書的舊事仍記在心裡，多少覺得有些不舒服，便學起林那一招，就當作沒收到信。不出兩天，李又覺得玉婷可能期待快些取得英文摘要，以便進行論文口試。於是，撥了通電話到林家，碰巧林不在，李只好請接聽的林太太轉告一聲：「現在整天忙著做家事，已經沒空翻譯，還是趕快拿到翻譯社請人翻較妥當。」

林太太想必有轉達了，林遠志和玉婷也應該可理解了，此後兩、三年李裕亨忙著家事、私事等，再也沒跟林聯絡。等到有一天，李想著好久沒問候，打了通電話過去，那號碼已成空號。很可能林又搬家了。早先他是租房子，所以較常搬家，但後來自己買了房子，還是一陣子就賣掉，再喬遷至新購的房子。看來唯有打到百達電子，才能與林聯絡上。李撥去電話時已近中午時分，林講沒一分鐘，就表示要去餐廳吃午飯了。

「你好像不太愛跟我通話。」午後約三點打去時李裕亨說著。

「不是啦！朋友也不需要常常講話啊！」林遠志說。

「我們沒有啊！已經快三年沒通話了，想跟你問候一聲。」

「唉！沒什麼好問候的，還不是老樣子。有一件事你可能忘了，當時要你翻譯玉婷的論文摘要，你都不肯。」

「你太太沒告訴你嗎？我媽過世後，一切家事我都得處理，早就沒時間做翻譯了。再說上次請你買本書贊助一下，你也沒有，我並不怪你，因為這種事都不能勉強，人家沒這個義務，翻譯也是一樣。」

「對啦！我們改天再聊，我等一下還要去開小組會議。」

「好！好！你又搬家了？新的市話號碼呢？以後就不用打來公司找你。」

「……」

「那手機號碼也行，有要緊的事就找得到你。」

「我手機大部分時間都關著，免得太吵。」

「喔！好吧！多保重了。」

至此，與李裕亨成為陌路人，永遠都不再聯繫的林達立、林遠志皆有其原因，一般人不難理解，但最後欲提及的洪杏枝就實在不可理喻。過去洪在百達電子時，跟李一樣屬於研發部，職稱是零件工程師，即協助硬體工程師找尋研發所需的材料、零組件等。若用心寬體胖來形容洪，體胖是很貼切，但心寬就不準確了。不過，沒跟洪稍有交往的人，偶爾聽到她講笑話，又是邊講邊笑，惹得周遭聽聞者皆笑開懷，真會以為她是心寬的人。就算如此，那些研發工程師還是對她沒什麼好感，祇當她是個話太多、想法太天真、心眼太小的三八女郎。但李居然和洪相處得不錯，想必是李整天編譯頗枯燥乏味，就愛聽洪講些令人發笑的趣聞瑣事。兩人先後離職後，仍保持聯絡，每年聖誕節時也會互寄賀卡，略表問候。

在李母去世前一年，洪杏枝還特地從新竹搭高鐵來台北，再轉乘公車到李家，只因許久未見李裕亨，很想與他促膝長談。顯然就是來訪那時候，洪喜歡上李家的格局和環境，並發覺偌大的房子僅李家母子二人居住，還有閒置的房間，很適合出租。翌年當洪得知李母往生後，即刻表明想承租一間臥房，這樣來石牌探親時，就不必再住旅店。但這房子是李與二哥共同繼承，若要出租空房亦得兩人皆同意。再者，李總覺得各人生活習慣不同，又是異性，遂婉拒洪的要求。

「不願出租算了，我才不會貪你家的財產。」洪杏枝在電話中氣急敗壞地說。

「你在講什麼啊！好好聽我解釋。」李裕亨有些驚訝地說。

「我不聽，我不聽，你們天龍國的就是瞧不起外縣市的人。」

真是秀才遇到兵有理說不清，李裕亨索性就將電話給掛斷。忽然間，他想起國中時教國文的導師曾說：「最後一次給人的印象，無論是好是壞，就成了定局。」此話用在洪杏枝身上再貼切不過。

第九章

在清脆遠去的銀鈴聲中，送走了二〇二〇年的聖誕節，又在響徹夜空的煙火聲中，迎來了二〇二一年的元旦，緊接著是爆竹除舊歲的春節即將登場。太郎穿上那套淺藍色西裝未久，就連著聖誕節、元旦、春節一路讓他穿下去吧！不，只要用點巧思，仍可令那西裝顯得更別緻、更突出，看起來煥然一新。就只須在胸口塞入一條口袋巾，立即產生畫龍點睛之效。關於口袋巾之挑選，必須與西裝外套、襯衫或領帶三者之一的色系相協調，甚至圖案、花紋、質料皆相配尤佳。若不想傷腦筋，選一條白色的口袋巾，對折後塞進胸襟，使露出的部分成一直線，如此即增色不少。當然，搞起娃娃的穿著和裝扮，李裕亨從小就頗有心得，而且不嫌麻煩，他馬上訂購了兩款口袋巾，一條金黃色，一條酒紅色。另外，又買了一條領帶及一個領結，同為酒紅色，一樣有著黑色花紋點綴。這樣一來，太郎必定俊帥無比，全身洋溢著喜氣、貴氣和人氣。

將太郎所繫的黃色領帶解下，換上那個紅色領結，需要脫下他的西裝外套嗎？打了通電話，請教那保險業務員廖慶祥，廖直說完全不需要，祇須將襯衫的領子豎起，並將西裝的領子往外翻，就可以換領帶或領結了。但先得將太郎頸部的那條圍巾取下，因那會遮住漂亮的領結。人偶畢竟是人偶，這種算是小case的裝扮仍比真人花些時間。待綁好領結並對準後，李裕亨取出那條酒紅色的口袋巾，折成如國字山一般，有三個長長的尖角露出，再平貼地塞入西裝左胸襟的口帶裡。然而這番功夫又弄亂了假髮。李想著，先大致梳理一下，改天再去Grand Hair的髮廊，請教那英文名叫Stephen的盧姓美髮師好了。

「歡迎光臨！伯伯，要修剪頭髮嗎？」李裕亨推門進入店裡時一位員工問說。

「我想找一位姓盧的師傅，是朋友介紹的。」

「你是指Stephen對吧？」

「沒錯。」

「他碰巧這幾天休假沒來。我可以為你效勞嗎？我叫Laurence，敝姓蔡。」

「其實不是我要理髮，是我有個像真人一樣的男模特兒娃娃，他戴著一頂假髮，髮質不錯，可是每次幫他換衣服或擦個臉，頭髮都會有點凌亂，我怎麼梳也只能梳成最傳統的髮型。不曉得你們有辦法幫他做個較新的髮型嗎？比如將頭髮往後梳攏，或者讓頭髮像燙過一般，有稍微捲曲的樣子。」

「喔！是假髮就蠻困難了，真人的也是一樣，你只能大略修剪，整理一下。就算將假髮燙過，或做成什麼型式，因為不像真的頭髮附著在頭皮上，找不到髮際線，會很難處理，也很難讓它再戴回娃娃的頭上。」

「我也這麼想過。」

「天母忠誠路上有家專業的假髮店，你可以去問問看。」

「那就是再訂做一頂款式不同的假髮，像換頂帽子戴一樣。」

「我想也是這樣吧！他們是專家，也許還有別的法子，不妨試試看。」

「好啊！謝謝你，再見了，蔡先生。」

「Bye bye! 伯伯，你慢走。」

以前都祇是路過Grand Hair這家美髮店，今天第一次推開玻璃門進來，李裕亨發覺店裡不但明亮寬敞，而且裝潢得很高雅、很有格調、很有舒適感，不像一般美容院、理髮廳布置得過於俗氣華麗。店內的美髮師無論男女都穿著制服。男生以褲裝為主，女生則以裙裝為主。亦如飯店、銀行等服務業，他們在制服的左胸襟有別上名牌，且中英文對照，顯得比別家髮廊還專業、敬業又高級。

除了制服，李裕亨也注意到，剛才那位名叫Laurence的美髮師還在耳垂戴上細小、晶亮的白金耳環，更顯時髦、別緻。其實古代男子，不分東、西方，皆有戴耳環的風氣，現代的男生不過是復古，無關乎gay與否。言及gay時下人人皆想到同性戀，反忽略其原有快樂、愉悅、高興的意思。如那首著名的美國民謠〈老黑爵〉的開頭即是：我年輕又快樂的日子已遠去（Gone are the days when my heart were young and gay.）。

既來到天母廣場，就順便去全聯或Jason超市買些蔬果、雜貨等。李裕亨很清楚，全聯的東西較便宜，Jason的較貴些，而且舶來品又多。可是，說來有趣，同樣來自蘇格蘭梅凱牌子的果醬，在全聯只能找到藍莓、草莓兩種，在Jason卻多了萊姆混檸檬這一款。其價格是貴了些，但梅凱的果醬都以原始水果調製成，從玻璃瓶即可瞧見檸檬細細的切片，故李立即將它放進籃子裡。

在Jason只買了罐檸檬果醬，其餘的蔬菜、水果、日用品等，李裕亨全在樓下的全聯購買。回到家，將東西一擺進冰箱及櫃子內，李即刻往書房走去。開了門，捻亮燈，李對太郎道聲歸來，接著摟抱並親吻太郎，再順手將發票投入太郎背後的一個小方盒裡。自從太郎來與李作伴，或謂共同生活後，這美少年還真是個吉祥兒，讓李連續中了三、四回發票。因離準備晚餐還早，李就拉開長櫃的抽屜，拿出一把梳子，將太郎的秀髮再梳理一遍，並對他說：「美髮師辦不到的，我來努力看看，有一天會幫你做出帥氣的新髮型。」然後，萬籟寂靜中，李似乎聽到了太郎的回應：「沒關係，因為有你，我已感到很幸福了。」

梳完太郎的頭髮，放回梳子後，李裕亨一抬頭，視線便移向一個特製的書箱，同樣是擺放在太郎的背後。那是李父生前訂製的書箱，如今擺滿了李的樂譜、剪報和幾本名家的畫冊。那些剪報一冊冊皆有編號，按照年代先後排列，裡頭全是些李過去在報紙、期刊上所發表的散文、短篇小說、翻譯作品、時事評論等。隨意取下一冊，翻了翻，一篇刊登在《百達雙月刊》一九九八年八月號，名為〈霜凋夏綠——憶哲斌〉的文章倏然映入李的眼簾。緊接著，一個眉清目秀、笑容可掬的硬體工程師林哲斌在李的腦海裡閃現。那篇文章就是為悼念林而寫。在冬日的薄暮黃昏中，驀然見到一篇為故人而寫的舊作，李索性就拿到書桌上，開了檯燈，在窗邊，徐徐將之讀來。

篇名乃取自「雹碎春紅，霜凋夏綠」一文之後半，本謂大自然之美景橫遭摧殘，然實謂正值花樣年華之男女因故早逝，尤指天資穎悟且具才華者。林哲斌是在一九九六年六月間進入百達電子工作，而李裕亨則是在同年三月初。兩年後，即一九九八年七月十三日，林於晚間遲遲下班，途中不幸遭酒駕者撞成重傷，送至林口長庚醫院急救已斷了氣，死時離三十歲生辰尚差四個月。說來也巧，同一年的中秋節，李父則在家中浴室，欲沐浴時，因心臟衰竭而病歿。

在形同祭文的〈霜凋夏綠〉一文中，李裕亨述及與林哲斌之交往，由陌生而熟稔，特別是林常在電腦等裝置的操作上協助李，且不厭其煩地教導，更在自身亦不明瞭時，耐心與李一齊研究，摸索學習。最後獲知箇中道理，得到訣竅時，林一臉興奮之情尤勝於李，但反倒恭喜李，此後可靈活運用了。林最大的優點就是耐性極佳，又很用功，不會像一般工程師常喊說：「拜託！跟你講了多少遍還不會。」除了耐心與研究精神，和藹可親的林也很體貼，每次看到李來請教，總會微笑地說：「我們位子離蠻遠，撥個分機我就來，你不用麻煩從後頭走到前頭。」

出殯當天，李裕亨顧及行程較匆促，並未像研發部一些工程師搭車南下，至台中林哲斌家中，為其祭拜告別。然約一個半月後，林母特地北上至公司，在人資部經理、林的主管等人之介紹下，與黃董晤談。事畢林母又來到七樓研發部，經主管等之介紹，向李道謝，祇因那篇〈霜凋夏綠〉帶給她及家人無限的安慰、無盡的懷想，以及對其愛子永恆的肯定與讚揚。同樣地，李也向林母致謝，讓他能遇到像林這般優秀的同事。

文中亦提及一九九六年仲夏的東勢林場之旅，正藉著林哲斌當天攜帶的一部好相機，使得同行的伙伴皆留下美好的回憶。因李裕亨的獨照僅有一張，林還特別再加洗一張送他。至於李與他人，包括與林之合照，則一張不少，林都全沖印出來送他。太好了，那些合照中既無林達立、林遠志，亦無洪杏枝，有的都是些其他同事，但已多半離職。其中一位名叫劉福晉的工程師，在百達電子僅待了四、五個月，卻也同樣在機器的操作上幫李不少忙，還在那次旅途中照顧李。

闔上剪報，擺回書箱後，李裕亨若有所思，離開了書房，來到自己的臥室。開了天花板上的日光燈，也捻亮書桌上的檯燈，李從書櫥的最底層，抽出一本昔日所寫的隨筆集，翻到標題為〈永留去思〉的那篇文章。這篇散文大概寫於一九九〇年十二月中，也就是李和父親同遊阿里山歸來的兩個月後。為何時隔多年，會想再看這篇文章？因文中所寫的亦為英年早逝者，大一時班上一位名叫徐安盛的同學，於畢業數年後不幸釀成之悲劇。

大學聯考那年，除了數學本就差勁，其他文科也考得不盡理想，因此李裕亨被分發到華大哲學系，與徐安盛同為該系的新鮮人。若說當年二十八、九歲的林哲斌猶似清純的中學生，則剛上大學年方十八、九歲的徐安盛已出落得像個成年男子。徐的鼻樑不夠挺，嘴唇太厚，容貌不算俊秀，但眉目清揚有神，身材挺拔，體態纖穠中度，仍稱得上瀟灑倜儻。至少與常跟他混在一塊的小蘇及老楊相比：前者長得一張娃娃臉，顯得太稚嫩；後者則生來矮胖，顯得滑稽笨拙。

徐安盛的家境殷實，老父長年服務於淡水地政機關，在地方上頗具人望。大概同學都看徐像個玩樂高手，就推舉他為康樂股長，而他也不負眾望，在下學期四月春末就辦了一次郊遊。那次春郊對李裕亨而言，不僅是大學時唯一的一次，更難忘的是，在未向班上宣布前，徐就私下先邀約李。「跟你透露個計畫，我將在下個週末沒課那天，來辦一趟淡水之旅，帶大家參觀淡水的古老教堂、牛津學堂，也乘船遊淡海，中午就到我家吃飯，在面海的院子裡辦個烤肉派對。你一定要來喔！我會陪你慢慢走，不用擔心。」徐微笑地說著，拍了拍李的肩膀，還與李握了握手，像是一言為定。

不過，徐安盛也非白白對李裕亨示好，在第一次上語文實習課時，他就發覺李的英文很好，因此之後凡是英文課有隨堂測驗，他都要李丟張紙條，幫他罩一下。李雖覺得不妥，但念在徐對他還不錯，仍趁老師未注意時幫他罩一罩。另外，因身障的關係，在校園候車時，李都可排到較前頭，以確保有位子坐。這時如果徐也排在隊伍中，常會向前面的李喊一聲，打個手勢，暗示李上了車也幫他佔個位子。李知道這樣做不太對，但有徐坐在身旁，到了該下車時，就會有人扶他一把，並目送他走下車。

大一結束前，因志趣不同等因素，哲學系約有四分之一的同學參加轉系考，於大二時轉入外系就讀，像李裕亨即以第一名的成績轉入英文系，而徐安盛亦通過面試轉入市政系。此後兩人很少碰面，若偶然相遇，徐總會拍拍李的肩膀，問他近來可好。大四上學期的某天午後，李在一間空教室勤讀英國文學史，忽然間，有人開門闖了進來。李抬頭一看，原來是徐。揮揮手，徐面帶笑容走過來說：「我剛和同學經過，聊到很興奮的事，一時跳了起來，結果從上面透明的玻璃窗看到你，就趕緊進來跟你打聲招呼。喔！你在念英文準備考試嗎？不打擾你了，我先和同學去系辦公室。Bye bye!」李也喜出望外地向徐問好，並說正準備明年研究所的考試。那回是李最後一次見到徐，頓時感到徐已變得更成熟、更具魅力。他那抹上賓士美髮霜，且梳得油亮的秀髮，與身上那件黑亮的皮夾克相得益彰，顯得帥氣十足，卻也透著一股叛逆之氣。

記得有次在公車上，徐安盛曾表示，轉到市政系算是對家人有個交代，自己也念得下去，其實他才不願像老爸一樣，一輩子都在公家機關做事，但也不願一生都在私人企業領那死薪水，他想自己創業。相隔不過六、七年，李裕亨在一九八八年十二月下旬某日，於看報時，竟在一篇有關綁架案的社會新聞中，再度得悉徐的此番抱負。祇是很難堪、很意料不到，徐非本案的受害者，而是加害者，即這樁綁票案的涉案者。

據新聞報導，大學畢業後，徐安盛即自行創業，成立一家聖誕裝飾品的製造廠，專門出貨至美加、歐洲各地。剛創立時，因人工低廉的中國尚未真正崛起，故仍有利潤可圖，還能小賺一筆。祇是很遺憾，徐固然會創業，卻也沉迷於賭博，總希望一夕致富，日後可過得悠哉舒適。看報至此，李裕亨心想，徐究竟是涉世未深，本性亦不免好逸惡勞，很可能是交友不慎，被引入賭場而從此無法自拔。果然，往下續讀，即因聖誕裝飾品之出口日衰，漸無利潤，而徐在賭場又從小贏滾為大輸，父母兄姊均對其大為失望，不願再資助，終導致徐犯下綁票一案。

欠下巨額賭債，時刻得面對賭場大老之催討，徐安盛實在被逼急逼瘋了，於是惡向膽邊生，誘拐淡水住家附近的兩歲女童當肉票，再以電話聯絡女童家長，強索贖金。這女童不是別人家的小孩，而是徐父在地政機關的一位得力屬下的女兒。在以電話威脅女童的父親之前，徐先安置好肉票，就將她放入一個裝貨的大紙箱裡，裡頭有鋪了毛毯，也放了些糖果、餅乾等，但卻將紙箱封死，僅在上頭戳幾個洞，再暫棄在一間破屋裡。那時已是寒冬，加以事後驗屍，女童天生就體質虛弱，故藏好沒多久就斷氣了。徐那時毫不知情，只急著打電話向人家勒贖，卻以假聲講兩、三句後就被對方識破，原來竟是鄰家大哥哥。

在早期若遇綁票案，祇要沒撕票或其他意外，涉案者不至於被判死刑，但後來為遏止綁架案之猖獗，遂立法定下無論撕票與否，一律將嫌犯處以極刑之條文。因此，徐安盛在一九八九年時即被槍決。當然，其間尚有審判、訴訟等要進行，而這種種對徐皆為身心磨難，況且還有來自家庭、學校、社會等批判、責備的大小聲浪。想必當時徐會想早日解脫，以死贖罪吧！但李裕亨的外婆在讀畢這則新聞時，卻感嘆地說：「這查某囡仔大概前世欠伊債，世間人免不了攏是相欠債。真可惜，恁這同學生囉袂穤，嘛不幸行去歹路去。」

那天夜裡，李裕亨躺在床上，遲無睡意，腦子裡徐安盛的影子出出沒沒。乾脆起床，上個廁所，喝杯水也好。等回到房裡，不知怎的，李開了書桌上的檯燈，從壁櫥底層取出那本大學畢業紀念冊，將之放在桌上，再翻到有關市政系的那幾頁。就在徐的學士照下面，有印著他的畢業感言：「不能長相聚，但願長相憶；駐影此間，永留去思。」這些詞句顯然非徐所創，而是他偶然看到，覺得意義深遠，才抄錄下來，做為他的一則感言。

假如當年沒有哲二那位學長馬岳群出現，李裕亨曾想過，是否就會將徐安盛當作大學時暗戀的對象？應該不太會，因為徐的調子總與自己差距過大；再且，內心只覺得還不錯，尚無馬之吸引力那般強烈，進而產生愛情之憧憬與幻想。初次見到馬是在上哲學概論的課堂中，當時李只當他是別系跑來的旁聽生，但那寬闊的肩膀、結實的胸膛、挺拔的身軀、直挺的鼻樑、黑亮微捲的秀髮、厚薄適中的嘴唇、濃密細長的劍眉、鋒利清澈的星目等剎那間就令李印象深刻，難以忘懷。

約一週後，因秋高氣爽天候佳，也想讓同學自由思考，隨興發表見解，授課的高教授便將哲學概論移到戶外上課。這時，那位明星般的馬岳群就跟大家一樣，在如茵的碧草上席地而坐，一邊認真思索，一邊專心聽課。李裕亨當然無法盤腿坐在草地上，或曲腿抱膝坐得久些，所幸高教授即時察覺，立刻派了位同學，至臨近的會館搬了把椅子過來。待李坐上了椅子，一時倒像是授課的老師，四周圍繞著他的正是一群大學生。李頓感些微不自在，而就在此刻馬抬起頭來，朝前方的草木看去，並稍仰首與李四目交投。為了打破生疏，化解相互凝視的些許尷尬，馬露出了友善、迷人的笑容，李也微笑示意，就這樣兩人結下了一段緣。

據班上那為個名叫陳廷佐，且與馬岳群同宿舍的同學所言，馬原先是念戲劇系，到大二時才轉來哲學系。當時李裕亨就存疑，為何馬的先天條件那麼好，不繼續念戲劇課程，將來極有可能成為出色的演員，不是很好嗎？後來在大一寒假中，李從馬寫給他的回信裡，方得知馬的父母均不贊成兒子當演員，畢竟有戲演才有收入，沒戲演就沒收入，職業不穩定。其次，馬的雙親觀念較保守，總認為當戲子沒什麼社會地位，風評也不太好，還是念其他傳統的文科，好好念，未來當個學者較佳。於是馬選擇了哲學系，因馬喜愛思考並探究宇宙間、人世間、生命裡的種種現象及問題。

除了改讀哲學系之外，陳廷佐還透露，馬岳群為了練出一身健美的軀體，卻因方法不當，而導致心臟擴大。李裕亨半信半疑，總覺得身材半是天生，半是勤練與保養，就跟常運動一樣，應該有好無壞，不至於染上難醫的病症。至少，馬有副好軀體，穿起西裝英姿煥發，即便是上軍訓課或有集會時，穿在身上的僅是一襲卡其布料的制服，然一打上黑領帶，配上白襯衫、黑色鞋襪等，他就顯得很突出，成為矚目的焦點。李還記得，有個晨霧瀰漫校園的大清早，正信步走向欲上課的大典館時，忽然間，白茫茫的霧裡闖出一個高帥的人兒，原來是穿上制服的馬。李好奇地問他是否當天有軍訓課？馬微笑地回說沒有。當然，欲展露其傲人的軀體，除了卡其制服，馬還有一、兩件西裝外套，可將他那寬闊的肩膀、結實的胸膛襯托得完美無瑕。在秋冬季，馬祇要穿上高領的毛衣，隨意搭配一條圍巾，就頗有巨星的架勢。

大一寒假，由於與馬岳群已有些認識，李裕亨就憑著哲學系師生通訊錄，寫了封信給在台南麻豆區的馬。在信中，李提及正閱讀些英文簡化本的《蝴蝶夢》、《咆哮山莊》等，並稱讚馬擁有一副健美的身材，要他日後在穿著上可多留意，以展現豪邁瀟灑的男兒氣概。約五、六天後，李收到了馬的回函。除了述及改念哲學系的經過之外，馬在信裡還寫著：「我曾仔細注意過你，觀察過你，整體上你給我的印象就是柔雅，很柔和、很優雅。毫無疑問，你是個較內向、較文靜的人，但有時也可能會主動些、積極些，反而做出一般外向的人常忽略掉的舉動，就好比收到你的來信，一時真讓我驚喜萬分。」

隨著交往日深，沒課時，或等著上晚間的自強班體育課時，李裕亨就往大倫館的男生宿舍走去，為的就是登上三樓，來到三一五室找馬岳群。假如馬正好不在，李也可以和陳廷佐等兩位同班同學聊聊天，討論些功課、活動等。在寒假過後的大一下學期，才開學沒多久，又逢三二九青年節連著幾天的春假，一些中南部北上負笈的學生再度離校，趕搭火車返鄉。李知道陳有提及，不想再南北奔波，沒打算回嘉義老家，因而放心地走向宿舍，碰碰運氣，希望馬也留下來。不料開了房門一看，整間三一五室唯獨陳留守，其餘三位室友皆已離去。無所謂，見不著馬就見不著，在寢室裡就與陳閒話家常，打發時間，還可研究一下轉系之事，因聽陳說他也想轉到英文系。

「馬岳群又回台南了？」李裕亨問說。

「是啊！他是家中的獨生子，一有放假，父母總希望他回家多住幾天。說是獨生子也算對，其實他是馬家的養子，不能生育的老夫婦很看重他。」陳廷佐說。

「你怎麼知道的？」

「私下閒聊時他不經意透露的。喂！你好像很喜歡馬岳群，對吧？」

「普通啦！只是關心他而已。」

「看你常念著他，顯然你是愛上他了。唉！我看你是性別倒錯。真可惜！如果你是女孩子，也沒有患小兒痲痺症就太好了。」

「聽你這麼說，行動不便或盲啞的人都不能交友結婚了。」

「喔！我不是這個意思。只是看他長得一表人才，最好也配個好看些的女孩。好啦！不管他了。我想先去上個廁所，再到外面的小吃店買個小籠包或蔥油餅，你在這兒坐一會，看看書，順便也買你的份回來。」

「到大忠館的福利社買個麵包就行了。」

「麵包不好吃啦！我先走了，你這兒看一下。」

待陳廷佐拉上門外出後，李裕亨先是呆坐片刻，接著視線飄向馬岳群的書桌，在那椅背上還披掛著一件馬的純白色、胸前有兩槓紅、藍色線條點綴的羊毛外套。桌上除了哲學書籍外，還排列著好幾本新潮文庫，包括李的高中老師曹炳煥所撰寫的《歷史名人列傳》等。此外，有一本譯自德文的中篇小說《魂斷威尼斯》亦在列。這本小說是以後來拍成電影的海報當封面，當時李就驚覺飾演波蘭美少年的那位瑞典新秀安德森美得脫俗，但馬則認為欠缺男子的英氣，而且一頭長髮太像女人。這樣回想並凝視著，李索性站了起來，走到馬的書桌旁，撫摸著椅背上的那件羊毛外套，一遍又一遍。然後，李瞧見桌上有本小冊子，就擱在桌燈下。拿到手上，隨意翻了幾頁，李驀然看到一行字：「得了難醫的絕症，大概唯有在星光燦爛的夜晚，跑到樹叢裡，躺在草地上，靜靜一個人，緩緩呼吸那沁涼的空氣會使我好些。」難醫的絕症？是指陳所說的心臟擴大症嗎？

春假過後，時序邁入春末夏初，有心轉系的大一學生開始書面申請，並著手準備各種筆試、口試、面試等。至五月下旬，凡有接受轉系生的各學系均已陸續放榜。李裕亨在英文系的布告欄中，從榜單上看到自己名列第一，緊接著就搜尋陳廷佐的名字，盯了半晌，總算在接近榜尾時瞧見了。李心想陳可能尚未知曉，遂懷著愉快的心情，趕忙走向大倫館的宿舍，欲向陳報佳音。豈料陳不在，整間寢室裡只有馬岳群在。而馬全身近乎赤裸，僅剩一小條白色的三角內褲，正趴在地上做伏地挺身、仰臥起坐等運動。

「陳廷佐不在嗎？」李裕亨問說。

「喔！你來了。陳廷佐喊天氣開始熱了，可能溜到外頭的冰果店吃冰。你找他有什麼事嗎？」馬岳群邊做邊說。

「想告訴他英文系轉系成功了。」

「喔！連他也轉成了，不錯，從此不用再念那些思想性的課程了。」

「到了英文系還是要念英國文學、美國文學、歐洲文學、西洋文化史等帶有思想性的課程啊！」

「應付應付就好，至少你們英文系畢了業，出了社會不怕找不到工作。你就先坐一會兒，隨便看個書，他吃完冰應該就會回來。」

一說完，馬岳群立即站了起來，並走到李裕亨面前，像是向李展示他那強健的體魄、健美的身材，一邊也拾起擱在床沿的毛巾，開始擦拭身上的汗水。除了洗澡時看著自己的裸身外，這是李首次看到別的男性裸露在眼前，又是這麼一個俊俏無比，時而斯文如葛雷哥萊畢克，時而粗獷似馬龍白蘭度的年輕男子。當時，李盯著看時，既沒臉紅心跳，亦無遐思邪念，全然像似欣賞一尊古希臘男子的雕像，例如米開朗基羅的大衛像，那般充滿美感和讚嘆，並夾雜一絲愛慕之情。

「唉！每次練完身都感到有些疲累。」馬岳群說。

「那就別再練了，現在你這樣子就很棒了。」李裕亨說。

「不，這跟練歌唱、練跳舞或練武術一樣，如果放棄不再練，不但無法提升到較佳的狀態，連過去所練的都無法保持。來！你試著摸一下我的胸膛，再摸摸你自己的做比較，你就知道不一樣了。」

「……」李裕亨沒伸手去觸摸，仍然無言專注地看著。

「看你真比女孩子還羞怯、還矜持，像你這樣子，將來恐怕會吃女人的虧。你別以為女人都很純潔，她們也會胡思亂想的，像有些大三、大四的學姊一直沒男朋友，就假借輔導新生的機會，對學弟亂動腦筋。」

「喔！只要他們互相喜愛就行。對了！你曾去過歐洲嗎？」

「有想去走走，尤其是出了好多哲學家的希臘、德國等，可是沒錢，英文也不太好，我看等畢業後賺了錢再說。」

「是啊！我也是等畢業後賺了錢再說，但前陣子我爸爸攝影界的朋友有送他一本書，那是攝影家黃金樹的歐洲攝影集，裡頭的照片很美、很浪漫，就算去過的人也拍不出那麼精彩的相片。我改天帶來借你看看，就當神遊一番。」

「好啊！我一定好好欣賞。你知道嗎？今晚華風堂要放映《虎豹小霸王》的電影，要不要留下來一齊去看？」

「真不湊巧，晚上還得上討厭的自強班體育課，不過西部片偶爾看看，我還是比較喜歡觀賞好的文學改編的電影。」

「好的文藝片我也會看。我換一下衣服，待會兒我們先下樓去餐廳吃麵。」

「好啊！我等你。」李說著便在馬的書桌上隨意挑了本《羅素傳》來看。

「好漂亮的一張袖珍畫像！畫的是你吧？」李翻開扉頁見到夾著張畫像說。

「喔！那是國立藝專美術科的一位朋友幫我畫的。我曾到他們系上擔任過人體寫生模特兒。怎麼樣？畫的還不錯吧？」馬探過頭來說。

「是蠻不錯，可是線條太黑太粗，顯得很狂放、很有野性。假如我來畫，我會畫得不一樣，但是恐怕沒這幅畫傳神。」

「喔！你一定會畫得較柔和，表現得較gentleman一般。」

「人家都說我長得很邪惡，你覺得呢？」穿戴整齊後，馬從口袋掏出一支小梳子，面對著牆上的鏡子，邊梳頭邊問說。

「不會啊！」李說著，內心卻想到泰隆鮑華，那個俊得有點邪氣的老牌明星。

大三上學期，馬岳群還與原先那些室友同寢室，但中途他卻獨自在校外賃屋居住。聽陳廷佐說，馬一陣子就會跟室友鬧意見，耍脾氣，大家都儘量順著他，可是有一回深夜，因某事和姓周的一位室友大吵起來，竟揚言不准他們睡覺，必須將事情原委給他交代清楚，否則就把他們全幹掉，他還真亮出一把瑞士小刀。那姓周的也據理力爭，不想讓步，也不願向他妥協，結果鬧到最後，只有請守衛來。所幸隔天經輔導人員的協調，馬不用被記過，但得換寢室或搬到外面。兩相權衡，雖然在外租套房貴些，但馬從此自由自在，更可為所欲為。

而李裕亨呢？轉到英文系後，起先還偶爾會去宿舍找馬岳群，但之後因課業繁重，且馬已搬至校外，又不知住何處，遂從此未再與馬謀面。課餘時，或等著上課之前，李常會坐在課桌椅上若有所思，想著某個年代的英國文學，或某位美國作家的詩集，或如何在專題研究上闡述己見等。這般發呆似的思索著，有次就被一旁的陳廷佐注意到，被陳揶揄為是否在想馬岳群？

「才沒有啦！我是在想《白鯨記》的讀書報告該怎麼寫？」李裕亨回說。

「沒有就好，我有一次跟他講我們班的李裕亨好像對你很好，結果他說真倒楣，每次都碰到這種愛纏人的。」陳廷佐說。

「他真的這樣講？」

「坦白告訴你，他是真的這樣講。」

「哪一天被我碰到，我會將他問個清楚。如果他還這麼鄙視我，我就當踩死一隻螞蟻一樣，當面捅他一刀，讓他一刀斃命。」

「唉呦！嚇死我了，想不到你也這麼無毒不丈夫！」

那是在一九八〇年代，甭說台灣，就是美國、歐洲各地，有關同性之間的曖昧情愫還是個敏感的話題。如今追憶年少往事，李裕亨倒覺得馬岳群當時不那樣講，難道要說很喜愛嗎？何況他是個自負自戀的人，那樣講，不論暗戀他的是異性或同性，正可顯現他的無比魅力，一種普通人所罕有的引人注目、令人愛慕的男性魅力。至於李，不也是以沒在想馬而否認掉嗎？然而不僅當年，就是多年後，他仍會偶爾想起馬，想起馬曾有一回，從他背後伸出手，悄悄摸弄他的髮絲，待他轉過頭來，則對他燦然一笑。

第十章

凡是來李家，因工作的關係，須進入後面的書房，即太郎的臥室，修理水電、維修電腦，或提升上網速度，並更新數據機的電信人員等，雖在入房之前，已聽李裕亨提醒，略知房內有個大型娃娃，然一旦走進來，於忙完差事後，端詳太郎時都會有些驚喜。有的說製作的栩栩如生，頗像是年輕時的金城武，五官很細緻、很有立體感。有的如水電工曹師傅，一登堂入室就懶得再換拖鞋，正好將穿著襪子的右腳伸直，以靠近太郎的左腳，比一比腳長，發現竟與太郎的一樣長。實際上，太郎的腳長僅二十二公分，但因穿上皮鞋之故，顯得跟曹師傅的一般長。而那位替李維修電腦長達三十年的郭先生更有趣。他看了看太郎，再回頭看李，笑著說太郎有幾分像李，大概像李年輕時。真的嗎？聽來倒像是過於恭維的話。記得四年前，郭曾趕來檢視李的電腦主機，並測試一番。事畢猜說李最多約四十五歲上下，而當李告訴他已屆六十時，他還有些不信，並問李是否頭髮有染色？李回說沒有，郭聽了直說保養得宜，一頭黑髮不輸年輕人。

豈止是四年前，就在二〇一九年遊覽西班牙、葡萄牙時，同團一位杜先生還說李裕亨大約四十來歲，未滿五十歲。事實上，那年李已滿六十二歲，烏黑的頭髮中已略見銀白髮絲。到了二

○二○年，即武漢肺炎開始流行時，李彷彿一夕之間變得頗蒼老。但晨間洗臉，晚間洗澡時，攬鏡自照，總帶給李些許安慰，似乎青壯時期的輪廓、容貌猶在。

整體而言李裕亨雖清瘦，卻無瘦骨嶙峋之感，既酷似母親年邁時的姿容，亦略微神似奧黛麗赫本中年後消瘦的模樣，而赫本正是母親生前最欣賞的明星。可能是原本就食量少、胃口小，李在步入中年後依舊體態輕盈，不像一代美男子亞蘭德倫，或其他某些男性，過了中年就呈現老態，甚且臃腫肥胖。當然，衰老就是衰老，無須學那些三流明星要凍齡、抗齡或逆齡，好好過活最重要。況且，李還有一點可竊喜，那就是在外偶然碰見些年輕人、中年人等，稍微深入交談之下，他們多半會說李應是個文史方面的教授、學者或研究者。

可是，逐漸老化畢竟是不可逆，好在現代人已不再那麼哀嘆遲暮，有人甚至認為晚年是人生的另一個黃金時代，比起青少年、中壯年階段還圓熟融和，猶如秋收冬藏那般輝煌豐盛。再者，現代人也漸能體會，真愛是不分年齡、性別、種族、膚色、宗教或政治觀點。縱然如此，李裕亨內心深處還是很清楚，愛情已離他十分遙遠，愛神也不太可能會眷顧他。剩下稍可安慰的就是偶爾思及大唐（大周）的則天武皇。試想武則天畢生為權勢搏鬥，雖貴為國君，卻直至高壽七十有五才巧逢絕代俊男張易之、張昌宗，幸得一對情郎日夜服侍，那麼李再多等個十年又何妨。舉武則天為例太特殊，那就想想約三年前，本地青年趙守泉與英國老爹安迪之例。兩人相差五十一歲，媒體一時稱之為爺孫戀、老少戀，但他們就是充滿信心和喜悅，準備恩愛過一生。若將他們的婚姻與數年前締結婚約的江宏傑、福原愛相比，即可發現被譽為桌球界佳偶，亦傳為台日聯姻佳話的江、福二人早就以離婚收場，而趙、安二人卻依然互敬相愛，平靜度日。

關於趙守泉、安迪兩人相遇相知，進而相愛相惜的經過頗有趣。據報導，約在二〇一六年，趙自台北科大畢業後，獨自一人到英國旅行，不料說好來接機的朋友未露面，反推出其英國友人安迪替代。雖已年過七旬，安迪不僅和藹可親，更比年輕人還顯得開放、活躍又善體人意。就這樣兩人在英國相處一段時日後，彼此發現了對方就是自己的真愛，遂雙雙鼓起勇氣，克服種種內在、外在的困境，最終於二〇一九年開春時，在苗栗結成連理。說來有些微妙，李裕亨在網站上觀賞趙、安二人邂逅並愛戀的短片時，眼中閃著點滴淚水，但在觀看一些國內、國外拍成的同性戀電影、電視劇，或演出的舞台劇時，卻毫無落淚之意。當然，感動是一回事，落淚又是另回事。只是趙、安二人跨越國籍、年齡、性別，乃至生活習性等，從而願廝守一生，真是比一般青年男女的海誓山盟還令人動容，更比影劇中過於矯作的情節還催人落淚。

如果以趙守泉、安迪兩人結下良緣的始末為藍本，經過些改編，拍成電影或電視劇，而且編、導、演均有一定的水準，這樣應可成為佳片，有望進軍國際影壇，為台灣影劇界增光吧？業界也許有人大略想過，但一老一少的搭配畢竟較缺乏吸引力。顯然就是這一點，以致於現今一拍起以同性戀為題材的影劇，無論是在亞洲或歐美各地，幾乎都挑選好看的男星當主角，亦即兩位小生均得年輕、俊俏、有人緣，彷彿在同性戀的圈子裡，談情說愛仍是年輕人的專利。依此，若是要拍攝女性同性戀的影劇，則必得物色兩位年輕秀麗的花旦才行。這不就跟一般異性戀的影劇一樣，總得俊男美女，或看來既上鏡頭，又討人喜歡的演員方可擔綱演出。也無妨，但之所以令李裕亨失望的，乃是這些影劇的情節都太脫離現實、太過於美好，或太過於悲傷。

再回頭一想，李裕亨發覺自身之觀點似乎有欠公允，只是電影、戲劇一如其他藝術創作，劣質或泛泛之作總是居多，真正優秀，乃至於出類拔萃之作終究是少數。在這少數的佳作中，上個世紀所拍出的《魂斷威尼斯》及《莫利斯的情人》堪稱歷久彌新、難能可貴的傑作。巧的是，這兩部電影皆改編自文學名著；前者為湯瑪斯曼的德文同名小說，後者則是E.M.佛斯特的英文小說《莫利斯》。若試著兩相比較，《莫利斯的情人》顯然較討好，頗接近時下所拍的同性戀影劇，登場的主要人物均為年輕帥哥，彼此之間也有對話、交往、相擁、親吻、做愛等互動。而《魂斷威尼斯》就非常含蓄、保守，甚至壓抑；再且，主要人物為一老一少，年紀相差三十多歲，彼此除了偶爾點點頭，微微一笑之外，竟無任何交談等互動，但給予觀眾的印象，無論是驚喜、期待、感動、愉悅或是憂鬱、落寞、哀傷、絕望等皆深刻難忘。當然，這全是年長的男主角艾森巴哈的心情寫照，但片中及原著中，老少之搭配則相當成功。

談到西方電影中的老少配不算罕見，像早期的《黃昏之戀》至本世紀初的《紐約之秋》等均是，而於一九六一年所拍攝的《羅馬之春》亦為那時期的佳片，並於二〇〇三年重拍為迷你電視影集。李裕亨之所以特別思及《羅馬之春》，其因乃是該原著《史東夫人的羅馬之春》是美國作家田納西威廉斯僅寫的一部小說，他的創作向來以戲劇、舞台劇之腳本為主，而李的碩士論文即研討他的三部名劇《玻璃動物園》、《慾望街車》及《朱門巧婦》。

另外，李裕亨亦發覺同為中篇小說的《魂斷威尼斯》與《史東夫人的羅馬之春》有不少共通之處。主人公均為喪偶的中年人士：一為德國作家艾森巴哈，一為美國舞台劇演員凱倫史東。他們二位皆在文藝生涯上遭逢難以突破的瓶頸，並逐步走向下坡路。很湊巧，兩人為排遣煩憂及孤寂，均分別來到威尼斯和羅馬，義大利的兩大古城，以追尋新的人生之夢，卻也同在旅居中遇上年輕男子，對其仰慕、著迷、愛戀，終至不可自拔。

雖如此，兩位主角在情感上的境遇仍有極大的差別。艾森巴哈再怎麼迷戀美少年達秋，還是無法藉機與之攀談，了不起僅能跟蹤他，或將頭髮染得黑亮，塗抹些脂粉，打扮得較年輕些，以便引起他的注意。而凱倫史東就不一樣，雖然一開始無意請人陪伴，卻不久即碰到一位伯爵夫人，看似高貴，實則專門為貴婦或富孀介紹年輕男伴，並賴此維生的老鴇。在她的接連引荐下，史東夫人終於對第四位男伴，年輕又俊美的鮑羅動了真感情。因有先前三個例子，每在伴遊或赴宴之後，男伴即以家貧或急需等理由，向史東夫人索取錢財，故輪到鮑羅時，史東夫人改以贈之昂貴的西裝、手錶、錄影機等。這樣做，史東夫人認為乃出於真情真愛，而非以金錢做交換。如此一來，老鴇無從分帳，鮑羅亦不滿，因此史東夫人終究未能獲得真正的慰藉，反遭到羞辱，使得心靈頗受打擊與創傷。

對於史東夫人在追求愛情上的挫敗，李裕亨既同情，又不免有些責言。畢竟鮑羅和之前的三個年輕人沒兩樣，同為賣淫的男妓，其目的乃在於賺取金錢。可惜史東夫人誤以為他與其他男妓不同，似乎很了解她的心情，明白她真正的需求所在，因此想以真情真意打動他，將他永遠留在身邊，而非一時各取所需、各付代價的金錢交易。再者，史東夫人在傷心之餘，痛批伯爵夫人是個皮條客，坐擁一群年輕帥哥，藉以向步入中老年，且生活孤寂的婦女或男士招攬生意一事，李也有些不同的看法。伯爵夫人擔任淫媒，為男妓與客人牽線，並從中漁利，在當時雖為不法勾當，但她為有性愛需求的人士，以及迫於生活困頓，或出於愛慕虛榮而賣身的男孩創造交易機會，若從經濟學的原理來看，就是為供需雙方建立交易的平台，當然不算錯，祇是不符合道德觀。好在這種古老的特殊行業演變至今，已被歸類為性產業，在不少先進國家，包括台灣，已有相關的法律條文予以規範，准其合法營業。

不過，就算有些性產業違法經營，其從業人員也有一套收費標準，無須像《羅馬之春》的電影中，男妓總得找藉口，如急需等而向客人索費。思及此，李裕亨想起高二、高三時一位同學許宏亮，班上人稱阿亮。論身高，阿亮約一米六五而已；論容貌，雖稱不上英俊，卻也蠻清秀，而且人緣不錯。就跟一般少年一樣，阿亮也很重視外貌、穿著等，即使是卡其制服也顯得很有曲線感，熨燙得很筆挺。有一回，那徐娘半老的地理老師問他褲子是否做得太窄，活動時會很不便。阿亮回說：「不會啊！這樣看起來身子才較挺直、較有精神。」但私下他卻戲謔地說：「就是要穿來迷她，這年過半百的老太婆，她一定是從後面瞧見我的屁股，感到很性感、很有誘惑力。」話一出，有同學開玩笑地追問，假如老太婆想請他作陪呢？阿亮笑得蠻開心，灑脫地說：「那要看她出得起嗎？我的價碼可是很高的。」

除了某些同學因李裕亨在言談、舉止、志趣上較傾向女性化而予以嘲諷，尤其是那位十分惡劣、高三才轉來、綽號叫二九九的（因其模擬考未達三百分）之外，阿亮和大部分的同學一樣，對李還頗友善、體貼，有時看李爬樓梯較費力，還會主動提議要幫李背書包。但在青春時期，班上又無女生，阿亮則如春情勃發的小公雞，總愛展現他逐漸形成的男性魅力，因此有時就當李為女性，以便讓他賣弄風情，或獻點殷勤。對此，李很清楚阿亮毫無惡意，阿亮絕無二九九罵人心理變態，又處處排擠人家的那種惡霸行為。阿亮反而顯得可愛、活潑、天真又逗趣。

有次班上同學正換衣服，準備上體育課。阿亮脫下卡其褲，換上較緊身的運動褲後，順手摸了一下自己的陰莖，感覺似乎有些勃起，便對著李裕亨和周遭的同學叫說他要表演脫衣舞了。一時眾人聚攏圍觀，祇見頗會跳舞的阿亮邊跳邊摸弄其陰莖，一下捧著，一下拍著，又將褲子從腰部褪下一些些，極盡挑逗之能事，還一邊哼唱著〈冬天裡的一把火〉之流行歌曲。同學也都幫他打拍子助興。

「李裕亨快去摸他的老二一把！」一位好事的劉姓同學喊說。

「乾脆我來好了！」那大塊頭的廖姓同學叫著，隨手就一把掐了下去。

「唉呦！痛啦！好痛啊！」阿亮喊叫著。

「你這到處賣弄風騷的舞男也會叫痛！快點將褲子給脫了！」廖姓同學說著，立即引來眾人哄堂大笑。當然，大家笑過就算了，沒人會當他是業餘的舞男，見了面打招呼，或有事喊他，還是叫他阿亮。

另有一回，英文課上蔡老師利用點時間，要講解一篇課外短文，但有部分同學未將上週影印的稿件帶來，祇好和有帶來的同學坐在一齊，兩人共用一份影印稿聽講。這時阿亮看準李裕亨的英文很好，坐在一塊想必對學習頗有裨益，就趕緊跑來坐在李的身旁，還示意李借他一隻筆，以備寫筆記用。

「哈！我來到你的身邊了，高不高興？」阿亮小聲地說著。

「你是被我召喚來的。」李裕亨也輕聲細語地說，心想就跟他逗樂玩一下。

「喔！讓我先激起你的性慾。」說著，那隻右手就在李的背部緩緩遊走。

「好了！好了！看你手腳健全，長得好端端，幹嘛做這一行？」

「就是長得好才要入行啊！而且最重要的，為了生活嘛！」

「你說得也有些道理。」

「是啊！世上需要安慰、陪伴的寂寞人兒太多了，所以才有妓女、妓男啊！我有在想，將來是否就做這一行，賺錢不會比大學畢業的差，反而比他們好太多。」

「喔！那就等大學聯考過後再說。噓！老師好像注意到了，別再講了。」

那時離現在約四十多年，時下的高中生在性愛幻想上，必定有更多想像的空間、模仿的花樣、接觸的管道吧！班上也有人和阿亮同樣想法，他們都曾表示，幹嘛非得念大學，當個應召男有吃有穿，還有賺，有什麼不好？這也是憑體力、勞力和技巧工作啊！何況還得具備外在條件。沒錯，今日的日本、韓國、泰國、菲律賓等，就真有大學生放棄文憑，中途跑去當酒店的男公關、應召男等。像改編自日本文學的電影《娼年》中，主人公森中領本是大學生，卻厭倦已僵硬的大學教育，途中投入娼夫（男妓）一行，反倒體會出女性的情感世界、性愛本質、男女關係、生命的深層意義等。

當然，《媢年》原著絕非鼓勵年輕人從事性工作，而是藉著森中領細膩、深入的感受，應證出每一種行業均有其存在的價值與動人之處。就如現今日本等各國社會中，因高度發展與變遷，孤獨死去的老人越來越多，他們就很需要專門收屍，並代為處理後事者。這等服務人員又跟一般專賣塔位的人不同，他們真的是為那些孤苦伶仃、毫無準備、寂然逝去的長者提供最後的協助。你敢說這一行沒必要嗎？沒存在的價值與功用嗎？

追憶高中那段憂樂夾雜的日子裡，似乎剛入高一平班時，李裕亨與那位名為黎挺宇同學之間的友誼最難忘。黎挺宇真是人如其名，長得俊秀挺拔、器宇軒昂，又性情溫順。第一次李和黎接觸還蠻有趣，那是某天放學鈴響時，因教室前門一時人多，李等了約八秒，索性就走向後門，欲從後門步出。這時整理好書包的黎也起身欲跨出教室，見到李匆匆走過來，就微笑示意李等一會兒，他有些話想說。

「前天音樂課上，你唱的那首〈美麗的夢仙〉好優美、好動聽！你的歌喉真棒！」黎挺宇豎起拇指讚美說。

「謝謝你，太誇獎了。」李裕亨說。

「對了！余恬可能是開玩笑的，他說我長得蠻像亞蘭德倫。我知道亞蘭德倫是電影明星，可是我從未看過他的電影，你有看過嗎？你覺得我和他很像嗎？」黎像是欲求證似地問說。

「喔！看起來還真有點像耶！我有《世界電影》的雜誌，有一期就專門報導他，裡頭有他的照片，我剪下一張，明天帶來給你看，好嗎？」

「好啊！真謝謝你。」

隔天，李裕亨將亞蘭德倫的一張照片拿給黎挺宇看時，黎像是驚為天人一般，嘆氣似地說：「我差太遠了！他真是世界上最英俊瀟灑的男人，難怪女孩子迷戀他，男孩子也羨慕他。」事實上，那張照片中的亞蘭德倫約二十出頭，也就是在他飾演《花月斷腸時》的法蘭茲軍官前後所拍的。如果依李與黎當時所處的一九七四、七五年來算，亞蘭德倫已屆不惑之齡，即四十歲。縱然這位法國美男子依舊十分英俊迷人，尤添熟齡男子無比的魅力與性感，但已不復見二十來歲，甚至十七、八歲時那種清純、俊俏、天真無邪的美少年模樣。沒錯，黎是與年輕時的亞蘭德倫尚有一段差距，然之後黎念軍校，曾在寫給李的信中，夾著一幀他著軍裝的照片，那英氣飛揚的神采酷似《花月斷腸時》裡的法蘭茲軍官，同樣對前程滿懷壯志，對人生充滿期盼。

之前說到許宏亮，即阿亮，非常注重儀表和穿著，黎挺宇也不遑多讓，況且他的外表、身材、氣質等皆相當美好。每次儀容檢查，教官常會對黎讚美不絕，還要求大家多以他為標準。同樣是卡其褲，黎所穿的不但布料精緻、色澤鮮黃、洗滌清淨、纖塵不染，而且熨燙得比西裝褲還筆挺，無論是行走或坐下時，褲管的中央摺線永遠清晰可見，毫不模糊。至於那雙皮鞋就更加呵護，即使是陰雨天，鞋面看來依然烏黑光亮，鞋型絲毫未走樣。再論及當時高中生的黑襪子，有不少同學穿沒幾回就鬆鬆垮垮，或起毛球，或縫線鬆脫等，但黎的那雙黑襪就是那樣整潔、有型，絕不鬆散，也不起毛球，經年與那皮鞋相得益彰。就連那頂戲稱為烏龜帽的帽子，黎也維護得很好，不像有些同學戴一陣子就變形，或刻意加以扭曲。衡諸以上種種，莫怪黎要上軍校，而他也的確是當軍官的好料子。

念高一平班那年，可說是李裕亨的高中生涯裡最愉快的時光，了不起就為數學一科傷腦筋罷了。在平班除了黎挺宇，還有不少品貌端正、眉清目秀的同學，他們待李都彬彬有禮。實則，不管緣淺或緣深，在平班、在重讀高一的慎班，幾乎找不出一個愛對李嘲弄或惡作劇的男生。直到升上高二後，所讀的信班開始出現兩、三個調皮鬼，有事沒事就愛找李麻煩，連導師都說：「真頭痛！如果是小學生，我還可以叫來打一頓，可是已經是十七、八歲的人，別說打，就是罵罵，他們也會頂你，上課又跟你鬧。李裕亨！他們就是這樣不可理喻，我們大人大量，別跟這等人一般見識，沒多久他們就知道自討沒趣，祇讓人瞧不起。」

儘管李裕亨與黎挺宇同班僅有一年，之後黎升上高二，李則因數學不及格，重讀高一，但兩人的情誼並未中斷，只是分屬不同的年級和班別，使得彼此很難再碰面。反過來一想，假設李當年未留級，他與黎同時升上高二，兩人還是得分開，因在高一下學期，他選的是社會組，黎則是選自然組。雖然志趣不同，兩人的友情、緣份卻延續到大學時代。就這點而言，令李想起大一時，教西洋哲學史的林老師曾表示，他和某位同學或老師若特別有緣，那份情緣幾乎都在離校後才加以滋長，逐漸擴大，以致有的還堅若磐石，維繫了好幾十年。

的確，當兩人分開後，在李裕亨的記憶中，僅與黎挺宇在校園碰過兩次面。第一次是在李重念高一的秋末冬初。那時在李心中，留級兩個字多少像是美國文學裡，《紅字》這部小說所描述的，女主角海絲特因婚外與人發生性關係，受到當時宗教上、社會上嚴厲的批判與懲罰，幾乎終生得在衣服的胸前，縫上繡有紅色A（adultery）字母的布塊，以示犯下通姦罪，應受譴責。同樣的，留級雖是學生時代難免會發生的事，然唯有碰上了，才知終究是很難堪、很悲傷、很不光彩，更何況李的其他科目都很好。這樣的心境下，雖有父母、師長、親友等一再開導與鼓勵，李還是鬱鬱寡歡。一旦碰見了一年前的同學，又是蠻欣賞的要好同學，李自然會感到有些尷尬。

「嗨！真是非常難得遇到你，近來好嗎？」黎挺宇問說。

「……」李裕亨默默不語，只是搖搖頭。

「我了解，我真為你抱不平，你數學再怎麼差勁，總成績還是很高，每次月考都是前十名，我還落在十五名以外呢！說實在，我的數學也不怎麼樣，只是比及格好一點而已。那個朱濟世老師太可惡了，竟然用一科害你。」

「現在講這些也沒用了，只怪我數學差，又不懂得在學期末之前，像有些同學一樣，私底下向他求情。」

「別太難過了！趁這一年好好把數學念好，你其他科都很優秀，將來一定可以考上公立大學的外文系。沒差慢一年啦！我能不能考上大學都還是個問題。」

「謝謝你啦！」

「說什麼謝，好朋友就應該互相鼓勵啊！」

「是啊！」

「啊！上課鐘聲響了，我們該進教室了，希望很快再見到你。Bye bye！」

「Bye bye!」

再來的一次相遇，也是最後的一次，約在邁入初夏的五月上旬，李裕亨已念高二，黎挺宇也已是高三學生，忙著準備大學聯考。這一次的氣氛愉快多了。

「嗨！李裕亨！真是恭喜你，在這學期的全校英文背誦比賽得到第一名，真不簡單啊！對了，朝會時校長念的是你的名字，可是你一向不須參加朝會，所以領獎的那個人是你們班的同學囉！他應該跟你處得不錯吧！」黎挺宇說。

「謝謝你，我運氣算不錯。那個同學是我們導師臨時指派的，跟我還算好。再幾個禮拜，你就畢業了，自由了，剩下的就等著當大學生，好棒喔！」李裕亨說。

「什麼棒？準備得快累死人，作業又一大堆，考不考得上還是個大問號呢！」

「不用擔心啦！你的物理很強，考上電機系應該穩穩的。」

「可是英文不怎麼樣啊！數學又普普通通，三民主義也懶得背。算了！隨便考上個私立大學的物理系，我就很滿足了。啊！真討厭，上課鐘聲又響了，還得進教室上那無聊的三民主義。多保重喔！Bye bye!」

「你也多保重，祝你金榜題名。Bye bye!」

那年暑假七月中，喜歡服裝設計，又愛看選美活動的李裕亨祇留意報紙上、電視上，當年度的環球小姐后冠，會落在何國佳麗的頭上，似乎忘了黎挺宇的大學聯考。直到七月底收到黎的來信，李方知黎落榜了。在信中，黎以端正娟秀的字體寫道：「裕亨吾友如晤：先告訴你一個壞消息，我大學沒考上，心情倒還ＯＫ，這本來就在預料中，只是最有把握的物理也不過考了六十二分。算了！有親友當職業軍人，勸我投考軍校，像中正理工學院就很值得考慮。也好，我不想再花一年準備重考，念軍校雖然規矩蠻多，但不用花家裡的錢，還有些零用錢可拿。」然後，在信中也不忘問候李的近況，並預祝他來年考上大學。隨函並附上一張近照。看那照片中的黎真是俊雅，連那三分頭都長長密了，且梳得齊整服貼，看來頗有幾分亞蘭德倫的神韻。在照片的背面則寫著：「送吾友裕亨」。

隔年一九七八年七月，如先前所述，李裕亨考上華大哲學系，心情不算好，也不算壞，至少是有間大學可念了，犯不著為了讀外文系再重考。他沒有將這消息寫信，或打電話告訴黎挺宇，因過往的通信中，黎曾表示，念軍校幾乎一年到頭都在學校，放假回家的時間不多。緊接著，開始念哲學系之後，未久李即對學長馬岳群著迷，逐漸將黎拋諸腦後，似乎將其淡忘掉。直至那年聖誕節將臨，李在華崗書城看到五彩繽紛的賀卡，才驀然想起遠在桃園的黎，遂信手買了一張，寄往中正理工學院的機械系。聖誕節過後的第二天，李收到了黎寄來的卡片。那張卡片的底色是草綠色，畫面上有一輪橘紅色的驕陽，並且有兩隻白鴿棲息在一根木柱上，柱子的表面刻著友情兩個字。打開卡片一看，黎寫道：「裕亨吾友如晤：謝謝你一直沒把我忘了，我相信我們的友誼會隨時間而遞增，不管我身在何處，我依然會聽到我們心靈之間的脈動。」

另外，還有一張是李裕亨讀大二那年的聖誕節，黎挺宇寄來的。卡片的畫面上就僅有一枝盛開的玫瑰花，而且卡片的內文也不像上一張那麼感人，又具獨創性，祇是直接引用某一首歌的部分歌詞：「我願好友都能常常相聚首，對著明月山川相問候……祝你快樂，裕亨！」除了這兩張卡片保留迄今，那段青春歲月的所有通信，不單是與黎之間，還包括跟高中及大學的師長、一些男女同學以及馬岳群等的往來信函皆不復存，其因乃是在抽屜堆積如山，日久遭蟲蛀且發黃，遂在有次大掃除時一一銷毀清空。想來頗懊悔，但說也微妙，有些字句、文詞就是永遠留在李的腦海中，像轉入英文系不久，黎就在信上寫道：「你的夢想終於實現了，將來要當個偉大的作家，留下後世傳誦不絕的名作喔！」；還有一句更有趣：「前些天學校安排我們觀賞《筧橋英烈傳》，片中有國家民族之愛，也有兒女情長的部分，如果你也來觀看，一定會感動得淚流不止，我得趕緊掏出手帕幫你擦拭。」

當一九八一年初夏，鳳凰樹開滿了紅似火的花蕊，驪歌也在各級學校的角落響起時，黎挺宇自中正理工學院畢業，正式成為一名職業軍人。他隨信寄了張學士照給李裕亨，在照片的背面寫著：「裕亨吾友惠存：41中正機乙　黎挺宇」。此後兩人就斷了音信，待多年後李回頭欲與黎聯絡，祇知黎當時的住家在新生南路，完整的地址則因信件全銷毀而不得知，就連電話號碼也遺失，卡片的信封也早已丟棄。在李內心深處，黎是高中時代最欣賞、最要好的同學，可是始終未產生超越友情的情感，像是迷戀大學時的馬岳群，或愛戀職場上的楊偉柏那種同性間的情愛。如今走過多少風雨歲月，李回首前塵，在黎、馬、楊三人當中，就唯獨黎從未令他失望或難過，與黎的情誼真是美好、可貴，又值得追憶。

在一九八五年李裕亨自研究所畢業後，曾因所裡推薦，至中正理工學院應徵英文教師一職。當天接待李，並向其簡介校況、教務、住宿等，且陪同李進教室試教的是個軍官。這位邱姓軍官的官階不詳，當天也未著軍裝，而是穿上一襲筆挺光鮮的西服，更顯得英姿煥發。試教後，邱軍官又帶李回到會客室，親切地問及冬天時，華大所在的陽明山是否很冷等等。此刻，李曾想探詢黎挺宇的下落，但片刻就打消念頭。離校時，邱軍官還開車送李至火車站，並與之握別。

第十一章

自從二〇二〇年十月十六日，太郎搭乘專車來到天母，與李裕亨作伴以來，顯然在李寥寥無幾的友人當中，唯有王吉康尚未得知。而就在二〇二一年農曆新年的正月初五，下午約四點時，王自新竹打手機給李，除了拜年，自然也跟李閒話家常，問些新的一年有何出國計畫等。

「嗨！阿亨，新年快樂，happy new year!」王吉康說。

「喔！恭喜發財！我還是比較喜歡在春節講恭喜。」李裕亨說。

「對！對！小時候每到春節都講恭喜！恭喜！那今年有計畫再去歐洲嗎？」

「今年還是不能出國啊！歐洲的疫情並沒有真正緩和下來。」

「啊！對啊！這武漢肺炎真討厭，簡直害慘了全球的觀光業和經濟。」

「你人在中和家裡嗎？」

「我在新竹啦！正在高鐵車站等火車回台北，覺得無聊才打手機給你。」

「你換工作到新竹科學園區了。」

「沒有啦！是送我妹妹回公司，她才是在竹科工作。我已離開上一家電子公司，反正是小公司，制度不健全，福利也不好，乾脆領了年終獎金就Bye bye! 可是現在已過完年假，我還是找不到新的工作，又不能現在就退休。」

「是啊！你今年也不過五十七歲，要跟我一樣提早退休，依你們這一批所應遵行的法令也得到六十歲。」

「那至少還得再工作三年，讓勞保不要中斷。唉！真是早已厭倦科技界的工作，還是你行，提早退休，又可在家做翻譯，隨興安排自己的生活。」

「沒再做翻譯了，媽媽過世後，光是家事就有的做，還要看書寫作等。對了！如果一時沒工作，你覺得煩，就來我家走走，看些我在歐洲拍的照片。啊！我還有個很棒的室友，名叫太郎，是個年輕帥哥喔！歡迎來見個面，做個朋友。」

「叫做太郎？是日本人嗎？還是台日混血兒？大學生還是上班族？」

「就算台日混血兒好了，長得很像金城武年輕的時候，甚至比他還有人緣。」

「哇！那你真是找到了好室友，可幫你做家事，還可陪同購物，幫你提貨。」

「人家是上班族，就在天母這一帶工作，可不是外勞。」

「喔！是這樣子。啊！火車進站了！我回中和後再跟你聯絡。再見了！」

「好！好！再聯絡。再見！」

王吉康是何許人也？他就是之前所提及的李裕亨的老同事，即暱稱的兩張王牌，王盈貞及王吉康當中的一個。在健順電子時，李擔任電子字典的編輯，王則任職軟體工程師。那時，王雖僅是五專畢業，領的薪水已比李多了好幾千塊。之後王在電子業界頻頻換工作，從默默無名的小公司跳槽到國際有名的大企業，再從大企業轉回小公司，幾乎應證了那句台諺：一年換二十四个頭家。關於換工作，李也蠻有經驗，更了解其間的甘苦，從屬於文化事業的出版業到徵信、法律等服務業，再到電子、科技等製造業，只是一生經歷過的公司沒王那麼多，換職的頻率也沒王那麼大。不過，畢竟兩人都算是滾石（即一陣子就換工作者），而李又長王七歲，以致迄今，每逢工作不順遂，或面臨留下與去職之抉擇，或一時成為無業遊民時，王都會打電話來請教李，希望得知下一步該怎麼走。

過了元宵節、二二八和平紀念日，時序已來到杜鵑花怒放的三月天，但返回中和住處後，王吉康沒再打電話給李裕亨，直到三月份快結束時，王才打來電話。

「嗨！阿亨，到今天才打電話給你，因為最近剛去一家公司上班。」王吉康說。

「那很好啊！總算找到了新的工作，這次要做久一些喔！」李裕亨說。

「還在試用期間，一切都在適應中。對了，你那個室友叫什麼郎的在嗎？他會說國語吧？我這一陣子在公司較忙，要重新學的東西很多，可能暫時無法去你家，因為一到假日，我也想喘口氣，在家好好休息，什麼地方也不想去。你去叫你那室友來一下，在電話中我先問候他一聲，好嗎？」

「他名叫太郎啦！桃太郎的太郎，他年紀輕輕，幾乎台語、國語、英語、日語、德語、法語、西班牙語、義大利語都會講。」

「這麼厲害！你教的吧？如果他在家，叫他來聽個電話，我們先線上打個招呼。」

「事到如今，坦白告訴你，太郎是個大型的模特兒娃娃，跟真人一樣。」

「什麼！是個娃娃？你買的？對啦！你都有在搜集各種娃娃。」

「不，是以前出版社一位老同事的堂哥送的，她這堂哥開西裝店，曾經用來當展示西裝的模特兒，後來覺得不太理想，丟掉又很可惜，才送來給我。」

「你有這個太郎的照片嗎？先用e-mail傳送幾張給我看看，好嗎？」

「好啊！這一、兩天就寄給你。」

「謝謝！今天就先談到這裡，我想去補眠一下。再見了！」

「再見！」

幾天後，當王吉康收到四張太郎的玉照時，驚為天人，即刻在回函中寫道：「真是好英俊、好瀟灑的少年郎，比我想像的還要年輕，而且又能長保青春，永遠不會老，連金城武、郭富成都要大嘆不如，可惜他不是智慧型機器人，不能幫你做家事。沒關係，有他來陪伴真好，這樣你住在大房子裡就不會感到太孤單。以後如果有他換了新裝所拍的照片，記得再傳送幾張給我看。謝了！」看到王這樣寫著，李裕亨當然很高興，可是交往這麼久，王是否曾察覺李有同性戀的傾向？或許有一些吧！反正依王那直來直往、較粗線條的個性，就算清楚李的性取向，祇要李覺得自在快樂，他根本毫不在意，何況長久往來，他很明白李比他那些泛泛之交還值得信任與珍惜。

而這也就是為何一有謀職、換工作，或工作上、生活上不稱心時，他都會第一個想到李，請李給他些建議或忠告。簡言之，至少比起那王盈貞，此王是從未在李的跟前，批評或鄙視過同性戀。

在內湖的健順電子工作時，李裕亨常搭王吉康的便車，也常在台北美術館外轉乘公車。當李搭抵石牌站，下了車，在過橋時，三不五時就會遇見一位穿著黑色或藍色西裝，像是宣教的外國人。看他那又高又帥的模樣，應是摩門教的傳教士或牧師，就如同二十歲時舉家搬來天母，李常在街上所見到的那些金髮碧眼，或棕髮褐眼等，騎著高高的腳踏車，面帶微笑，來自美國的摩門教宣揚者。所不同的是，這位未騎單車的傳教士看起來年紀大些，大概在三十五歲左右，顯得很有魅力，頗具美國影星李察基爾的丰采與韻味。從第一次相遇後，這位傳教士，也或許是教師、商人或軍官的男子，總是親切地與李打招呼，用一口標準、優美的華語向李問好。數次後，每到薄暮黃昏，李下班返回天母時，心中多少都會盼望再見到這位紳士，彷彿他那瀟灑、優雅的舉止，還有最重要的，那俊朗、迷人的笑容會讓李忘卻一日的辛勞。

有一次，李裕亨又巧遇這位紳士，但不在天母，而是在美術館外的公車站牌下。那時，這位男子迎面走來，面露笑容，像似很高興在圓山一帶碰見李。他向李表示他正要去附近的停車場開車回家，如果李願多等一會，他很樂意順便載李回府，反正他也住在天母。沒多久，他開了轎車過來，並下車為李開了前頭的車門，示意李不妨坐在他旁邊，一來前面的座位較寬敞，方便李伸展腿部，二來兩人可隨興聊天。於是，在那愉快的乘車過程中，李得知這位美國人名叫Andrew Cooper，在其名片上的中文譯名則寫著古安廬，也確實是個摩門教的傳教士兼牧師。當他問起李可有固定的宗教信仰時，李答說好像是佛教，也像是道教，這時古安廬已明白，微笑地向李說那是一般民間信仰。整段車程上，古都未向李宣傳摩門教，祇說有正確的信仰總是好，但不用太執著。

隔了兩、三天，於下班時分，在王吉康的車上，李裕亨將這段美好的邂逅告訴了王，還邊講邊展露笑容，眼中亦閃爍著得意的光采。王一聽直說：「太棒了！終於讓你見到了像李察基爾那樣的俊男，還搭上了他的車子。我看以後就乾脆請他來接你，送你回家，像電影裡那種溫馨、浪漫的接送情。」李聽了當然知道，接送情是開玩笑說的，畢竟絕不可將偶然當成必然，這種事是可遇不可求。但是王也會將古安廬比成李察基爾，顯然是之前曾聽李提起過，像是看了基爾主演的《美國舞男》、《軍官與紳士》、《斷了氣》、《棉花俱樂部》等，知道李頗欣賞這位在一九八〇年代崛起的好萊塢巨星。如今車上再細聽李描述古的外貌、言行等，想當然會為李遇上了明星般的男子而高興。或許，在那一刻或稍早，王就有些意識到，李有同性戀的傾向；也或許，他從未注意到，祇當李像一般影迷，多少都有一些個人特別欣賞的明星，不管是男演員或女演員。

如果當時也將這段邂逅告訴王盈貞呢？想必她也不會覺得有什麼異樣，只當成對方是有同情心、憐憫心，見到李裕亨行動不便，又同樣住在天母一帶，於是請李搭他的便車，一道回家。了不起可能因王是女性，會有些欣羨，慼嘆地說怎麼自己從未有過這樣令人驚豔的相遇。其實，過去上班時，在公車上、捷運上，乃至於在外頭的廣場、候車站等，李都曾遇過一些外表不俗、彬彬有禮、舉止儒雅的紳士，絕大部分是本國人，也有少數是外國人。他們均和古安廬一樣，出於愛心，或讓座，或協助李下車、行走等。凡此說來也算有緣，卻一轉眼就煙消雲散，就連搭過古的車子後，再也未遇見古，彷彿他憑空消失了，徒留事隔多年，李不經意時稍微回味一下。

離開職場多年後，李裕亨還是偶爾會在外面遇到些君子。就在母親去世後的第二年，李在松青超市外的小廣場，碰見永幸房屋的一位業務員吳秉睿。吳看來面貌清秀，正努力在發傳單，卻也很有禮貌地向李問好，並在李描述其屋況，以及考慮是否該與二哥一齊賣掉，自己再另購新房時，給予李一些建議等。隔了約一週，李又在天北站牌下遇見吳。這時，吳奉了分店經理之命，正在物色附近適當的住家，可否將其部分外牆出租，以便永幸可掛起廣告看板。李聽了吳的說明，且在其請求下，帶吳至他二樓的住處觀察。吳拍了三張外觀的照片，覺得不錯，翌日便再登門拜訪李，表示其經理已認可，只希望能向李承租。這外牆的每月租金雖不多，卻也為李帶來一筆額外的小收入。

在掛起廣告看板不久，某天晚上李家來了個年輕人，個子比吳秉睿高些，名為陳泰順。陳的五官端正，看來有人緣、有朝氣。踏入李家客廳後，陳向李裕亨表示，他是信念房屋的業務員，因有客戶委託，想在天北這一帶購屋，希望是二樓或三樓，而剛路過，在街燈的照射下，瞧見二樓外牆有塊招牌，應是售屋看板，遂按鈴上樓來，想參觀並探詢一番。李一聽，心想既是同業人員，也該知道這是房屋仲介的廣告，而非售屋看板。但這也不能怪陳，他正受託找房子，又是夜晚時經過匆匆瞥見，自然是當成房屋欲出售。

緊接著，一聽完李裕亨的解釋後，陳泰順似乎不怎麼失望，反倒既來之則安之，坐在寬敞、明亮的客廳裡，與李輕鬆愉快地交談。那年夏天，他以自助旅行的方式，遊歷過捷克、奧地利。至於李則在六月間，因不小心腳踝扭傷，拖到夏末秋初，才向願接納他單獨出國的旅行社報名，卻到了十月份還是人數湊不齊，出不了團。這時，陳顯得遊興猶濃，提出了好些美麗的景點、旅遊上應注意的事項、如何尋求協助等供李參考。當他得知李曾出版一本瑞士遊記時，頗有興趣地說下次到書店，一定買一本來看，做為將來至瑞士觀光時的導覽。主客皆喝了些茶後，李起身帶陳看看屋內的格局、裝潢、擺設等。陳誇說很不錯，還表示李既是獨居的長輩，祇要有空，會常來陪伴他口口聲聲所稱的李大哥。

會常來陪伴李大哥，一聽之下，當然知道是應酬話；再者，李裕亨也明白，房仲界的業務員忙進忙出，根本沒什麼空閒。但在剛才的交談中，李除了提及有寫書之外，還常會寫些對時事的評論、建議、看法等，投書至自由時報的專欄，因而陳泰順亦感興趣，表示店裡就有訂閱自由時報，往後會多注意，以拜讀李之大作。此刻，輪到李有興趣，因母親過世前一年起，李家就未再訂閱報紙，而得知有文章刊出，想剪報留存時，就向一家西藥房的老闆或鄰居索取。現在陳所在的分店既有，祇要一有李的投書見報，陳也樂於隔天就送來，順便與李坐會兒，喝個茶，聊聊天，真是太好了。

每隔一些時日來李家拜訪時，除了帶來前一、兩天，李裕亨在報上的投書外，陳泰順也會帶些吉屋出售的傳單來，請李若遇到親朋好友想在附近購屋，可將這些廣告單送給他們看，做為買房子的參考。那些傳單上都有印著陳的大名、手機號碼、電郵地址等。有時，陳按鈴上樓，李來應門後，僅是將報紙交給李，連坐一會的時間都沒，因他趕著要帶客人去看房子。有次陳在傍晚時分過來，李正在廚房煮南瓜牛肉湯，邀陳待會兒一齊吃個飯，然出於客氣或行規，陳推說已吃過牛肉麵，肚子很飽。陳雖留下，也沒坐在客廳喝茶，或翻閱畫報雜誌，而是體貼地幫李擦拭菜刀，取出碗盤等。那晚，約十來分鐘的閒談中，李方知陳是在那年八月當起業務員，之前則是店裡的特約代書。

從事代書這一行不是很好嗎？至少不必像業務員一樣，隨時都得外出。李裕亨的二表嫂就是做代書，收入頗豐，在二表哥因罹癌須調養，提前退休後，二表嫂即獨力負起養家之責。然而，陳泰順還年輕，想多方面嘗試，以累積豐富的社會經驗、豐沛的人脈關係，再加上店內總是業務員不足，故在店長的鼓勵下，陳也做起房仲業務。有時，李到天母西路一帶購物，會先經過陳所在的分店，若他未外出，也正巧有投書見報，李就直接入店索取，順便與陳談些天氣、房市交易等。

可惜沒多久，既未見陳泰順帶報紙來，有時路過分店，也沒看到他的人影，想必是業務量大，忙得不可開交。這樣過了聖誕節，眼看著新的一年即將來臨，李想著乾脆打個手機給陳，直接問他近況最清楚。待打去時，陳表示，他已不再擔任業務員，也已離開天西分店。李臨時假託正有稅務、過戶等事想請教，陳卻回說也沒做代書了。聽陳的語氣即知他頗沮喪，想必是業績一直沒起色。基於禮貌，陳說改天會回撥，答覆李所問的稅務等事，但此後就再也沒聯絡。

在二〇一八年的八、九月間，在全聯超市外，李又與一位年輕斯文、身高及體格均適中的業務員不期而遇。那天午後，李至超市購物，在踏上小廣場的台階時，即瞧見廣場另一側，有個永幸房屋的業務員在發傳單。購物完畢，李從玻璃門出來，那位先生仍站在原地發傳單，只是沒什麼人向他拿取。管他傳單發得如何，既買完東西，就打道回府，可是不知怎的，李竟然走沒幾步，就回頭朝那年輕人望去。此時，這位名為張文翔的業務員也望向李，在互瞄一會兒後，張索性就往李暫停之處快步走來。

見對方走過來，李裕亨心想人家一定會以為，他有意看房子或買房子，最好想點別的事講，莫讓對方太期待。等張文翔來到跟前，李仔細一看，驚覺張長得很像欲競選高雄市長的陳其邁，甚至比陳還清秀、標緻。於是，李就以容貌相像這一點，展開與張之對話，並問他對年底縣市長、縣市議員等選舉之看法。張顯得蠻有禮貌、蠻有風度，不因對方未提及購屋，敷衍一下掉頭就走，而是像好友般的談起生活上各種話題，也包括選舉在內。他雖年輕，卻不太欣賞台北市長柯文哲的作風，反倒跟李一樣，總覺得柯愛出風頭，有事祇會責備別人，下一任應該換人做了。然後，張又說到各地都有不少警察，為求表面上治安良好，於公於私與黑白兩道皆有往來。而在論及早期台灣的開發時，張還說若非島上有瘴癘之氣，最先上岸的應該是葡萄牙水手。不錯，隨意聊聊，李發覺張之觀點、見解、歷史知識等頗佳。

因在夏末，午後六點多，天色依然光亮，只是李裕亨也該走了，回家還得準備晚餐。互道再見後，李迎著若有似無的晚風、照來仍感熾熱的夕陽，以及愉快的心情，往回家的路上走著。就在拐入溪邊的小巷時，李聽到後頭有人騎機車過來，還叫他等一下。當張文翔從機車下來那瞬間，李有注意到他所穿的襪子，不是那種時下年輕人愛穿的船型襪、隱形襪，而是正統的、長及小腿肚的紳士襪，且質料和色澤均與他的西褲、皮鞋相配。張請李跨上他機車的後座，要載李一程。但李非常人，左腿穿著長鐵鞋，硬梆梆的，欲跨坐在機車上頗不便，祇得婉謝。見此，張將機車暫停在巷子的一處小空地，徒步陪李走回家。

途中，兩人沒什麼交談，但快到李裕亨住處樓下的院子時，因李深感張文翔真是個好青年，在盛夏裡，一條鮮黃色領帶仍打得很端正、很帥氣，不禁說起那柯文哲當了首都市長，言行常脫序，還從未打過領帶，比起馬英九、陳其邁、賴清德等人差太多了。張一聽則說別再提那個人了。在樓下再次道別時，張說既已知道李的住家，以後他會常來。李明白這是客套話，此後就再也未見到張。想來當初應請張上樓喝個茶，好謝謝他陪伴走了一段路。說也奇妙，比起吳秉睿、陳泰順等人，張在李的心目中，似乎更美好、更難忘。

美好、難忘有何用？幾乎已屆暮年，回首前塵往事，令李裕亨感到美好、難忘的人，包括那些有緣來共乘，並協助李下車，或在街上助李一臂之力者不在少數，但無論是短短幾分鐘的乘客、路人，還是長達好些年的同學、同事等，到頭來終究如春夢般了無痕。自己算是同性戀嗎？李常思忖著，已然過了大半輩子，卻連個對象，有著與自己同樣心意、同樣情懷、同樣感受的對象都付之闕如。

曾有過一段日子，李偶然在Youtube發現一些國內外同性戀者交往、同居、結婚，甚至領養小孩，或找代理孕母生下嬰兒的短片、影像等。起初他還認真地看，也真心為那些人祝賀，因此乃真人實事。再且，那些人也長得還不錯，不輸舞台、銀幕或螢光幕上的演員。但沒多久，李再也不想收視了，畢竟那是人家在好，人家在享受幸福的滋味，自己呢？彷彿一隻飢餓的流浪狗，四處尋覓不著丁點食物，只有看著人家大啃大啖的份，真是可憐又委屈。

整體回顧，顯然李裕亨曾深深愛上的是楊偉柏，那個在百達電子工作時，李所結識的品保部課長。除了絕佳的外表，楊的性情也頗溫和、保守、平穩，不會仗著俊美的容貌、留美的學歷、專業的知識、耐操的工作能力等而睥睨一切。真的嗎？至少在李的眼光中、心目中大致如此。那何不改天撥個電話給楊，既問候他及其家人，也傾訴別後二十來年的種種感觸，特別是向他來段愛的告白，因據秘書錢小姐說，他還在百達電子上班。可是，一轉念，李又深感何必呢？雙方皆已是五、六十餘歲的人，當年英俊小生的楊早已成了中年大叔，也快當老年大伯了，雖談不上人事已非，但欲於電話中，傾吐深藏心中的愛意，對方真能感受到嗎？恐怕要怎麼告白，李自個兒心中都沒譜。算了，自己曾想過，這首愛之幻想曲已獨唱許久，早該畫下休止符了，那何必再費心譜下去呢？

人到遲暮之年，是否已全然和愛情絕緣？不盡然。愛情絕非年輕人的專利，就像一些藝術或體能活動，多的是退休後、年老後開創出一片天地的業餘畫家、素人音樂家、雕塑家、舞蹈家、運動家等。可是，談情說愛必須兩人同行，更得兩人同心，而從事藝術活動等一人即可。算了，李裕亨想著，此生注定是與愛情無緣，特別是同性間的愛情。也罷，生活中不能缺水、缺氧、缺錢、缺陽光，但是生命中缺乏愛情顯然無礙，況且還有親情、友情，甚至對一花一草、一木一石等世間萬物之真情，自也涵蓋對人偶之珍愛，不是嗎？或許有人會說，唯有愛情最教人嚮往、最令人愉悅、最值得追求。沒錯，卻也易於讓人傷心、苦惱、失魂落魄，乃至於悲絕尋死。

甭說他人，李裕亨的侄兒就是個典型的例子。數年前，二哥的兒子李承德至關島旅行，在那兒認識了一位長他六歲的日本女孩千代子，瞬間就情投意合，從此魚雁往返。不久，千代子在其寡母之鼓勵下，來台學中文，暫住二哥家中，更與男友出雙入對。這儼然是在父母面前同居，但開明的二哥、二嫂毫不介意，反而將千代子視為媳婦，對其疼愛有加，帶她跟兒子至中南部遊山玩水，閒來還逛士林夜市等。豈料父母花錢，送小倆口至香港旅遊，接著千代子返回大阪後，兩人的感情已然生變，互覺彼此不易磨合，常為小事爭吵不休。果真，一個月後，竟傳來千代子自認難適應台灣之生活，寧嫁日本國人之消息。所幸，侄兒李承德還蠻想得開，反落得一個人自由自在。唉！愛情本就多變，異國戀情更難掌握。

別再憧憬愛情了，尤其是那些全是帥哥演出的BL（boy's love）劇，畢竟那類影劇的情節就跟瓊瑤的小說一樣，盡是俊男美女談些脫離現實的愛情。算了，李裕亨想著，雖不能說世上全無此類愛情，但壓根兒就輪不到上了年紀的人。不過，李又想著，幾乎已到晚年，不妨給自己來個最實際的慰藉，用不著再委屈自己，或壓抑自己的欲望，就找個還上鏡頭的年輕男子來陪伴吧！看來，當年的高中同學許宏亮說得很對，世上需要安慰、陪伴的寂寞人兒太多了，所以才有妓女、妓男啊！沒錯，就是美國那Cowboys4Angels俱樂部裡最英俊、最性感、最健美、最優雅的男伴，依李目前的財力，請他陪伴一週，毫無問題，祇可惜這些男伴至今尚以服務女客為主。那也無所謂，就算他們也有服務男客，李也不會為此遠赴美國。就連較近的泰國、菲律賓等地，李都不會考慮。理由很簡單，用那些旅費就可在國內找個帥哥陪了。

至於男公關酒店或男同志酒吧，除了存在於台北，其他縣市或多或少都有，然而李裕亨也絕不會光顧。原因倒非李不會喝酒，畢竟還是可以點些其他飲料，而是男公關酒店雖不完全排除男客，卻以酒家女、舞女等為最大客源，連一般婦女所佔比例都蠻低；再者，那兒是一夥人在同歡，根本無法享受單一、優質男伴的貼心服務。那男同志酒吧呢？和前者一樣，皆是一群人，間雜女性等，處在一室狂舞尋歡；再說，李至此歲數，欲在這青壯年佔多數的酒吧裡找對象，簡直是緣木求魚。就連那同志三溫暖的澡堂也不用考慮，理由跟同志酒吧一樣，幾乎是花錢受冷落。

也許電影總是拍得較吸引人，像《美國舞男》中的朱利安凱及《娼年》裡的森中領就非常理想、完美，不單是李裕亨，幾乎任何需要男伴的人，無論是女性或男性，都會對他們產生遐思，渴望他們來服務。李曾在Youtube上看過真實男妓之訪談。有些外貌不輸明星，談吐、穿著、舉止等也不俗，除了女客，他們也接男客，以增加收入。有個二十來歲的俊俏青年就專門服務男客。他陪那些大叔、大伯共進晚宴，再共度良宵，彷彿那些老男人就如少女一般，需要他溫馨的呵護、體貼的服侍。為此，這名男妓還經常充實技巧、能力、知識等。

第十二章

先前提過，在太郎的臥室裡，除了李裕亨的先父所布置的一些油畫、水彩畫、攝影傑作外，李也收藏了些畫冊。有的畫冊是私人收藏的東、西方各種畫作所印成的特輯，有的則是看畫展時，在攤位上所購買的，這一類所佔的冊數最多。其中有一冊名為《黃金印象展》，那是一九九七年春節後，李和父母一同到歷史博物館所觀看的一次畫展。展出的印象派畫作全來自法國奧塞美術館。在看畫的當時，李父曾言，即使去到巴黎，買票進入奧塞美術館，可能一時人多，很難像在台北這般，趁著過完年，可以悠閒、盡情地在室內欣賞一幅幅原作。那當下，李就想著有一天要去法國，在那兒可欣賞的不單是美術，還有雕塑、工藝、時裝設計，乃至於音樂、戲劇等。可惜，二〇一八年初夏，李參團遊法時，既無多餘的時間去奧塞美術館，亦因巴黎歌劇院當天不開放參觀，衹好隨團閒逛百貨公司。

自一九九七年後，又有一些法國藝術家如莫內、塞尚、米勒、雷諾瓦等人的畫作在台展出，但均無二〇二一年四月起，一連兩個月，在外雙溪故宮博物院所展出的規模之大，所包羅的作品之廣。此次畫展的大標題是《花樣年華》，副標題則是《法國繪畫三百年》，即涵蓋十七世紀至二十世紀初，法國美術界在各時期的重要畫作。展品除了來自奧塞美術館，羅浮宮、里昂博物館等亦提供多件原畫。對於這樣豐盛、繽紛、絢爛的大型畫展，李裕亨當然不會錯過。李原本想約愛攝影的大哥一齊去，無奈患有糖尿病、高血壓等病症的大哥，除了須定時至醫院複診及拿藥外，又因一時須處理些家中的雜事，使得李祇好一人獨行。也不壞，一個人毫無拘束，愛看多久，愛怎麼看皆無妨。當華燈初上，李懷著愉快的心情返回天母，想著乾脆在外面吃晚餐時，卻意料不到，竟在常招待老友用餐的那家義大利餐館，遇見了一個早已淡忘的人。那人不是舊識或故人，而是一個曾聞其名，卻從未謀面的人。

一進入餐館，雖是平日，然正逢晚上用餐時間，幾乎高朋滿坐，好在尚有一、兩桌沒坐滿，僅是像李裕亨這樣的「獨行俠」在佔用。李挑了個較靠落地窗的位子坐下，隨即點了道蘑菇奶油焗麵，外加一碗蔬菜湯。在等上菜之前，李先去一下洗手間。出來後，李走到放置飲料的桌檯前，想著喝杯紅茶、烏龍茶還是咖啡好。當他倒了杯紅茶，拿了些紙巾，一轉身，卻見到一位個子蠻高，顯得頗英挺，又具有藝術家氣息的男子也前來取用飲料。那男子對他點頭致意，李也微笑回應。這位看來約莫三十五、六歲的男子穿著一襲制服，那款式似曾見過，應是從事服務業的。雖是擦身而過，李有瞥見他上衣左胸襟所別的名牌，印著盧品學——Stephen Lu幾個字。咦！這會是老友王盈貞曾提及的，她那位在天母北路的Grand Hair擔任美髮師的姪兒嗎？應該沒錯，盧先生這時來吃晚餐，很可能是已下班了，或是準備待會兒要上個小夜班。無論如何，他看起來就跟他阿姨一樣，很有氣質、很有風度的感覺。

等回到位子，鋪好餐巾，拿起叉子，準備用餐時，出於好奇，李裕亨還瞄了鄰桌的盧品學一會，而此刻盧也從餐盤中捲了些麵條，抬起頭來，正要送進嘴裡，一時就與李四目交投。這下，兩人雖同感些許尷尬，但彼此仍微笑點個頭。

「請問是盧先生嗎？不好意思，可冒昧請教嗎？你是否有個阿姨名叫王盈貞？我是她過去在中原徵信所的老同事，敝姓李。」李裕亨說。

「大哥！沒錯，王盈貞是我阿姨。她曾經向你提起我嗎？」盧品學說。

「是的，她說你手藝很好，就在斜對面的Grand Hair擔任美髮師，而且大學時是念造型設計，對於彩妝也很拿手。」

「還好啦！大哥想修剪頭髮嗎？我待會兒就有晚班到八點，方便的話，等一會來我們店裡，我優先為你服務。」

「喔！其實不是我要做頭髮，是我想給收藏的一個男模特兒娃娃，像真人一般的娃娃試著換個髮型看看。我知道這鬢奇特，也不容易梳理，所以就沒積極去找美髮師。有一次我鼓起勇氣，有去找你，碰巧那天你休假中。」

「模特兒娃娃？服裝店展示用的嗎？啊！我乾脆坐到你那一桌去，這樣我們講話就不用大聲了，好嗎？」

「好啊！歡迎坐過來。」

「你那個娃娃應該是戴假髮的吧？」過來坐在李的正對面後盧說著。

「是啊！所以沒辦法像真人一樣常變換髮型，而我梳來梳去總是一個樣子。」

「我想還是可稍微調整的，譬如將假髮戴得高一些或低一些，就是別隨意修剪，因為那頭髮沒辦法再長了，只能戴好後儘量梳成想要的款式，但也要配合娃娃的臉型和輪廓。」

「這麼說來還是可行了？」

「這樣好了，我這一週都是上晚班，如果你方便的話，這個禮拜五下午大約四點，我去你府上，實際觀察你的娃娃，再看怎麼做，好嗎？」

「好啊！可是這樣太麻煩你了，還得讓你跑一趟。」

「不然你可以帶娃娃來店裡嗎？很重吧？」

「說得也是，真是太感謝你了，費用和車馬費我會照付，請放心。」

「沒關係，到時候看實際情況再說，先寫個地址給我好了。」

「好啊！真謝謝你。」李說著就掏出一張紙片，寫上地址、姓名及電話號碼。

「天北101巷離這兒很近，走路就可以到。你這電話是市話，大哥沒手機嗎？」

「沒有，反正也沒什麼朋友可聯絡，用市話和e-mail就足夠了。」

「對，有了手機反而一天到晚響個不停，不接到時候還得注意留言。」

「你們有在工作，有了手機，客人要跟你約時間比較便利，隨時在外頭都可以接聽。如果現在將手機拿掉，你會感到很麻煩，好像跟外界失去了聯繫。我是一直沒這個需求，沒手機早已習慣了，不覺得有什麼不方便。」

「說得也是。好，那我們就約在禮拜五下午四點左右，可以嗎？」

「可以啊！真謝謝你，難得你願意為一個娃娃跑一趟。」

「不用客氣，說來也算我們有緣，又是我阿姨介紹的。」

那天晚上，洗完澡，就寢之前，李裕亨收視了些DW（德國之聲）的英語新聞，並觀賞了芭蕾舞劇《胡桃鉗》的頭一幕。關掉電腦，回到自己的臥房，記了當天的帳後，於一片悄然寂靜中，腦海裡浮現出盧品學的言談舉止、一顰一笑等。那容貌、模樣和神態好像曾見過。對了！盧的斯文之處頗似一位美容師牛爾，但又比牛爾粗獷一些；而盧的俊俏之處則恰似那位出道較晚，卻很快就走紅的彩妝師張景凱，但又比張更具魅力。其實，張與牛爾都是李從媒體上看到的，再者他們既從事美容行業，本身當然深諳化妝之術，何況又常出現在型錄、海報、書刊、螢光幕上，當然已有一番自我彩妝。而盧呢？多少也有一些吧！畢竟他也從事美容相關的美髮業，祇是盧看來較麗質天生，就如當年李見到的黎挺宇、馬岳群、楊偉柏等人，幾乎無需任何額外的修飾，予人的感覺就很美好了。

緊接著，一串溫和、親切的聲音，在李裕亨的耳畔響起，雖是盧品學用餐時與李的談笑之聲，卻彷彿似曾聽聞，甚至可說具有這種嗓音的男人不在少數。然而根據科學研究，世上無聲音完全相同的人，就如世間無指紋全部一致的人，只能說是相似或類似。無論如何，一時再聽到這種溫馨、有磁性、有親和力，又頗能善體人意的聲音，倒讓李驀然想起一位老同事，那個多年前在百達電子的市場企劃部任職專員的袁凱昇。不過，聲音動聽、溫文儒雅固然好，但最後給人的印象才算數，方成為定評。

在楊偉柏未到百達電子工作前，袁凱昇曾是李裕亨頗欣賞的同事，因為他的外表、舉止、談吐、風度、學識等都充分顯示出，他是一個彬彬有禮的君子。或許是這緣故，公司將袁從研發部調到市場企劃部，使他由工程師轉變為企劃專員。從那一天起，袁就不再像一般研發人員隨便穿著，而是配合新的部門及職稱，改穿剪裁合身、筆挺光鮮的西裝，畢竟企劃人員跟業務員一樣，較常接觸到客戶和協力廠商等，須顧及公司的形象，予外界美好的印象。那時，李也負責將企劃部的英文型錄、新聞稿等文案加以編修。看稿時，李不免會將文法上沒錯，但修辭上有瑕疵的字句改寫，或偶爾過於吹毛求疵。這若是修改到企劃部許經理的文章，他會顯得很不爽，還託美編小姐來提醒李；而若是改到袁的文稿，則完全不一樣，袁會欣然接受，並說有學到寫作技巧。於是，李愈加欣賞袁，即使之後迷戀新來的楊，在李心目中，袁仍是個難得的正人君子。

而就在二〇〇四年總統大選時，因敗北的連宋配與當選的水蓮配在得票上差距不大，故懷恨在心，聚眾在俗稱中正廟的紀念堂，日以繼夜喧嚷抗議，引發社會極度不安，尤干擾臨近的台大醫院之病患，更加深兩黨陣營之支持者的對立。為此，有不少尋求和諧的團體，包括宗教界、醫療界等，發起了和平連署、繫上黃絲帶、訴求全民化解危機等運動。本就心繫台灣完整建國、健全發展並融入世界的李裕亨，自是不落人後，立即響應連署活動，並將表格郵寄給親友等。當他也準備寄一份給尚在百達電子工作的袁凱昇時，還特別打電話照會袁。沒想到看似具有正義感，個性也屬平和，又能分辨是非的袁，在接聽後，冷淡地回說：「我不想管政治啦！我對執政的民進黨、在野的國民黨都很厭惡，他們都該打。我幹麼連署，兩黨都一樣爛，一樣只會製造混亂，政治就這麼骯髒。」此刻，李頓時覺悟，以貌取人是多麼失準。原來，袁竟是個就各打五十大板的假中立者，或謂假清高的鄉愿。

將過去認定的君子說成鄉愿，李裕亨自忖，是否要求的標準太高？犯了嚴以待人的通病？再怎麼說，袁凱昇總比那位林達立好多了，不至於蔑視土生土長的台灣，反看重懷有敵意的中國。因此，那年聖誕節前，李寄賀卡給老同事時，仍少不了袁那一張；而回收的卡片中，缺了袁所寄的，李也不介意，祇是之後，李就改發電子賀卡。有一年，袁回寄了一張企劃部設計的電子賀卡，那圖樣很別緻，又頗具意義，畢竟自己也曾在百達電子工作過。於是，李寫了封e-mail給袁，請求他再寄一張紙本的來，以利長久保存。過了些時日未收到，李打電話去，袁聽了雖有些歉意，卻又說：「我從來不寄卡片，那是小孩子或女人才愛玩的遊戲，根本浪費錢和時間，又沒什麼用處。」喔！這樣講也不能怪，但如果是客戶或廠商要求呢？袁你也這樣回嗆嗎？

真有趣，幾乎已淡忘的老同事，就因偶然聽到與其相近的聲音，而喚起了不太愉快的回憶。也罷！每思及不悅之人或事，李裕亨總會默念那句在某本佛學書上讀到的話：「人生猶如一場戲，種種人事上的煩惱，要隨著幕升幕落而消逝，不要執著於心上，若能時時刻刻清除內心的煩惱，化作一股清涼的悲心，即是菩薩的智慧。」其實，除了聲音近似外，袁凱昇是袁凱昇，盧品學是盧品學，兩人根本長相全然不同，舉手投足、談笑風生等也截然不同。大致而言，袁較拘謹，愛標榜中立，實則不關心世事；盧較開放、明朗，又能設身處地為人著想。且慢，李及時想到，與盧結識僅僅是開始，往後還有待觀察與體會。

那週星期五下午約四點十分，盧品學依約準時來到李家，在樓下按了門鈴。應聲開了大樓的玻璃門，及二樓自家的木門後，見到戴著口罩以防疫的盧，李裕亨心想還好已在餐廳見過他的盧山真面目，否則光看其濃眉大眼，尚不知那遮住的下半部生得如何？多慮了吧！長得差又何妨，師傅的手藝棒最重要。再說，去年冬天在SOGO天母店，為太郎買好西裝後，乘電扶梯下樓時，碰見了一位賣保養品的年輕人，好像叫Kevin的，也是因疫情而戴上口罩，卻只看其眉目、額頭、鼻樑等即知是個帥哥。

登堂入室，換穿拖鞋後，盧品學在李裕亨的帶領下，來到末端的書房，即太郎的房間。因已在餐廳約略提過，盧看到太郎時，並未有何驚訝之狀，反讚美這真是比一般服裝店、百貨公司專櫃裡所見到的模特兒娃娃還精緻、還擬人化。

「真是製作得很完美，是矽膠材質做的吧？好像又叫成人娃娃。」盧品學說。

「對，這類娃娃以女的居多，專供有性愛需求的人使用，但我那同事的堂哥是西裝裁縫師，他看中了娃娃逼真、精緻的五官，還有標準的身材、骨架子，才買來展示西裝用，只是矽膠不能常受太陽曝曬。你看，我只會梳這種髮型，幾乎是原來的樣子，還能稍微改變嗎？」李裕亨說。

「我看看，應該還有變化的可能性。」盧說著就從上衣口袋掏出一把梳子。

「這樣好了，先摘下來，重新戴上，調整好再梳比較順。」盧端詳了一會說。

「啊！真不愧是大師，髮型看來有變化了。」李說著，盧一邊專心梳著。

「額頭上瀏海多些看起來比較俊俏、年輕、可愛，好嗎？」

「好啊！兩邊的鬢角也幫他拉出，儘量讓長度一樣。」

「沒問題。你看，整個樣子就很像偶像劇的男主角了。」

「比偶像劇的明星還帥耶！」

「祇是他的臉頰和嘴唇仍是一般膚色，看起來氣色較差。如果稍微塗些類似膚色，又比膚色濃一些、帶點光澤的唇膏，整個輪廓就更加立體，顯得精神煥發、精力充沛，就像男明星、男模特兒也要上些妝，拍起照來才上鏡頭。」

「唇膏可以塗在臉頰？是不是刷上腮紅的意思？」

「是的，我回去找找化妝箱，應該還有接近膚色的深淺系列，改天帶過來。」

「我去化妝品專櫃買就行了，不好意思讓你白白帶來。」

「沒必要買新的，而且款式太多，你可能不會挑，反正娃娃用一點點就行，特別是面頰的腮紅只要輕輕刷一下，讓健康、紅潤的氣色淡淡呈現出就好。反正我那偶爾幫人彩妝用的化妝箱裡，唇膏、粉餅、保養霜等用品也都是舊的，就趁著這機會用用，你沒必要花錢買新的，化妝品可不便宜。」

「真謝謝你這麼熱心。待會兒我們去客廳坐一下，我泡杯咖啡，拿些煎餅給你吃，也得跟你算算今天的費用。」

「喔！對了，這娃娃的西裝蠻別緻，你是怎麼給他穿上的？應該有人協助你吧？這種娃娃不比木頭或玻璃纖維做的，沒辦法手腳各部位拆開來。」

「沒錯，是我東海人壽一個業務上的朋友協助的，我祇能幫太郎打條領帶或圍巾，或在上衣口袋內擺一條方巾，或等冬天時，再幫太郎披件風衣吧。」

「你剛才說到太郎，難不成是這娃娃的名字！」

「對，我幫他取名為太郎，桃太郎的太郎，因為他像桃太郎一樣白皙可愛。」

「有道理喔！怎麼看還是東方韻味較濃，很像亞洲的偶像明星。太郎看來真幸福，有你這麼照顧他，愛護他，不輸人或貓狗的寵物啊！」

「就當啞巴兒子疼了。來！我們到客廳坐坐，你也休息一下。」

星期二那天晚上，在西餐廳初遇，因李裕亨為了認人，有向盧品學提及老同事王盈貞，即盧的阿姨，故盧到李家前兩天，出於再確認與好奇，特地打了通電話給他阿姨，問及李的梗概，得悉李對歐洲的藝術、音樂、時尚、文化、史地及語言等均有或深或淺的涉獵。於是，在客廳喝咖啡，吃煎餅時，盧就以歐洲文藝等為話題，和李展開一段愉快的對談。

「我聽我阿姨講，大哥除了英文、日文很棒，還精通德文、法文、西班牙文、義大利文等，是怎麼學的？到歐洲邊旅行邊學的嗎？」盧品學問說。

「說精通真是不敢當，祇是為了唱歌劇的詠嘆調，對德文、法文、義大利文有學過基本的，大致能看懂歌詞，說些簡單的日常用語而已，頂多算是粗通。至於西班牙文，在大學及研究所時都有修過，但歌劇中沒有西班牙語的劇碼，在外工作時也用不到，祇是比其他歐語念的時間較久些，對後來學義大利文、葡萄牙文有些幫助，倒是德文有持續在學，能閱讀德文的新聞和文學作品。」李裕亨說。

「好像主流歌劇中，也沒有葡萄牙語的，那大哥是旅行時學的囉！」

「沒錯，歌劇中也缺少葡萄牙語的劇作，我是二〇一九年去西班牙、葡萄牙旅遊之前，在家透過Youtube自學的。盧先生，你有聽過或看過歌劇吧？至少你很清楚，歌劇中沒有葡萄牙語的，看來你對歐洲的音樂、藝術、時尚、流行等也蠻有研究，顯然是從事造型設計相關工作的關係吧！」

「直接叫我品學或Stephen好了，稱盧先生有些拘束。」

「那你也直接叫我阿亨或Henry好了。」

「好的，大哥。喔！不，Henry看起來蠻有年輕人的學習精神，甚至比年輕人的求知欲望還高，生活上又懂得安排音樂、藝術、文學等，不會像一般上了年紀的人就不想再學習，不想再接觸各種人文或科技的知識。」

「太過獎了，實際上我是沒什麼社交活動，只好自己安排節目。」

「對了，剛才講到聽歌劇，其實我都是從CD聽來的一些選粹，覺得很優美就常聽，至於完整的歌劇，一齣也從未看過，怕不懂義大利語、法語等，而萬一就只有英文字幕，光是盯那些字幕都來不及了，根本沒辦法好好觀賞。」

「能夠常聽就很不錯，算是一種福氣，即便是聽些美好的流行音樂也有益身心。其實古典音樂沒什麼崇高，就是過去四百多年來的流行音樂，只不過較耐聽，一直流傳下來，成為全人類的文化遺產。如果你想嘗試一下，觀看一整部歌劇，我書房裡有些中外文對照的劇本，劇情及背景的解說很詳細，都是世界各地經常演出的熱門劇碼，像《魔笛》、《卡門》、《托斯卡》、《茶花女》、《蝴蝶夫人》、《羅密歐與朱麗葉》等等。待會兒你挑一、兩本喜歡的回去看，我再幫你從Youtube上選個較好的、較適合初次觀賞的演出版本，將它的連結路徑寄給你，有空時就可在家一幕幕慢慢看。」

「喔！謝謝，那就麻煩你了，我寫個e-mail的郵址給你。」

離去前，盧品學借了《卡門》及《茶花女》的劇本，準備先欣賞這兩齣慕名已久的歌劇，但卻拒收替太郎梳頭的費用。這樣一來，李裕亨與盧僵持了一會，直到李說至少也要收個車馬費，就當請他吃頓晚餐好了，畢竟待會兒他還須趕回髮廊上班，總得先吃個飯才行，盧這才收下。此外，李也告訴盧，下回還要煩麻他來給太郎上妝，如果都不收費，不但自覺過意不去，往後也不敢再請他幫忙了。

到了隔週的星期五，同樣是午後四點左右，盧品學帶著兩、三支唇膏、抹腮紅的刷子，還有一瓶剩下不到三分之一的化妝水，又來李家拜訪，準備為太郎輕淡地上個妝。盧跟隨著李裕亨來到末端的房間，一瞧見太郎時，立即和太郎打了個招呼，向他道了個午安，並告訴他今天是來為他化個淡妝，希望此後看起來更英挺俊朗，充滿蓬勃朝氣。一旁的李見狀，心中感到無比的喜悅與欣慰，想著已有些人看過太郎，絕大部分都認定他是個無生命的假人，一尊供玩賞的人偶，罕有人會將他當做真人，與他來些小小的互動。啊！至少有個人曾有過，就是那位協助李幫太郎更衣的保險人員廖慶祥。廖一走進房間，就會跟太郎說聲嗨。在幫太郎穿上衣褲時，也是「小帥哥！小帥哥！」叫個不停。

「咦！今天太郎也喝起咖啡了！」盧品學端詳太郎時，看到他手持一只咖啡杯。

「喔！有時為了好玩，就讓他邊喝咖啡，邊聽我唱歌劇。」李裕亨說。

「不錯耶！你有固定唱歌的時間嗎？」

「大概在每天上午11點至中午12點左右，多年來已經成了習慣。」

「等一會給太郎化好妝，我能坐在這兒，請你再獻唱一、兩首嗎？」

「好啊！如果你不嫌棄的話。上妝前要先給他洗個臉嗎？」

「用一點化妝水清潔一下就行，反正太郎的皮膚不像我們真人容易藏污垢。」

「可是矽膠質料還是得每個禮拜用清水擦拭，乾了再撒些痱子粉。」

「對啊！環境中還是有灰塵之類的微細顆粒。Henry! 你看這唇膏的顏色剛好吧？屬於濃淡適中的琥珀色，和太郎的膚色蠻協調，只要擦上一些些就能突顯嘴型，使他的嘴唇帶有水漾的感覺，顯得滋潤有光澤，更加性感。」

「真好比畫龍點睛，整個輪廓更立體動人了。那腮紅的部分也用這一款嗎？」

「我看就換這支淺棕色的，輕輕抹一下就會呈現出較自然的紅暈，讓太郎看起來更健美、更有好體魄。」

「以後幫太郎洗臉時，要用專門的卸妝水清除唇膏的顏色嗎？」

「不需要啦！這祇是淡妝而已，同樣用些清水就行了。」

「真謝謝你，連太郎也在向你說謝謝呢！」

「咦！我耳朵失靈了嗎？怎麼好像都沒聽到。」

「你凝視他的眼睛，那對深褐色的眼珠子，安靜中就可以聽到了。」

「喔！有聽見了，真是一雙會說話的眼睛，比真人還生動。對了！這些唇膏、化妝水就留在你這裡，雖是以前用剩的，但足夠太郎使用了。」

「那就謝謝你了。來！我們到客廳休息一下，喝個咖啡，吃些餅乾。」

「可以端來這裡喝嗎？和太郎一樣，要聽你唱歌劇呀！」

「好啊！但是萬一唱得不好，Stephen! 你可要多包涵喔！」

「放鬆心情唱啦！我又不是專家，太郎也不是評審，純粹是同樂一番。」

看著盧品學端坐在太郎身旁，同樣舉著咖啡杯，品嚐著又香又濃的卡布其諾，一邊興致勃勃，就等李裕亨放聲高歌。李思索著，該唱什麼好呢？對了！就唱《卡門》一劇中男、女主角各一首代表性的詠嘆調，因上週借了盧該劇的劇本，又傳送Youtube上一個近年演出版本的路徑給他，想必他已看過這齣歌劇。劇中女主角卡門的那首〈愛情是隻叛逆的小鳥〉是出現在第一幕，故李先唱這首詠嘆調，而男主角唐何塞那首哀怨纏綿的〈花之歌〉到第二幕才登場，所以就後唱。兩首曲子唱罷，盧邊拍手邊喊bravo（太棒了），要求李再唱一、兩首，李遂選唱《茶花女》中，同樣男、女主角各一首主要的詠嘆調，其因乃思及盧必也在上週觀賞過此劇。這回是男主角阿爾弗列多的〈愛情令我重生〉先唱，接著才唱第三幕女主角薇歐蕾塔的〈再會吧！昔日的美夢〉。

聆聽李裕亨唱完《茶花女》這兩首詠嘆調，盧品學除了再次喝采外，還說男生要唱卡門那首〈愛情是隻叛逆的小鳥〉不會太困難，他自己就能隨興哼出那輕快的調子，但男高音要唱出薇歐蕾塔的〈再會吧！昔日的美夢〉就不簡單了，可見李的嗓音真特殊，唱男生的歌游刃有餘，唱起女生的歌也無需用到假聲，純然就像抒情女高音那般優美動聽。李一聽雖覺得高興，卻說也得忖度是什麼樣的歌，是否會超出自己歌喉的負擔，變成唱得很勉強。像同樣是薇歐蕾塔在第一幕所唱的〈好奇妙！他的話銘刻在我心頭〉就挑戰性極高，甭說男生，即便是女高音也非個個能唱，總得一番勤練才行。

此後，幾乎每逢星期五，若在Grand Hair輪到上晚班，盧品學都會騎機車，提早些抵達天母北路，先來李家坐一會，歸還前一週向李裕亨借的歌劇劇本，順便再借新的。沒多久，李擁有的那些劇本盧都借閱過了，也等於那些歌劇盧都看過李所推薦的演出了。但盧還是喜歡來找李談文說藝，聽聽李現場唱一、兩曲，翻翻書架上的畫冊，看看李遊歐時所拍的照片。有時一邊看著照片，一邊李也會在磁碟機裡放張器樂演奏的CD，有交響曲、協奏曲或奏鳴曲等。兩人皆有默契，就當成背景音樂，大大提升了欣賞歐洲風景的興致。當看到位於德國巴伐利亞西南邊的新天鵝堡時，盧雖驚嘆其外觀之壯麗，卻問李怎沒拍內部的廳堂、廂房？李答以行動較遲緩，園區又無輪椅，為避免耽誤團員的時程，就沒跟著入宮。盧聽了表示曾去美、加等國，惟歐洲尚未踏足過，未來疫情解封，有機會遊德時，希望李能重遊，與他同行，他一定陪李慢慢走入城堡，一探宮內各式瑰寶。

第十三章

凡是看過太郎的人都讚美他栩栩如生，甚至突然撞見還會嚇一跳，如今一經盧品學的梳妝，那模樣就不僅是賞心悅目，更是靈巧俊逸、細緻生動，彷彿比活人還有血有肉。除了那原本就會說話的劍眉星目外，現在那薄施胭脂的嘴唇尤顯得欲言又止，像是隨時都會傾吐心聲的樣子。悄然無聲中，李裕亨凝視著太郎，彷彿又聽到了盧那天告辭前所說的那句話：「希望Henry能重遊德國，與我同行，我一定陪你慢慢走入城堡，一探宮內各式瑰寶。」哈！意想不到，薇歐蕾塔那首〈好奇妙！他的話銘刻在我心頭〉的詠嘆調竟成了李內心的寫照。想來盧的話是可信，不會像過去一些業務員，祇是禮貌上說說而已，畢竟盧還為了一個人偶，至少來了兩趟，為他梳頭又化妝；再且，盧在與李進行文藝交流，或在討論太郎的梳妝時，一逕都是那麼認真又誠懇。可是，依盧三十好幾的歲數來看，大概已有家室或女友了吧？若是這樣，盧的伴侶能接受旅行時，盧再另邀第三者同行嗎？回想以往的旅遊中，李確實碰到不少已婚夫婦、新婚夫婦、未婚伴侶等，他們在途中也多少會照應李，但終究那是出外時碰上了。果真親密的二人欲出遊，誰有雅量容下第三者？

視盧品學所言為承諾，盧本人亦有心實踐，且盧的配偶或伴侶若也明智，願接納像李裕亨這樣行動不便，又獨居的長輩同行，李想著，縱然是很好，但已拖了一年多的武漢肺炎，似乎毫無趨緩減弱的徵兆，一切僅隨著世界各地確診病例、死亡人數之遞增，再添龐大的不安定與不安全性，因此海外旅行根本難以預期，也無庸期待。確實如此。試想，即使盧仍舊是單身漢，亦無固定交往的女友，祇要李有意，一切皆準備就緒，依計畫就可同遊，但那新冠病毒及其變種正猖狂不絕，還是出不了國門，這幾年欲暢遊歐洲顯然無望。這一想令李思及六月已臨，故宮博物院的《法國繪畫三百年》之展，不知盧是否看了？這陣子和他談到歌劇、藝術等，竟也沒問他；若還沒，下次他來，應提醒他去參觀，因展期將屆。

下回再來又得等到星期五，而畫展在六月十號就將結束，還是打個電話告訴盧品學比較快。這樣想著，李裕亨雖知以市話撥打手機貴些，可除了這個辦法最快、最直接之外，發封e-mail至盧的信箱，他未必能準時收到，因為有手機的人早已改用什麼Line的，一樣是筆談，他們卻覺得比e-mail好用多了，而且快到幾乎是即時。唉！這時才曉得有手機的好處。難得一次打電話給盧，就用市話打好了，反正有事要找大哥、二哥他們，或那兩位姓王的知心好友，不也是乖乖使用市話嗎？才這般想通，也走向客廳，祇差兩、三步就可拿起擱在小桌上的話機時，李卻聽到了電話鈴聲響起。

一拿起數位式無線電話，喊了聲喂，李裕亨聽到的竟然是盧品學的聲音，還真有點說曹操，曹操就到的意味。在拿起話機前一瞬間，李有注意到稍顯示出的號碼，那一看就知不是手機號碼，而是一般市話號碼。想來盧是在家裡打的。

「Henry！我正在自學法文，照著有聲教材練習發音，可是老是念不準，法文的發音還真難，用英文的方式念一定出錯。這個禮拜五下午到你那兒，請你指點一下，好嗎？」盧品學說。

「沒錯，法文的發音比西班牙文、義大利文等同樣是拉丁語系的語文還難些，剛開始會不習慣，一陣子你就能適應了。說實在，到現在有些單字，我都要聽一遍線上字典的發音，才能念得準。我也不過學了幾年，真沒資格教你，若你不嫌棄，歡迎你來，我們一齊研究。我這裡也有一些初級教材。」李裕亨說。

「不，Henry都會唱法文歌劇了，至少有些經驗，可教教我這初學者。」

「啊！對了，有件事一直忘了問你。故宮博物院的法國美術展你看過了嗎？就到這個月十號為止。」

「早就看過了，就是在義大利餐廳裡碰見你的那一天。」

「這麼巧啊！我也是那天去的，大概在下午三點。你呢？上午去的？」

「我是中午時入場，看了一些，就直接在館裡吃個簡餐，下午繼續看，快四點時才回天母店裡。」

「喔！你真是行家，看得很仔細，我只是走馬看花而已。」

「有些畫我也是晃過去，有些畫如印象派的就停留稍久。那我們就禮拜五見了。」

「好的，禮拜五見。」

為什麼要學法文呢？如果盧品學是來學德文，李裕亨想著，教起他來就比較得心應手、比較有把握，因自己這些年來，的確是有對德文下番功夫，不像其他歐語祇是為了唱歌劇才學。不過，稍微一想，馬上就明白，盧是以美髮、造型、彩妝為業，自然是向引領時尚潮流的法國看齊，而且他對法國文藝也頗推崇。其實，在台灣凡是英文不錯的年輕人，若得在主要的歐語中學一種，泰半皆選法文，其因乃覺得法文較高尚，是十八、九世紀以來，西方高層社會的主流語言，且法國在文化、政經、科技上表現得也很亮眼。

實際在與盧品學切磋法文發音時，李裕亨發覺，盧和一般初學者一樣，包括自己過去亦如此，那就是常將字母u發為〔烏〕的音，正確的應是〔淤〕的音；而字母r應發成h的音，反倒是h從不發音。以男生的名字Roger為例，在英文會念成羅傑，但在法文須讀成侯傑。再舉一例，法文中的父母、家長和英文一樣是parents（加s指父母雙親），拼字完全相同，讀音卻類似〔趴轟〕，當中的ren讀成hon的音，而字尾的ts就不必念了。法文單字中，通常字尾的音都不用發。沒關係，慢慢來，持之以恆，一陣子就會習慣，逐漸掌握到其中的要領，屆時發起音來就八九不離十。為此，李稱讚盧好學，鼓勵他繼續學，即使一天才學會幾個發音，一年下來就有明顯的進步。多學一種語言等於為生活多打開一扇窗。

「對了，天氣漸漸熱了，你還讓太郎穿著西裝嗎？」念完法文後，盧品學問說。

「我想就給他換件短袖的polo衫，至於褲子嘛！還是原來的西裝褲好了，反正我夏天也是這樣穿。」李裕亨說。

「我看不如給他換上短褲，大概在膝蓋上的那種短褲，別太短，然後皮鞋換成運動鞋或休閒鞋，再配上一雙長一點的棉質白襪，這樣就很有夏日的氣息。你沒注意到嗎？現在走在街上的少年人，甚至中年人都是這種裝扮。」

「啊！我知道了，幾乎每天上街都看得到，尤其是年輕人更顯得活潑、瀟灑。太郎已經有雙白襪子，我再替他準備polo衫、短褲、球鞋就行了。可是，到店裡或百貨公司的專櫃，一樣一樣看，比較了再買還真花時間。」

「用momo網路購物就行了，等於是用手指頭代替雙腳逛街，同樣有很多貨色可讓你挑，讓你比較。」

「對啊！我幾年前也是利用網購，為芭比娃娃買了一件晚禮服，祇要下訂單後四小時內，到銀行或超商的ATM付款，大概後天就送貨到家了。」

真是太好了！李裕亨心想，如今協助他為太郎換衣服的人又多了一個，而且很幸運，盧品學是位時尚專家，對李在為太郎選購衣物時，能大體上給予建議，細節則由李決定。待實際來為太郎更衣時，盧又可發揮他在造型上的專業知識。最後換裝完成，為太郎重新戴上假髮時，盧更能展現他在美髮上的專門技巧，使得太郎穿出了品味，既能與一般流行吻合，尤能顯現個人的特色。於此，李當然十分清楚，太郎是人偶，而非真人，但打從太郎來李家的那一天起，李就視他如真人般，故前述個人一詞就無須加上引號了。

時序已邁入七月仲夏，祇要盧品學在Grand Hair是上晚班，他就跟之前一樣，幾乎每週五到沙龍上班前，都會先來李家坐坐，和李裕亨學些法文，再聊些文藝、生活、天氣、新聞等，順便也和太郎打個招呼。盧很用功，現在除了學會發音和不少單字外，也能在念熟了教材上的會話後，蓋起書本，模擬情境，與李進行一段簡單的對話。有次念到Je suis marié（我結婚了）這個句子，李心想，盧當然知道他始終未婚，畢竟來了這麼多次，光看也明白李是一個獨居的長者，何況盧初來之前，還曾向他阿姨問過李的概況。而盧呢？像是已婚，也像是未婚。如果盧仍是個單身漢，那多少該有交往的對象，卻從未聽他提起。不妨待會兒念完法文，李想著，在喝茶閒談時試著問問他。豈料方闔上課本，收拾起筆和紙，盧就像有什麼要緊的事，抑或擱在心中的事一般，先開了口。

「Henry! 你們天母這一帶，是否可租到短期要住的套房？」盧品學問說。

「短期要住的恐怕不容易找，你臨時想要搬來天母住嗎？」李裕亨說。

「也不一定要天母，只是要租短期的，我知道在台北市區不好找。事情是這樣的，自從北上工作後，我一直住在我堂哥家，就在大直明水路住宅區，環境不錯。我堂哥在聯邦銀行上班，他妻兒在美國舊金山，多年前移民過去的，但堂哥已有些歲數，還是在台灣工作較有保障，也好不容易才當上分行經理，收入和分紅鑾多，這樣才能供給妻兒在美國的生活開銷、教育費用等。至於大直的住宅，就因為只剩堂哥一個人住，他就請我過去同住，說單獨在台北打拚鑾辛苦，省下房租的錢就很可觀，反正他一個人住那大房子也覺得冷清，歡迎我去和他作伴，彼此也有照應。他這兩、三年都沒去美國探親，反正太太也知道他工作忙，要他安心工作，注意生活起居就好，卻在武漢肺炎來亂的這時候，他那正讀大一的兒子，因校區遭歹徒隨機槍殺，雖幸免於難，卻還是受了重傷，被擊碎的玻璃窗割破胸部，必須住院治療一段時間。這情況下，我堂哥當然擱下工作，趕緊飛往美國。他是五月初去的，預定八月初就回來。你也知道的，他一回台灣就得居家隔離半個月，我總不能讓他有家住不得，非得去住那花錢的防疫旅館，所以才趁現在趕快找個臨時可住的地方。唉！美國根本不是什麼人間的天堂，而這武漢肺炎更可惡，攪亂了大家的生活作息，又危及生命。」

「我了解，我二哥也是這個樣子，想盡辦法賺錢，好讓太太和孩子移民到美國。結果自己很難過去，年紀大，已退休，在美國沒健保，在台灣卻欠了不少債。我看這樣好了，我這兒你也不陌生，你堂哥一回台灣，假如不嫌棄，你兩個禮拜的期間就搬來我這邊住好了，反正我是房東，也算是房客。」

「Henry是房東也是房客？」

「沒錯，原本這房子父親有意留給我，生前用日文寫了他的心願和規劃，卻沒在文末簽名，也沒押日期，法律上不承認是遺囑。母親知道這件事，在世時有請教代書，卻因贈與稅一大筆，其他方式也不是很周全，就這樣拖著擱著，直到過世什麼也沒交代。最後我們三兄弟只好平均繼承，但大哥較厚道，他已有太太出嫁時帶來的一棟小房子，也能體會父母的心意，便寫下拋棄書，就由我和二哥兩人繼承。實際上，二哥在石牌也有棟約二十六、七坪的房子，那是父親賣了在桃園祖傳的一小塊田地，挪出些獲款，趁著二哥當兵回來，剛入社會，幫他買的，至於貸款的部分就由二哥負責。正因如此，二哥總認為那房子大部分都是他自購的，現在父母既已過世，天母這大房子他也有權繼承一部分，所以就變成我是房東之一，但也得承租他那二分之一的產權，同時又成為房客。」

「你二哥怎麼不來和你一齊住，然後他石牌的房子再出租呢？」

「他就是愛自由自在，反正妻兒都在美國，沒人管得著他，而且他的生活方式、起居作息、飲食習慣等跟我差別極大，來和我住他非常不願意。怎麼樣？Stephen，如果你不嫌棄，不會感到委屈，就來我這兒住一會，我很歡迎。」

「我謝謝Henry都來不及，絕不敢嫌棄，只是我這樣會打擾你的生活，總是會增添你的麻煩和不便。」

「沒關係，我們慢慢磨合，彼此適應，你來這麼多遍了，我們也蠻有默契的，就先解決你眼前住的難題再說。」

「謝謝Henry這麼貼心，房租的部分照算，千萬別讓我白住，我會心不安。」

「放心，還有些時間，你可以先準備行李等，我也得照會一下二哥。」

既是三弟老同事的姪兒，又在天母附近工作，二哥對這臨時房客盧品學也沒什麼太多的意見，祇要李裕亨按時繳交租金，確保盧無不良嗜好，能共同維護居家安全、居住環境等，其他一概就由李負責，畢竟李也是房東。說起房租的部分，二哥尚有念及手足之情，每個月就收一萬二千元。比起現今房市行情，二十餘坪房子的租金動輒一萬七、八千元，這一萬二千元算是便宜。當盧再問及租金時，李表示就收六千元好了，但盧頗明理，知道即便是以一萬七、八千元去租，根本難以租到僅住兩週的房子，而若去投宿防疫旅館，兩週下來，再便宜也得花上三萬元左右，故盧堅持要付整個月份的，終究他還在工作，收入也不錯；再者，幸虧李願接納他，給予他一時的便利。

房租說定了，到時新房客一來，要住哪間房呢？原本李裕亨有意讓盧品學入住唯一的套房，因有獨立的衛浴設備，但盧總覺得那是李家父母生前的寢室，因此婉拒了。再來就屬末端的書房較寬敞，但已成為太郎的臥室，兼李的工作室，對盧而言，反倒比套房更不理想。最後剩下的空房就是臨近飯廳、廚房及後陽台的那一間。這一間曾是李的外婆在住，然外婆往生已久，除了留下古色古香的衣櫥、床鋪及三腳櫃外，再沒擱置任何家具，而且衣櫥、櫃子裡都空無一物，祇在櫃子的中段隔板上，擺著一張外婆年輕時身著旗袍的照片。這房間對盧來說，看來是唯一的選擇了，卻也能帶給他便利和舒適，他的衣物、書籍、寢具、日用品等都有地方可存放，當然兩只旅行箱也擺得進。至於那張外婆的照片，李原想挪放別處，但盧說無妨，很古典、很優雅，純然是幀東方美人照。

自從李母去世，這八年來，李裕亨都是一個人過活，早已在獨居歲月中怡然自得。而今，將住進一個外人盧品學，雖說與之有緣，卻不免有些疑慮，擔心兩人的生活習慣會不會差太大，以致時起摩擦及衝突；但一轉念，終究是自己心直口快，主動邀請盧來暫住，屆時禮讓三分就是。

等盧實際搬來後，李即刻發覺自己多慮了，盧的生活習性和他蠻相近，同樣愛乾淨，愛整潔，愛秩序等。即使盧輪值晚班，起得也比李早些，用帶來的咖啡豆、研磨機、沖泡機等煮好咖啡，再將土司或饅頭放入電鍋蒸，並將雞蛋放入沸水鍋裡煮，又燙了些青菜等。當李起床盥洗後來到飯廳，看到一桌營養早餐，外加些海苔、堅果、麥片等，看了焉能不感動。

「Stephen! 真謝謝你，一頓早餐做得這麼好，花了你不少時間吧？」李裕亨說。

「我在堂哥家也是這樣，每天做習慣了，不太費時的。」盧品學說。

「將來你娶了太太，太太會很有福氣的，就是現在交了女朋友，那女友也一樣很幸運、很有福氣。你有交往的對象了吧？」

「沒有，我想這輩子注定是與女人無緣。」

「喔！姻緣很難說，反正你還年輕，還有很多好機會。」

「我不年輕了，都已四十四歲了。」

「看起來就像三十來歲，畢竟是彩妝師，懂得保養之道。不過，說真的，男人四十出頭正是獨具魅力的時候，就是女人在這年齡層也別有風韻。」

「哈！Henry不愧是念文學的，獨具魅力、別有風韻真是措辭得體。Henry也一樣啊！看起來一點也不老態，好像跟我差不多年紀。」

「不，不，我大Stephen兩輪耶！自己偶爾照個鏡子，都知道歲月不饒人。」

「兩輪沒有差太大啦！Henry的心態、認知、感受、學習精神都還很年輕，整個人更是溫文儒雅，很有書卷氣息，我就是喜歡和Henry在一齊。」

「謝謝你，把我講得那麼好。我也很喜歡和Stephen相處，學到了些時尚、造型的知識，無形中也變得較前衛、較跟得上時代潮流。」

坦白講，學到了時尚、造型、美髮的知識，對李裕亨而言，不過是擴大他在這些領域的視野及見識，往後會更懂得打扮太郎，真正從盧品學那兒獲得的，顯然是生活上的便利與舒適。李是五十六歲起，才不得不學著料理一般家事，而盧則自北上求學、工作起，就得處理自己的生活瑣事，早已從嘗試錯誤當中，磨練出做家事既精準，又高超的能力。當然，各人有各人做家事的方法，不盡然非得學別人那一套，但看到良好又有效率的方式，依李好學的天性，若不「見賢思齊」就太辜負「我師」了。實際上，現在有盧來同住，光是請他倒個垃圾，換個燈泡，或臨時上街購物等，就讓李感受到方便了。

至於搬來天母的盧品學，在與李裕亨共同生活時，有感受到什麼便利嗎？很明顯，現在盧到Grand Hair上日班或晚班，根本無須騎機車，走路不消五分鐘就到，省下不少油錢。其次，大部分的午餐、晚餐都可在家與李共享，不必像以往，總得到自助餐廳、西餐廳等解決，甚至隨便在7-11買個麵包、速食等。第三，關於洗衣方面。盧跟一般上班族一樣，一星期當中，待洗的衣物總要堆積三、四天才洗一次；有時較忙，則拖到週末假日才大洗一次。現在呢？太好了，有李幫他忙。自從獨居的那天起，李比他先母還勤奮，總是天天用手洗，洗得也還乾淨；後來學會使用洗衣機，除了容易髒污的衣領、袖口等，先用手清洗外，大部分的衣物都交給洗衣機去洗。如今，也不過多了個盧，除了一週送洗一次的西褲等，每天換洗的衣物畢竟有限，李便在洗完自己的，且取出晾曬後，再用新的洗衣袋，裝入盧那些待洗的衣物，拋入洗衣機中去洗滌。起初盧深感此事不能由李代勞，但很快他就發現，李在代洗上頗覺幸福，而李的幸福自然也感染了他。那種幸福感既像是情侶、配偶間，也像是好友、親子間的一種默契、滿足與歡愉；又有如一方情願付出，甘願奉獻，而另一方欣然接受，懂得珍惜的一種幸福感。

然而當盧品學外出工作，李裕亨做完家事，練唱及讀寫也告一段落後，縱使腦子裡開始擬著購物清單，盧的那句話：「我這輩子注定與女人無緣。」仍悄悄在李的腦海中原音重現。這意味著盧天生也是個gay嗎？頗有可能。李回想著，曾在Youtube上，看過兩位同居，正準備登記結婚的青年，扼要地述說各自的心路歷程，其中一位說到依其觀察，以及研究性傾向的心理學家之分析，凡是從事美術、工藝、造型、髮型、服裝、彩妝、建築、裝潢、室內設計等涉及藝術方面之工作者，有一定比例的人是同性戀者，如法國最著名的時尚大師聖羅蘭即是。在台灣，最有名的則是畫家席德進，其多幅少年的畫像即透露出對同性之愛。

此外，從事其他人文活動的工作者，特別是文學家，亦有不小的比例是具有同性戀傾向，例如寫《莫利斯》等名著的英國小說家佛斯特、寫《欲望街車》等劇本的美國劇作家田納西威廉斯等人。至於寫出《孽子》等傑作的台灣小說家白先勇，從其與建中同學王國祥廝守三十八載，情深意濃遠勝一般男女之愛，且在《孽子》一書中，對同性戀之細膩刻畫與深入剖析，已清澈顯現其性愛傾向。當然，各行各業，包括法商、理工人才等皆有同性戀者之存在，而且男、女同性戀者皆有，因人之性傾向幾乎是與生俱來，祇是在過去封閉、保守、傳統的社會中，有此傾向者都不得不偽裝，或與世俗妥協。思及此，李裕亨自然心裡有數，從小到老，在眾人面前，也若有若無在偽裝著，絕不向人輕易說出，自己是同性戀者。如今挨到了暮年，終於出現了個與自己頗契合的盧品學，李再三思索著，管他年齡上的差距，或盧之姨媽對同性戀存有偏見，除非盧已另有「志同道合」者，否則該把握就要好好把握，終究是已等了大半輩子。

才這樣想定，李裕亨又覺得有些不對勁，假使盧品學真的是同性戀者，以他蠻不錯的外在條件而言，應該在二、三十來歲時就有了同性的對象或愛人，怎會已邁入中年後，依舊孑然一身，恐怕是難覓心靈能與之融合的人。如此思前想後，李倒有點竊喜，自己可能就是盧找尋了許久的人吧！而盧也正是自己在幾乎萬念俱灰下，驀然出現的「真命天子」吧！可是，世上多的是異性戀者終其一生都碰不到心儀的女人或男人，祇好獨身至老至死。李那雙連的老鄰居，亦稱得上是其貴人的陳春櫻大姊，曾相親數次，包括有兩次是李母幫她安排，卻始終沒一次成。設若今日可聯絡上陳大姊，於敘舊中迂迴些、婉轉些，問及婚姻、交友等人生諸事，陳可能會說：「我這輩子注定與男人無緣。」照這邏輯來講，盧為異性戀者之可能性亦頗高，祇是與陳一樣，一直未能找到心目中理想的異性，遂一生注定與婚姻無緣。那李呢？當然也與婚姻無緣。無所謂，只要和盧日漸培育出堅實的同性之愛、忘年之愛，李想著，那就不枉畢生之追尋與期盼了。再來個逆向思考，即便無同性之愛、忘年之愛，眼前這忘年之交亦屬難得。

很快的，兩個禮拜過去了，但盧品學的堂哥很在意病毒之感染，便又執行一週自主管理，此即表示盧須在李裕亨家中再多待一週。這時，一來已嘗到上班無須騎機車，免去一路騎騎停停之苦，更無庸趕時間，二來與李已培養出生活上的默契，既有共處的愉快時光，又有原本獨處的自由時刻，因此盧已下決心，就繼續與李同住一段時日也不錯，何況天母這一帶他還蠻熟，生活機能好，周遭的天然環境尤佳，到公園小跑或散步，跟店裡要好的同事Laurence相約打場網球，或至附近的芝山岩、天母古道等爬爬山皆愜意。而李得知盧的想法時，尤表歡迎，因半個月來，兩人已磨合出最佳的相處之道。至於房租的部分，盧堅持每個月均由他付，但李總覺得過意不去，最終協調之下，八千元由盧付，四千元由李出。水電、瓦斯費等則照舊，由兩人平均分擔。

在盧品學來李家居住這段日子裡，李裕亨偶爾仍會跟老同事王盈貞通個電話，彼此問候一下近況，或談些過去在徵信所的舊事等。當王得知她的姪兒目前是李家的房客時，不免又提及姪兒的個性、才能、志趣等。另一邊，李也從盧那兒得知他的生長背景、家庭環境、求學過程、職業生涯、終極夢想等。凡此皆令李對盧有了更深入的了解。

在二十歲那年秋天，負笈北上，進入淡大資訊系就讀之前，盧品學一直都在台中土生土長。盧父出身空軍官校，盧母則是王盈貞的姊姊，在盧之下，尚有一弟一妹。原本一家五口的軍人家庭，在豐原雖非富裕人家，卻因屬於軍公教之類，有獲得政府的補助與照顧，日子過得很安穩踏實，一家可謂和樂融融。然人生無常，就在盧小學畢業那年夏天，盧父因一次駕機執行勤務，突遇天候大為轉壞，難以掌控，再加以事後調查，飛機有些零件已失修、駕駛員亦積勞成疾等，就這樣鑄成了一樁飛行憾事，使得盧家三兄妹頓時失怙，盧母也成了寡婦。

對於因公殉職的軍職人員，政府雖有發給撫恤金，但盧家三名子女正在求學，欲藉有限的撫恤金，一一念至大學畢業，頗具困難。鑑於此，盧母再度踏入社會，憑其銘傳商專會統科之學歷，在台中一家電機廠，謀得一份會計工作。盧母工作能力極佳，為人也平實謙和，過了幾年就升遷為財務部經理。這其間，盧品學為了一圓從小即萌芽的志趣與夢想，放棄了淡大資訊系，於大二時離校，七月中重考大學，考入實踐大學造型設計系。為此，盧之親友多表反對，然盧母很開明，更了解大兒子之性情、志向與抱負，遂全力支持他，使他無須課外打工，祇須念出一番好成績，即足以告慰先父。

果然不負寡母之栽培與期望，盧品學念造型設計系第二年，即因學科、術科成績十分優異，獲得系主任之大力推薦，在同校服裝設計系之新裝發表會上，為擔任模特兒的學生化妝。與此同時，盧又被來觀摩之他校師長看中，特地外借，在其服裝設計之展示會上，為學生模特兒化妝。接著，經由服裝設計師、攝影師等之引薦，廣告界、美容業、影劇圈等需要額外的化妝師時，也爭相約聘盧為其效勞。當一般人在大學畢業前夕，面對茫茫前途，工作尚無著落時，盧已獲得兩、三家國際知名品牌的化妝品公司之錄取通知。最終，盧在服完兵役歸來，選擇了Estee Lauder（雅絲蘭黛）這家位於美國紐約的化妝品、肌膚保養品大廠。

至Estee Lauder在台分公司報到後，盧品學即接受短期教育訓練，之後則被派至SOGO忠孝館的EL專櫃，擔任彩妝師兼產品銷售員。不同於過去，在百貨公司所面對的是婦女群眾，而非模特兒、演藝人員等，因此，剛開始上任時，盧都乏人問津，消費者既不太願意向他諮詢，更不放心讓他化妝，總覺得男生不適合當彩妝師。好在沒多久，社會風氣漸開，有些思想較前衛的女性，對盧有如慧眼識英雄，樂於讓他試試，結果一試即滿意，且有口皆碑，從此盧的名氣與業績扶搖直上，在EL專櫃一待就快十年。

未料，盧品學即將過三十二歲生日那年，豐原老家傳來了噩耗。盧母因專心致志於工作及家庭上，疏忽了罹患乳癌之早期治療、密集化療等，待病痛難耐，回頭再尋醫，為時已晚，祇得撒手人寰。值得慶幸的是，此時次子、三女均已大學畢業，並在台中當地工作。縱然如此，盧母的保險金、服務滿二十年之離職金，以及電機廠老闆給予的特別慰問金等對盧家三兄妹而言，仍是一筆不算小的保障。對此，他們並未急著平分，而是將它信託，當做一筆基金，於未來各人婚嫁，或遇有急需時才動用。

關於盧母的突然過世，始終居住老家，未曾北上求學及謀職的次子、三女固然含悲銜哀，但最感錐心泣血的還是盧品學。若當年無盧母之財力支持與鼓勵，盧是難以在台北完成高等教育，又如願地修畢造型設計之課程，並謀得一份真正學以致用的工作。為此盧很感念母親之辛勞，然在職這些年，幾乎唯有過年時盧才回老家，且一過年初三又匆匆趕回台北，一年當中見到慈母之面極有限。如今思及孝養，早已親不待。

母歿三年後，基於想充實髮藝技術，就在因緣際會下，經熱心客人之推薦，盧品學進入了Grand Hair任職美髮師。更巧的是，此刻盧之堂哥因妻兒已移民至美國，遂邀盧至其寓所，與之共住。雖然大直、天母兩地往返，騎機車仍耗時，但總是省下住宿費用。而今盧既有彩妝師之經歷，又具美髮師之經驗，未來則夢想著開一間高級沙龍，提供彩妝、美髮、美容等一系列的造型服務。

第十四章

太郎是在二〇二〇年十月十六日，搭乘專車，由兩名業務員陪同，來到李家，因此，李裕亨就將這日子定為太郎的生日，也算是他與太郎結緣的紀念日。當二〇二一年夏天一過，邁入九月，李就惦記著兩件事：一為九月二十一日中秋節前夕，里民同歡的中秋晚會可否舉辦；二即太郎的生日，盧品學猶未知曉，則屆時買個蛋糕慶祝一下，盧就知道了。結果，中秋晚會未能舉行，因武漢肺炎看似已歇，卻在夏秋之交又猖獗起來。為此年度晚會，李溫習的兩首《羅密歐與朱麗葉》之詠嘆調也就無法表演了。也罷，練唱是自我提升歌藝，獨樂當比眾樂為要，何況現在家裡除了太郎，還多了盧這個忠實聽眾。那麼接著，自然是太郎的生日最值得期待與準備。

可是，說來也妙，就在十月十二日傍晚，盧品學下班時，竟帶了個紅葉的蛋糕回來，還跟來兩位髮廊的同事。一位就是常與盧打網球或爬山的Laurence，即李裕亨年初在Grand Hair所碰見的那位戴著小耳環的蔡先生；另一位則是姓楊，英文名字叫Rebecca的女性美髮師。李看到這三人，還有那個蛋糕，不免有些驚奇。

「喔！這是有人要過生日，還是你們要慶祝什麼大功告成嗎？」李邊說邊想，盧品學應該不知道太郎的生日，而且根本還沒到。

「李伯伯！今天是Stephen的生日啦！」蔡說。

「唉！連我都快忘了，偏偏Laurence跟Rebecca記得很清楚，下班時就約我去紅葉的分店取貨，原來他們昨天就訂了個蛋糕，要給我慶生，我想乾脆就請他們來家裡坐坐，順便吃個晚餐，好嗎？」盧說。

「怎麼不好？歡迎！歡迎！歡迎！冰箱裡飯菜都有，我再煮條魚，燙把青菜，或喜歡吃什麼，我來準備一下，反正還不到七點。」李說。

「蛋糕先冰一下，我也來幫忙，這樣比較快。Laurence跟Rebecca你們就先在客廳坐一會，隨便看個書報雜誌，我這就到廚房，先倒個茶給你們喝。」盧說。

「李伯伯！碗盤在哪裡？我來擺碗盤、筷子，也擦擦桌子，好嗎？」楊說。

「好啊！碗盤、筷子就放在廚房的壁櫥裡，你來看就拿得到了。」李說。

顯然，Laurence與Rebecca一位是盧品學在Grand Hair最要好的同事，否則在重要的日子裡，怎不再有第三位同事出現呢？再且，他們都特別記得盧的生日，可見三人非泛泛之交。當然，取回那藍莓重乳酪蛋糕時，盧盡可拿到髮廊，與其他同事、經理等分享。不過當真這麼做，對在場的客人恐會造成些許尷尬，想分享怕不夠，不想分享又覺得太小氣。算了，三人既然都下班了，不如直接到壽星家開個慶生會，自在又好玩。事實上，盧帶兩位好友回府慶祝是最好的辦法，一來生日雖是個人重要的日子，卻也無須公諸於眾，二來家有李裕亨，可說是最值得與之分享與歡度的人。

用餐時，兩個年輕人難免有些拘謹，可能是第一次來李家，而主人又是個長輩。好在李裕亨請大家甭客氣，一齊開動，Laurence及Rebecca這才動起筷子和湯匙等，但仍對大魚大肉有些觀望。也算是半個主人的盧品學一眼瞧出，除了要他們儘管大快朵頤，還特地用公筷幫他們夾了些魚肉、豬肉等在小盤子裡。不過，同樣是夾菜的動作，看在李的眼裡，似乎盧對Laurence較細膩些，有一種像是大哥關愛、呵護小弟的情愫在其中。

餐後四人協力收拾了飯桌，並清洗了碗盤等，將之放入烘碗機，接下來就是點蠟燭、吹蠟燭、吃蛋糕的重頭戲。在李裕亨領唱生日快樂之歌的同時，盧品學默默許下了心願，希望一、兩年內能開一間造型專門店，更願在座各位同享平安、幸福與健康。對於甜食李一向沒什麼胃口，但面對盧的生日蛋糕，多少得吃一點助興。想來幸好有Laurence和Rebecca在場，否則那八吋蛋糕，別說李望之有些傷腦筋，就是盧也無法三兩下吃掉一半，但年輕人就是對甜食特別有胃口。只見Laurence吃得津津有味，嘴角都沾滿了鮮奶油。此時還是盧貼心，即刻拿起紙巾幫他擦拭。李在一旁看了既覺得窩心，又感到有些嫉妒與羨慕。

快八點時，家住內湖的Rebecca先告辭。盧品學送她到樓下，她的機車就停在公寓的院子裡。李裕亨在樓上與Laurence繼續喝茶閒聊，忽聽得轟然一聲引擎啟動，緊接著就是機車揚長而去的隆隆聲，越去越遠，剎那間就聽不見了。在幫李收拾了盛蛋糕的紙盤、茶具後，住淡水的Laurence也起身欲告辭，而此刻盧正好上樓開門進來。一見Laurence要走了，盧又親切地陪同他下樓。這時，李想起了晾在陽台的大浴巾尚未收回，便稍快些走到陽台前，推開落地窗，跨入陽台。從曬衣架上取下浴巾時，李聽得盧和Laurence在說些髮廊的瑣事。當想再跟Laurence道聲再見時，李捧著浴巾，探頭往下望，卻在院落街燈的照射下，清楚瞧見盧與Laurence正相擁道別。啊！他們會是一對同性戀人嗎？但這似乎也蠻平常，好友不都是這樣，男性友人更是常勾肩搭背。

原本想等盧品學上樓來，好好問他一下，關於他跟Laurence的關係，然初念淺而轉念深，李裕亨思及此日乃盧的生日，何必掃他的興，再說自己又非他的親人或親密伴侶，問個什麼勁？不是曾想過嗎？祇要與盧有著堅實的忘年之交即足矣，無庸祈求那有些虛無飄渺的忘年之愛，對吧？何況盧與Laurence的關係若看在大部分的人眼裡，頂多就是比哥倆好還要好的同事、朋友關係。再想想，假設盧與Laurence真的是對同性戀人，他們應該朝夕相處，住在一塊才較合理，怎會盧情願搬來與李同住？論年齡，Laurence少說也有三十歲上下，即便淡水家中無多餘的房間，或有但唯恐家人對他們的關係起疑心，甚至大表反對，他們仍可大方地在外賃居、同居啊！依他們的收入，租間二十來坪，甚至更大的房子根本不成問題。等情感確實穩定，時機亦成熟，兩人正式登記為配偶，屆時一旁的親人能拿他們怎樣，不承認也得承認。

翌日午後，為了購買清洗保溫瓶的檸檬酸，李裕亨特地搭車到大葉高島屋，再乘電梯至十二樓，找著虎牌電器製品的專櫃。買成後，又搭電梯下來，至三樓男裝部，想買雙襪子。一看到BVD內衣褲的專櫃，即刻想起盧品學有一、兩件內衣已穿舊穿鬆了，不如趁機替他買新的，正好他也是穿BVD的。然後，到了販賣襪子的攤位時，李見那廣告牌子寫著五雙九百元，心想還真划算，就挑選厚薄適中、吸汗力強、耐穿又舒適、帶有些條紋或方格的素色棉襪，打算兩雙留著自用，另三雙就送給盧。當美髮師的和彩妝師一樣，靠的雖是靈巧的雙手，兩條腿還是得又站又動又屈又伸，活動量不小，應該要有好的棉襪或毛襪來護腳。

「Stephen!這一包是給你的生日禮物。」當晚飯後李裕亨取出衣物時說。

「唉！何必這麼客氣，住你這兒已很打擾了，還額外讓你破費。」盧品學說。

「快打開來看看，希望都合適。」

「哇！BVD內衣和棉襪，正是我最需要的。Henry!真謝謝你。」

「對了，Stephen!可以問個私人問題嗎？也許我較敏感些，看來你跟Laurence非常要好，好像已超越了一般友誼，對吧？」

「喔！我懂你意思，我們只是很要好的同事罷了，他又是我在店裡的後輩，也算是學弟，一來時就由我負責教他，他很認真，個性又隨和，愛替人分勞，長得也清秀，的確討人喜歡，而且已有女朋友了。若說到同性之間的愛意，我一直沒表白，我愛慕的是你。這絕不是因為你送我禮物，待我這麼好，我才這樣說，而是真的打從心底喜愛你，但又怕表錯情，不知你對我是否同樣有意，就一直擱在心中。現在你問起，太好了，我正可以向你告白，我愛的就是Henry你。」

「啊！我真是受寵若驚，真的，從來沒有人對我這般表白過，太感激你了，只是我大你整整二十歲，差不多可當你的父親，你能接受嗎？」

「Henry!可否問個問題，你年少時曾愛慕過年長的男性嗎？」

「有啊！那時我十一、二歲，正讀小學六年級，而對方的黃先生已將近四十歲，是我父親在一銀的同事，我懵懵懂懂，就是愛看他那俊逸風雅的文人模樣，上了國中後，並無任何喜愛的男孩出現，卻也將黃先生逐漸淡忘。你看，年少的孩子對愛情似懂非懂，本身就多變，實在靠不住。」

「我了解，從小學高年級到剛出社會，我也有過一段段跟年齡相近的男生產生感情的經歷，一時還覺得甜蜜，但最後都隨著畢業、入伍、就業、轉職等而告終。現在我已非十來歲青春期的孩子，也已過了二十、三十多歲的青年階段，而是邁入中年的人了，對自己的情感還能搖擺不定，隨便說說嗎？真愛是不分年齡、性別、膚色、種族、宗教或政治觀的。前陣子有個七十五歲的英國紳士Andy和苗栗一個二十四歲的青年趙守泉成親的新聞，你聽說過吧？他們年紀相差五十一歲，是我們的二點五倍，可是人家照樣相愛相扶持，受到社會上很多人的祝福。就算我是愛上Laurence，他今年三十歲，而我已四十五歲，還是有十五歲的差距，這與二十歲之差相去不遠了。」

「可是你阿姨，就是我的老同事王盈貞，她向來對同性戀不懷好感，會不會知道了之後對你突然排斥，並指責我把你給帶壞，從此不認我這個老友？」

「什麼帶壞？我愛誰是我的事，何況我們都是中年人了，就是我父母還在世，特別是我母親，也會理解而支持我。我相信Henry的父母若還健在，也會試著去理解和接納，並希望你獲得幸福和快樂。」

「對，Stephen說得很對，我爸媽再怎麼驚訝，還是會一步步去了解並尊重我的選擇，也會試著去接納對方，那個我所愛的人。」

「沒錯，父母都希望孩子過得好，包括物質、精神、情感各層面，而現在我們台灣的民法也允許同性結婚，我們別再委屈自己，更不用躲躲藏藏了。」

「可是我終究是個身障者，未來長久生活，總會拖累你的。」

「會嗎？這三、四個月來反而是你在照顧我，還幫我洗衣服等等。」

「沒什麼啦！都是用洗衣機洗的。」

「可是唯有你才那麼有心，注意到我的內衣快穿破了，特地買新的給我。你知道嗎？我在大學時也有個身障的女同學，個子嬌小，長得普通，但她那英俊高大的先生就是跟她有緣，彼此相愛互助，當差不多年紀的男、女同學後來都面臨婚變時，他們的感情還是很堅定，如今進入了中年階段，仍舊相愛相惜。」

從聽得盧品學那愛的告白起，李裕亨的眼眶裡就一直有淚水在打轉著、閃爍著、懸浮著，而當盧說完大學女同學的例子，悄悄挨到李的身邊，摟著他，溫柔地親吻他的面頰，還有那雙唇時，李的淚水已湧出，並迅即滑落。盧見狀，明白最好讓李坐下，緩和一下情緒，便一語不發，輕巧地拉起李的雙手，牽著他，示意他坐在沙發椅上，自己也屈身坐在他旁邊。接著，盧輕柔地摟抱著李，像是在安慰他，並再次深情地吻著李的面頰、嘴唇及額頭。此刻，李淚如雨下，忽地放聲哭泣了起來，既哭出了從未有過的喜悅和歡愉，也哭出了興奮不已的感動及悸動，更哭出了長久壓抑的委屈、怨歎、不滿、哀傷、愁悶、孤寂種種。

淚痕未乾，再添涕泗，李裕亨趕緊站了起來，向盧品學指了指浴室，遂逕往那兒走去。在浴室裡擦乾了眼淚，擤了鼻涕，好好洗了把臉，待情緒平穩，李這才步出浴室，走向仍靜靜坐在客廳的盧。一見李走了過來，盧張開了雙臂，協助他坐下，並再度擁吻他。此時，李見盧眼裡噙著淚水，徐徐滴落，便掏出從浴室帶出的面紙，輕輕幫他擦拭，再親吻他的雙唇及面頰。除了吻過太郎，這是李第一次親吻真人，也是第一次被真人所親吻。那美妙的感覺祇可意會，難以言傳。

「這個月十六號也有人生日喔！」李裕亨故弄玄虛地說。

「誰？是Henry你吧！輪到我向你說Happy Birthday了。」盧品學說。

「不，不是我，從小父母給我慶生都是在農曆八月十四號，早已過了。」

「那還會有誰呢？該不會是Laurence吧？他的生日好像是在七月，早就過了。」

「不，這個人和我們一樣，就住在同一棟房子裡，猜到了吧？」

「啊！難不成就是太郎的生日，原來娃娃也有生日。」

「是啊！太郎是在去年十月十六號來的，我就將這日子定為他的生日。」

「蠻有意思的，該好好為他慶生，說來他算是我們的媒人、我們的月下老人，啊！不對，應該說是月下少年才對，就像希臘神話裡的邱比特。如果沒有太郎，我們恐怕很難相遇。」

「是啊！就算四月中我們偶然在西餐廳碰面，了不起點頭微笑就過去了，因為我根本不會上髮廊做頭髮，一切還是為了太郎的髮型才與你搭上。可是假如往前推，你阿姨也是替我們搭上線的貴人，就是從她那兒第一次得知，有個姓盧，英文名字叫Stephen的一流美髮師。」

「喔！真有趣，我阿姨對同性戀有偏見，卻不知不覺中當了我們的月老。怎麼樣？十六號正好是禮拜六，要再訂個蛋糕嗎？還是趁機上餐館吃一頓？」

「看來我們對蛋糕都沒什麼胃口，不如買盒鬆餅慢慢吃，當早餐或點心都好，就在家裡吃，也代表太郎有上飯桌和我們一齊吃，否則留他在房裡孤零零，我們卻跑去外面大吃一頓，總覺得不太好。」

「有道理，就買盒鬆餅，再泡些咖啡或紅茶，為太郎慶生吧！」

夜深人靜時，互表情意的李裕亨與盧品學，並未像一般同性戀的影劇那樣，因真情、熱情、激情等流露，兩人就手牽手走，進入其中一人的房間，擠在一張單人床上，裸裎相對，兩情相悅，隨即纏綿悱惻，巫山會雲雨般，展開了引人入勝、令人欣羨的性交。不，李、盧二人頗有默契，均覺得首次愛的告白下，溫馨的相擁、深情的接吻，以及那觸動心坎的熱淚盈眶，隨之而來的潸然淚下，這一切就足以代表此後兩顆心靈長相繫、長依偎。至於肉體之交，兩人不約而同，皆認為緩和一下，再等些時日，如此之性交方圓滿。

自那天起，早晨起床，刷牙盥洗後，李裕亨與盧品學總會相吻問安。向晚時分當李在廚房準備餐食，盧若下班歸來見著，也常會走到李的後頭，雙手安穩又溫馨地環抱著李的腰部，再親一下李的後頸部、左面頰，並在他耳畔呢喃幾句，給予他最親最愛的致謝與獎勵。見此狀，李也會回吻示愛。

有趣的是，到了十六號太郎生日那天午後，像是吃下午茶一般，兩人索性就將鬆餅、壽司、咖啡、紅茶，還有蛋炒鮭魚、燙青菜等，全都端到太郎的寢室，並在其面前也擺上碗盤等，直接在房裡為他慶生。這時的太郎已換上秋裝，是件李在momo網站上購買的粉紫色毛衣，乃Lynx的名牌貨。若忽逢天冷，李還會為太郎打上一條深淺棕色相間、兩端有流蘇的圍巾。至於盧，則為太郎梳了款新髮型，額頭上的瀏海變得少些，卻使太郎顯得更俊俏。

「今天是太郎的幾歲生日？」盧品學好奇地問。

「就算二十歲好了，因為去年來幫太郎換衣服時，那位東海人壽的廖先生說很像十八、九歲的小伙子，所以今年就讓他添一歲。」李裕亨說。

「很有趣，他是絕不會老的，還真羨慕他，祝他生日快樂。」

「太郎！生日快樂。喔！對了，前天我看了兩聽院的網站公告，下個禮拜五，十月二十二號的晚上，大概七點至九點，在國家戲劇院將演出浦契尼的歌劇《波西米亞人》，想不想去看？到目前為止，我都還沒看過一齣現場的歌劇。」

「是國外的歌劇團來台演出嗎？」

「現在有疫情的關係，國外的歌劇團無法來台，演出的聲樂家、指揮、管弦樂團，還有舞台設計、服裝設計等都是國內的人才，不輸歐美。怎麼樣？如果有空，我們一齊去看，反正劇情你也不陌生。」

「好啊！你就先在網站上訂票，或乾脆我到超商的電腦上訂票，一切ＯＫ了就可以在店裡付款，直接取票。」

「步驟你很熟耶！以前曾看過什麼現場表演嗎？」

「有啊！三年前曾和Laurence去戲劇院觀賞過《歌劇魅影》，很不錯，可是現在接觸了歌劇，反而覺得音樂劇聽起來幾乎都是同樣的調調，歌劇就不一樣，浦契尼、韋爾第等義大利作曲家有他們的風格，德奧的作曲家像莫札特、華格納等又是另一種曲風，甚至莫札特和華格納各有特色，聽個一、兩次就分辨得來。」

「哇！Stephen鑑賞歌劇的功力越來越高，很棒喔！」

「Henry呢？有看過什麼現場表演吧！」

「除了兩回交響曲的演奏外，就是芭蕾舞劇看最多，像《天鵝湖》、《胡桃鉗》、《睡美人》、《羅密歐與朱麗葉》等，演出的舞團雖不同，卻全來自俄國。不過有一齣叫《吉賽兒》的，是我最喜歡的芭蕾舞劇，至今都還沒看過現場的，但從DVD和Youtube上看了不下十場，而且是歐美不同的舞團演出的版本。」

「喔！《吉賽兒》有那麼好看嗎？是什麼樣的故事，說來聽聽。」

「這是中古時代，在德國萊茵地區的一則古老傳說。年輕英俊的公爵艾伯特因愛上美麗、天真的鄉村姑娘吉賽兒，便偽裝成鄉下青年，與吉賽兒談戀愛，但不久艾伯特的身分被揭穿，而且早已跟一位貴族女子訂婚，吉賽兒一聽受不了打擊，加上本身體弱多病，就這麼死在愛人面前。第二幕一開始，吉賽兒和那些殉情或被拋棄致死的少女一樣，已化做森林裡的精靈，專門在夜晚與誤闖森林的男子跳舞，讓那男子跳得精疲力盡，氣絕而亡。可是有一晚艾伯特來到森林，在吉賽兒的墓碑前弔唁時，那些精靈同樣欲致他於死地，卻因吉賽兒的哀求與護衛，才逃過死劫。很淒美吧！吉賽兒對艾伯特的愛至死不渝。」

「聽來不輸《羅密歐與朱麗葉》，有機會真想看看，反正芭蕾舞劇是靠肢體動作和表情，本身沒台詞，也沒歌唱，不必管什麼語文。」

「那今晚我們就從Youtube上觀賞一個較新的版本，是一位名叫卡薩利紐（Antonio Casalinho）的葡萄牙芭蕾舞新秀演出的，他才十八歲，長得俊秀可愛，舞藝更是精湛，手舞足蹈之間很能表現出艾伯特的多情、瀟灑和憂傷。」

「ＯＫ！該收拾餐盤了，再向太郎說聲生日快樂。」

「太郎！生日快樂！祝你天天幸福快樂！」

看過了芭蕾舞劇《吉賽兒》，也在二十二日晚間驅車至戲劇院，觀賞了歌劇《波西米亞人》之後，兩相比較，雖同樣在劇中，女主角皆以死告終，均為悲劇，但盧品學無形中也較傾心於《吉賽兒》一劇。問其原因，盧答以《波西米亞人》較寫實，繡花女咪咪於聖誕夜因肺病死去，故與窮詩人魯道夫之愛情曇花一現，這固然令人一掬同情之淚，但《吉賽兒》則展現出愛到深處無怨尤之情操，即使多情的艾伯特辜負了吉賽兒，純真的吉賽兒在死後化為幽靈，仍對情郎深愛不渝。

過了一週，到了十月二十九日，又逢星期五。那天午後過了五點，盧品學從髮廊收工，徒步走回寓所，開了門，見不著李裕亨，心想必定是到超市購物，尚未歸來。接著，盧就換了便服，很有默契似的，來到廚房，喝了口茶，洗了手，開了冰箱，拿出青菜和鱸魚等，開始為李，也為自己做起晚餐。在料理的過程中，盧哼唱著《卡門》中那首〈愛情是隻叛逆的小鳥〉的詠嘆調，心情顯得很愉快，容光尤顯煥發。直到李回來，跨入廚房，將購物袋裡的東西分別擺入櫃子及冰箱時，盧仍一逕哼著那節奏輕快、旋律美妙的曲調。

「有什麼特別高興的事嗎？是不是調薪了？」李裕亨問說。

「我們後天就要去花蓮、台東玩，十一月三號午後約六點才回來。」盧品學說。

「喔！Grand Hair也有辦員工旅遊啊！不錯耶！比一般髮廊還好。」

「不是啦！是我和Laurence及Rebecca請特休，決定到花東玩個四天三夜，休旅車都租好了，旅館也訂好了。」

「三人同時請休假，經理都准了？你們兩男一女的必得開兩間房吧？」

「店裡人手夠，生意又好，經理就讓我們三人放假。至於旅館房間，三晚都訂了三間套房，Laurence和女朋友一間，Rebecca和未婚夫一間，Henry就和我一間。」

「我也算在內？」

「當然囉！否則我一個人住一間房，還得補價差，划不來的。」

「可是你們年輕人出外遊玩，我這樣一個老人也去，恐怕不妥當吧？」

「什麼不妥當？你跟Laurence及Rebecca都見過面，說過話，已算認識了，到時只是再多兩張新面孔，不用擔心，他們都很開朗、很隨和。最重要的是，自從我們一齊生活以來，一直沒什麼機會去旅行，現在趁著國內還可四處走走，我們就放鬆去玩。花東你已很久沒去了吧？再說他們玩他們的，我們中年人自有我們的玩法，只是一夥好朋友同遊，彼此分攤也較省。」

「好吧！明天得準備行李了，好在是四天三夜的國內旅遊，不用帶太多衣物。」

第十五章

自二〇二〇年十月中旬，太郎來與李裕亨作伴之後，因武漢肺炎爆發，影響觀光業，使得李再也不曾旅行過。如今一晃整整一年，李想著，是該出去散散心，看看風景的時候了，況且有盧陪同，還有盧的四位年輕朋友同行，旅程必定充滿歡樂的氣氛。不過，這樣一來，太郎就得留著看家了。是啊！太郎無法跟著去，他不是小娃娃或絨布的小熊、小狗等，像國內外旅行中常見的，由孩童的旅人放入行李箱，在旅途中隨時抱出來，一同欣賞各色風光。沒關係，有個變通的好辦法。在出門前一天，就請盧用手機拍下太郎，或李自己用SONY的袖珍型相機拍下，將其影像存檔，帶在身邊，這樣太郎就彷彿隨行了，可跟著遊山玩水。

十月三十一日出發那天是星期天，約六點盧品學和李裕亨就起床準備，為的是趕搭台鐵八點十分的普悠瑪列車，由台北開往台東。這次的旅行雖也含蓋花蓮，但盧跟Laurence等五人皆認為花蓮較常去，台東則易於略過，尤其有如世外桃源、人跡罕至的長濱鄉更是從未去過，因此決定抵達花蓮時不下火車，再往下坐到台東終點站，等開始駕駛租來的休旅車在東部遊逛，並大致遊畢台東的重要景點後，於回程時再繞車去花蓮。從地圖上看花蓮、台東兩縣相鄰，似乎很近，其實就和伊比利半島上的西班牙、葡萄牙兩國相連一樣，搭火車、乘客運或自行開車都得耗去大半天。

列車在正午時分抵達台東後，李裕亨、盧品學等六人先在車站旁吃午餐，再由Laurence及Rebecca的未婚夫吳先生兩人去車行，辦妥手續，將休旅車開上路。原本盧也想在旅程中輪流開車，但Laurence及吳先生皆表示，他們兩人交換著開即足矣，盧就不再堅持。午後就先從知本玩起，主要的是去知本森林遊樂區，黃昏時則下榻富野度假村，以便風塵僕僕而來，可洗個舒活筋骨的溫泉浴。第一晚還不錯，除了住宿，晚餐也一併在飯店享用，無須再驅車至附近找餐廳。提及知本，多年前李亦曾來過，那時是參加百達電子的員工旅遊，住的雖是一流的老爺酒店，晚餐卻得先在頗遠的外頭解決。再者，那時還真癡情，一路上是玩得蠻愉快，心中卻老想著新進的楊偉柏，似乎毫不在意是否使君有婦，更不曾想過是否同樣有心。而今呢？身邊有個比楊還年富力強、瀟灑豪氣的盧，並且與李互有愛意，互述情懷，始覺昔時被眼瞞。

幽靜的夜晚，三間套房裡，六個人皆先後洗過熱氣適中的溫泉浴後，舒服地換上睡衣，在落地窗前小坐片刻，輕聲談及翌日的行程等，隨即上床就寢。不知那兩對年輕戀人躺在高雅、舒適的雙人床上，是否展開一幕幕巫山會雲雨，祇知李裕亨在盧品學溫馨的懷中又濕了眼眶，接著自然而然，就與盧兩情相繾，彼此纏綿。雖為同性，一樣高潮迭起，一樣情深意濃。此處俗稱的攻與受已無涇渭之分，主動、被動亦無區別，唯獨肉中有靈、靈中有肉之交融引人亢奮，令人歡欣，又教人心動，使人昇華。午夜情挑過後，有種幸福的疲憊感，加以頭一天旅途之緊張與勞累，李、盧二人很快就沉睡深眠。他們不再相互擁抱，而是各人睡各人的，各人夢各人的，全然放鬆，渾然忘我，直到東方既白，曙光已從窗帘的縫隙中點點灑落在地板上。

隔天暢遊卑南鄉的遺址公園、文化公園等，途中Laurence想開收音機聽些歌，盧品學好似逮住機會，表示流行音樂聽來聽去都是同一種調子，不如請李裕亨獻唱幾首歌劇的詠嘆調。Laurence的女朋友石小姐頗有同感，說那些國語歌曲早已聽膩了，既然車上有聲樂家，就來場live的古典音樂演唱會。一旁Rebecca的未婚夫吳先生則問李，可否也唱些〈野玫瑰〉、〈乘著歌聲的翅膀〉等德國的藝術歌曲或音樂劇的插曲，李答以沒問題，只是較新的音樂劇皆因後來偏重歌劇，沒時間接觸，僅能唱些〈真善美〉、〈窈窕淑女〉等舊劇的歌曲。就這樣，李既高興又有點緊張，將藝術歌曲、音樂劇的插曲、歌劇的詠嘆調等全交代，但因時間、路程的關係，各領域就選代表性的一、兩首唱唱，然五位觀眾已聽得如癡如醉。

日暮時分，一行人抵達池上鄉，住入日暉度假村，周遭環境及設施尚佳，但不提供晚餐，祇好開了房門，放下行李，匆匆盥洗後，又驅車外出覓食。在池上火車站旁，有不少餐廳，最後則光顧一家日本料理店。因人數之故，就由老闆現煮六人份的大套餐，待菜餚一道道上桌，方知日式與台式混合，吃來很夠味。結帳離去時，李裕亨及盧品學均注意到，牆角有張貼席德進畫展之海報，就在米倉改建的會館展出。於是翌日遊大坡池之前，盧向另四人提議先看畫展。對於席的人像畫、風景畫等，Laurence等人均覺得很優美。而李、盧二人則透過席所畫的一系列少男肖像，以及過去書報的記載等，深知席一生追求同性之愛，雖至病歿仍無所獲，然其高尚之心靈、精神與毅力全轉移至藝術，成就了無上的價值。

第三天終於來到長濱鄉。從台北搭火車至東部的那天起，多少總會從車窗瞥見太平洋，而換上休旅車之後，更是經常駛過海邊公路，時或中途停靠，欣賞那波瀾壯闊的汪洋，但都不如光臨長濱，住入民宿，朝夕與海相伴來得舒暢快意。說到那洋房式的民宿，外觀是蠻漂亮，內部卻嫌俗氣，至於衛浴設備，則不如飯店之乾濕分離，而且早餐過於簡便，不像飯店之豐富多樣。眾人皆嘆同樣的費用，還是住旅館較舒適方便，祇可惜偏僻之鄉，交通不發達，大飯店尚無人經營。不過來此親近太平洋，吹海風，聽潮聲，觀浪濤，並在秋陽下漫步沙灘已很值得。

最後一早離開台東，午後將返回台北，趁著大半天的時間，照原定計畫，Laurence開車載眾人繞去花蓮。先到玉里吃碗玉里麵，以補民宿早餐之不足。那玉里麵類似台北的擔擔麵，有豆芽菜、薄切的鹹豬肉，還有綴上蔥花的湯底，祇是麵條非白色，而是亮澄澄的鮮黃色。吃完麵便去遊鯉魚潭，接著就參觀位於壽豐鄉的東華大學，並在校內餐廳享用午餐。和一群大學生共進午餐，不知盧品學等人有何感觸，李裕亨則憶及當年在華大時，每到午間用餐的些許片段，惟恨歲月催人老，青山夕照雖依舊，慘綠少年早已喚不回。因傍晚在花蓮車行還了租車，遂從花蓮搭自強號列車北返，也就比來時的火車行程縮短不少。

遊罷花東歸來，一個多月後，熱愛登山、健行的盧品學與Laurence相約，將於十二月十一日至十二日兩天，利用週末假日，攀登位於台中武陵農場北邊的武陵四秀，即品田山、池有山、桃山及喀拉業山。為此，他們須在週五晚間，趕搭高鐵至台中，以便隔天清晨展開登山活動。台中乃盧出生成長之地，既來之，理應順便回豐原老家探望，但八年前其弟品誠娶妻後，家中無公婆，亦無長兄與大嫂，那嬌縱的弟媳婦遂成為一家之主，性格溫吞懦弱的丈夫都得讓她三分，故除了過年或掃墓返鄉外，盧根本懶得回老家。不過，縱使盧想順道拜訪，光是爬山就耗去大部分時間，還得在山上過夜，等下山時又須趕回台北，實在沒空回家。

初登品田山時，邊爬山邊欣賞秋冬之交的楓紅、銀杏等，天地間顯得無限遼闊靜好，氣候尤其舒適爽快，盧品學與Laurence雖背負頗重的裝備，一步步攀越山谷崖壁，卻不覺勞累、緊張或險阻，反似漫步雲霧間，心情格外輕鬆愉悅。途中兩人不免輕聲交談，互述各人未來的生涯規劃等。Laurence表示來年三月春暖花開時，他將與石小姐結婚，攜手踏上嶄新的人生路程。盧聽了自是為其高興，然心中更感幸福的，莫過於擁有了李裕亨的愛與情，此後他再也不必漂泊，不必茫然追尋，彷彿只能羨慕別人有停泊之所，自身卻難覓一處避風港。至於盧想在兩、三年間，開設一家高級沙龍，提供全方位的造型服務，Laurence多少也知情，甚且還考慮是否屆時過來協助好友，畢竟盧也是他的師傅。

因一開始是從池有登山口出發，依順時針方向攀登，故爬完品田山，再來就是池有山。待此兩座高山皆攻頂，已是夕陽向晚天，盧品學和Laurence便在三叉營地宿營。實際上，爬品田山前必經幾處定點，包括奇麗的池有名樹，已耗去大半天，因此午間兩人有在林間歇息，喝些水，吃些飯糰，再重新出發。品田山乃四秀中的最高峰，故爬完該山已逾午後兩點半。當晚在月冷星疏的高山上，匆匆吃完帶來的口糧，於入眠前，兩名登山客已疲憊襲身，幾乎一語不發，祇點頭打手勢，相互摟肩拍膀，暗示著險峻的品田山已爬過，緊接著就躺平沉睡了。

翌日凌晨約三點，山上下起一陣大雨，夾帶強風，使得三叉營地非常濕冷，山路泥濘一片，岩層土塊亦有漸趨鬆動之虞。這種驟變的天氣多發生在夏天，但入冬後竟也突如其來，真令人措手不及。惟兩名登山客，盧品學與Laurence依舊沉淪夢鄉，未被風雨聲驚醒，對帳篷外天候已變毫不知悉。將近五點時，因須完成第二天桃山、喀拉業山之攀登，兩人終於大夢初醒。此時風雨稍歇，盧忽憶起父親駕機遇難之事，當時尚為孩童，那不幸的消息都是從大人嘴中輾轉聽來，卻也意識到，科學再怎麼發達，飛機製造再怎麼先端，氣象預測的資訊與技術再怎麼精進，渺小的人類終究難敵浩瀚的宇宙。猶記叔公曾說：「日常平地的天氣連氣象局都難說得十分精準，有時報說明天會變得很寒冷，結果拖到第三天才變天，而且也沒它講得那麼冷，何況飛機在天上飛，就是我們普通人也知道，面臨的不止是天冷、天熱的變化。」是啊！偉大的科學家在「天有不測風雲，人有旦夕禍福。」這句話前還得低下頭。

別盡想無奈之事了，面對山上天氣突然轉為惡劣，盧品學很清楚，行程還是要走下去，好在較艱難的品田山、池有山已爬過，剩下的桃山、喀拉業山祇要在風雨中，鎮靜些、沉穩些、警覺些就能克服，然後即可在午後一點半下山，四點半安抵武陵農場。這樣想定，盧拍了拍Laurence的肩膀，像是給他打氣，而Laurence也轉過頭來與盧相擁，並以拳頭輕擊盧的胸膛，意味著收拾好行囊，接著就要出去與風雨搏鬥，兩人必須同心協力。

所幸大雨在五點半之前即完全停歇，但山區變得異常清冷，刺骨刮面的寒風陣陣襲來。約七點十分，盧品學和Laurence行經桃山山屋，總算可在此歇息一會，喝點水，吃些乾糧。一刻鐘後，兩人再度出發，大概在七點三十五分即爬至四秀中第二高的桃山，接著，二十分鐘後再攀登最後一座喀拉業山。論高度，喀拉業山的海拔僅在三千一百餘公尺，乃四秀中最低的山，卻因與桃山相距三點五公里，故需兩個小時攀爬。

在山上攀登及健行，特別是在海拔三千公尺以上的山岳，不比在平地或森林遊樂區行走，同行的人，即便僅有兩位，就像盧品學與Laurence一樣，還是得一前一後，絕對不能並肩而行，因為高山上盡是崎嶇不平、蜿蜒曲折、忽高忽低的石子或泥土路。第一天爬品田山時，天氣果然如預測般晴朗，盧和Laurence邊爬山邊賞景，一路行來心曠神怡，不免閒話家常，但仍保持著一前一後的行進方式，並且走在前面的儘量不回頭看，也不可交談過久，或大聲高談。凡此皆是登山者必須注意的基本事項。

攀登喀拉業山才二十分鐘左右，即在途中遇到一名登山同好者，走在前頭的Laurence看那人臉色凝重，神情頗慌張，自己也緊張了起來，畢竟在這僅容一人通行的羊腸小徑般的山路上，突然迎面走來一個人，就像狹窄的巷弄裡或道路上，兩部轎車迎面開來，一時之間碰上了，該誰讓誰？又該怎麼讓呢？那名年輕的登山客自知理虧，卻也急著表示，他之前有在桃山山屋小歇，很可能通話後，手機就丟在屋內，現在想起來了，欲趕回去拿，拜託Laurence行個方便。好心的Laurence點點頭，正想著該如何閃身迴避一下，並轉頭向走在後面的盧品學打手勢，要他待會也跟著閃身迴避，怎料驀然間天搖地動，來了場規模約五點八級的大地震，震得這座山彷彿要垮下來，剎那間，樹葉、樹枝乃至整株樹幹都紛紛墜落，而最恐怖的莫過於大小岩石、岩層、岩壁等的崩坍滾落，顯然清晨的大風雨所造成的鬆動亦有關係。祇知此刻Laurence和那年輕人來不及趴下，早已失去重心，被拋出了山路外，很可能跌落至山崖。盧見狀嚇得臉色蒼白，直冒冷汗，大概八秒後天地恢復平穩，這才趕緊起身，往前跑去，可恨卻被雜亂的枯枝及碎石絆倒，不幸又飛落一塊大石頭，重重壓住了他的左側小腿。

目睹好友及那年輕人被摔得不見蹤影，盧品學心想恐怕凶多吉少，而自己又受重傷，先是一陣劇痛，之後則疼得發麻，近乎麻木不仁，但盧尚能保持鎮定，口中默念阿彌陀佛，一邊試著從背包正面的口袋掏出手機，撥打一一九求救。待台中消防局收到訊號，確認了盧所在的位置，及遇難事件，並立即派出救援人員馳救，已耗去盧六、七分鐘。因離吃過早餐不久，盧並未感到飢餓，祇是半為緊張，半為受傷之故，口渴之感頗強烈。幸好，雖被巨石重壓在地，無法動彈，盧的身上仍有瓶水，也還能從背包的另一側徐徐掏出，再開瓶飲用。

救援人員搭乘直升機，抵達遇難現場已將近九點。四名人員合力將壓住盧品學左側小腿的大石頭搬開，另六名人員則同時展開搜救任務，找尋Laurence及那名年輕人的下落。當巨石被撬開移走後，盧眼中充滿淚水，心中更是充滿悲痛與無奈，祇因見著那壓傷的小腿雖有長褲覆蓋，亦穿著鞋襪，卻感覺有濕有乾，濕透的可能是新湧出的鮮血，乾硬的可能是色澤已成烏黑的血塊，而腿部神經、組織等勢必已被壓壞，腿型唯恐亦變形。救援人員要盧別緊張，別擔心，身體儘量放鬆，保持平靜不動，他們好將他慢慢挪到擔架上，再搭直升機，急速送往台中榮總就醫。盧百感交加，既慶幸死裡逃生，又怨嘆不如當場死去。無庸置疑的是盧本身的殘肢傷痛，再加以好友的生死未卜，這一上午的悲劇真教他永生難忘。

到達醫院後，急診部一位張姓骨科醫生診察，並評估盧品學的傷勢，發現若不及早將毀壞的左邊小腿割捨，即通稱的截肢，則壞死的細胞組織將逐漸擴散，最後蔓延至身體的其他部位，如右腿、上半身及頭部，並同時摧毀心臟、肝臟、腎臟等一切器官的正常功能。換言之，若不早些截肢，將危及生命。當這位四十二歲上下的張醫生這般告知時，盧的眼前一片發黑，既感頭暈昏眩，又心跳加劇，彷彿昨日的人生還是色彩繽紛，今晨之後卻僅剩下黑白色調；不，霎時已轉變成無色無狀、無光無影、無聲無息、無趣無味了。

「盧先生！我很了解你的心情。差不多五年前我有個病患，他在一場車禍中，整條左腿遭受開放性骨折，經前面幾個醫生的診斷與評估，因沒有生命危險，那條腿就保住了，也有經過清創、整型等手術，但是那條腿無法踩地，不能行走，完全失去腳的功能。這還不止，整條腿常常化膿，非常惡臭，又不得不處理，也因此影響了生活作息和工作。最後找到我，請我乾脆將它截掉，之後再經復健，裝上義肢。現在他靠著義肢走得很好，不清楚這段經歷的人，從外觀上看他，幾乎跟正常的人沒兩樣。」張醫生說。

「醫生的意思是，我截肢後，經過一段復健治療，裝上義肢還是可以行走，還是可以生活和工作，是嗎？」盧品學問說。

「沒錯，在復健過程中，就可以讓你裝上義肢練習走路，剛開始時須雙手扶著平行桿慢慢挪動腳步，接著用些助行器如枴杖，到後面就可完全獨立走動了。放心，在手術前會做疼痛控制，手術後也會做去敏感化治療，這樣截肢後就不會產生幻痛，幻覺性的疼痛。別怕，我們一齊努力克服，好嗎？」

「……」盧默默不語，只是提起勇氣，堅定地點了點頭。

「對了，醫生！搜救人員有找到我那位姓蔡的朋友嗎？有送來醫院嗎？」盧雖傷痛在身，仍掛念著Laurence，遂提出質問。

「我不清楚，如果有送到這兒，自然會有其他醫生為他醫治。別擔心，我們先好好進行我們的部分，其他的就交給神佛。」

當盧品學簽好手術同意書，並被移送到手術房，準備接受截肢手術時，一邊醫院的行政人員已聯絡上盧的家人，即他的弟弟品誠夫婦，再由品誠與那嫁至后里的妹妹品蓉取得聯繫。兄妹倆對此壞消息非常震驚且憂慮，卻都覺得在第一時間裡，無須讓所有親友皆得知，祇特地通知了在台北的阿姨王盈貞，除了阿姨跟他們較有往來及聯絡外，他們偶爾和品學通話，皆知從夏天以來，品學都一直住在阿姨的老同事，一位李伯伯的天母家中，因那兒離髮廊很近，而且身為房東的李伯伯也蠻照顧品學，想必今天午後正等著他回府。

在台北，十二日那天的天氣尚可，既沒刮風下大雨，也沒發生地震，而李裕亨是有在等待盧品學的歸來，還買了香菇、乾薑、雞肉等，準備燉煮一鍋盧愛吃的雞湯。就算下山搭高鐵北返，抵達車站後，盧和Laurence可能因飢腸轆轆，在二樓的餐廳先用晚餐，那也無所謂，一鍋好湯在冬天裡總是受歡迎，微波加熱至少可再供一、兩餐享用。此刻李倒是擔心十二月十八日，由國民黨刻意發起的四大公投案，尤其是反萊豬進口一案，會不會因該黨大力反對，並向選民大肆宣傳，而造成不得進口，終致失信於美國，亦違背了國際貿易、開放市場等原則？即因此故，當較傾向國民黨的王盈貞打來電話時，李一接聽，本能地以為王是特地打來說服，請他四案皆投同意。

那時約午後三點五十分，李裕亨在電話中，與王盈貞道聲嗨，緊接著聽她所講的乃是盧品學在山上遇難，緊急負傷送醫，經診斷必須截肢，以及Laurence已罹難身亡之事，片刻還算鎮靜，但手抖動了起來，淚水欲奪眶而出，心頭則揪成一團，像是被掐住無法呼吸似。幸好，聽了王的勸慰，李明白即刻趕去亦無濟於事，就與王相約，隔日早些搭高鐵，以期在中午前抵達台中，再轉計程車到醫院。

第十六章

啟程赴台中的前一晚，即與王盈貞講完電話的薄暮黃昏，淚流滿面的李裕亨在椅上呆坐了半晌，先是輕聲啜泣，接著就轉為嚎啕大哭。不過，他還算理性，知道不能淨坐著哭泣，總得吃個飯，洗個澡，準備些行李，包括盧品學需要的冬衣等，並儘量好好睡個覺。這麼一想，李趕緊往浴室去洗把臉，擤把鼻涕。出來後，淚痕及涕水大致洗掉了，心頭卻還悶悶的，驀然間想起了太郎，李便走向後端的書房。開了燈，欲告訴太郎這壞消息，但走到太郎身邊，一瞧見他那雙會說話的美目時，李立刻明白太郎已知曉了。剛才李在客廳裡與王通話的一切，還有之後的飲泣痛哭，早已被耳根靈敏、生性聰慧的太郎聽見了。

曾有過一段日子，無伴無愛，李裕亨想著當真孤寂難耐，就來到這兒，關起房門，抱著太郎好好哭一場。可是，那一天始終不曾到來，可見孤獨、寂寞沒想像中的那般難受。如今有伴有愛，但愛人遭逢惡運，李心中之徬徨、恐懼、失落與無奈遠非孤寂可比擬。而當淚水再度盈眶，周遭悄無動靜時，李忽地聽到一聲：「想再哭就哭出來，盡情地哭，明天面對Stephen時，才會變得較坦然、較堅強、較有信心。」於是，李坐在床沿，低頭哭了起來，其間感到彷彿有隻手在撫慰著他，是太郎吧？

「Stephen這孩子跟你特別有緣，可能是從小就失去父親，無形中就將你當成父親看，他曾說你很照顧他，關愛他，這樣的房東現在很難找。」在高鐵的列車上王盈貞這樣說著。

「Stephen也很照顧我，幫我做了很多家事，尤其是較費力的事，像拖地、打掃、洗浴室、倒垃圾之類，還常跟我去超市購物，再幫我提回家。」李裕亨說。

「唉！現在他無能為力了。本來我還想著晚婚無所謂，依他的條件，即使到了四十來歲這年紀，要找個好太太不難，卻沒想到，他命運這麼惡劣，竟碰上意外事故，教他往後的日子怎麼過啊！」

「真不知要如何鼓勵他？但比起Laurence他總算還活著，還有希望。」

「是啊！可是面對他時，不能光講些空洞的安慰話呀！」王說著就打起哈欠。

「好好歇一會，別說了，到了醫院讓Stephen看到我們無精打采，他會更沮喪、更鬱悶，我們又要如何安慰他，開導他？」李說著心頭不免又揪緊起來。

「是啊！你也歇一會吧！看來你昨晚也睡得不太好，有些疲倦感。」

到達台中榮總後，因防疫之故，對探病的訪客有所限制，而盧品學所在的六樓病房裡，已有妹妹品蓉在，現在僅能再多一位探望者，遂由阿姨王盈貞優先，非親屬關係的李裕亨祇好再等候。

「還好吧？」王盈貞進入病房時，對開門的盧品蓉問說。
「正在睡覺。」盧品蓉說。
「那好，動了手術，就讓他睡久些。」王說。
「喔！是阿姨嗎？我已睡了十一個鐘頭，現在只是閉目養神。」盧品學說。
「聽你講話的口氣，還有氣色，都蠻不錯，我可放心了。」王說著就將鮮花和水果交給品蓉，再挨近盧品學的床邊，撫摸他的額頭，還有那伸出棉被的雙手。
「肚子餓嗎？可以吃東西了嗎？我叫品蓉到茶水間將梨子切切，還是想吃什麼清淡的食物，阿姨下樓到販賣部或外頭給你買。」
「不餓，中午已吃了一頓營養餐，梨子就削了，阿姨、品蓉也一道吃。」
「Stephen真好，那些梨子都要給你吃的，吃不到的就先冰起來，留著明、後天慢慢吃，阿姨再買些蘋果、椪柑、葡萄、小番茄等。」
「太多了！啊！Henry知道我住院了嗎？」
「昨天我就打電話告訴了他，今天他也跟我來了，不過醫院說一時只限兩位探病，他現在就在樓下大廳等著。」
「可以請他上來了嗎？」
「好啊！換他上來，我就可以去買些水果、鮮奶的。喔！對了，品誠他們夫婦有來過了嗎？」

「昨天下午就趕來了，我開完刀他們才離開，換品蓉過來陪我一整夜。」

搭乘電梯上了六樓，來到盧品學的病房門口，李裕亨又感到心頭悶悶的，便馬上做了深呼吸，身心也儘量放輕鬆，顯得自在些、從容些，再敲起房門。來應門的品蓉一看到李，縱然是初次會面，卻也有些許一見如故之感，彷彿李就像個慈父般和藹可親、善體人意，祇是她完全不知李是位身障者。此時，品學正坐在床上細細品嚐切好的梨子，見到李入室來，真是百感交集，既興奮喜悅，又悲傷怨歎，但無論如何，終於有個全然了解他、支持他、珍愛他的人來了。

「品蓉！這位就是我常提起的好房東李裕亨先生。」盧品學說。

「李先生！你好！我是品學Stephen的妹妹，名叫品蓉。Stephen在台北工作和生活都蒙你照顧，真謝謝你。今天你又趕來台中探望他，真難得。」盧品蓉說。

「沒什麼，反而是Stephen在照顧我，幫了我好多忙。」李裕亨說。

「你們好好聊聊，我去護理站請教一些清潔傷口、敷藥、包紮等的事。」品蓉說。

「那些都有值班的護士會來處理。品蓉！你也待了一整天，昨晚在這兒也沒睡得好，家裡孩子還需你照料，明天又要上班，快回家休息吧！等幾天後我開始做復健，你再抽空過來，或有要辦的急事，我也會打手機叫你。」品學說。

「沒關係，我請教一下而已，大概三點半就離開，去接孩子放學回家。李先生！那我先告辭了，麻煩你陪我大哥一會。」品蓉說。

「盧小姐！你慢走。這裡有我在，我會注意，你放心好了。」李說。

「我一直沒問他們，Laurence去世了吧？」品蓉離開後，盧品學問說。

「……」李裕亨注視著盧品學，點了點頭。

「都是我約了他，害了他，怎麼向石小姐交代啊！」盧說著就淚水盈眶。

「不，絕對不是你的錯，千萬別自責，誰也無法預知大自然的各種變化，誰也無法料到突然發生的事情，這讓我想起上現代文學課時，講到荒謬劇場，授課的先生曾說，多變的環境、無常的世間本來就不按理出牌，毫無道理或規則可言，但我們要學得理智些，學得面對它並接受它，別讓它困擾我們的身心，干擾我們的生活。這些聽來有些玄妙，我就舉Christopher Reeve，那個演超人的電影明星的例子好了。你或許也知道，他正走紅影壇時，有一次騎馬出了嚴重的意外事故，整個人在昏迷醒來後，脖子以上還正常，以下的部分全癱瘓了。他在病床上一再地責備自己為何那麼不小心，但很快就發覺，這些都無濟於事，造成的已無法挽回或補救，苛責只是在折磨自己，傷害自己，為什麼要這樣做？這一想，他就開始學得較理性，知道要好好善待自己，別再讓身心飽受摧殘，未來的日子還是要過，於是他從復健中學習適應新的生活。Stephen! 你的情況比Reeve好很多，我們就一齊來努力看看，至少跟我一樣，穿了鐵鞋可以走，你將來穿上合適的義肢，再加上復健訓練，也能自由走動，恢復到以前的樣子，何況你還擁有一雙靈巧的手，一顆敏銳的頭腦，仍可繼續從事你的美髮造型工作。」李裕亨說。

「Henry! 說來容易，可是……」盧一說不禁痛哭了起來。

「別怕！別怕！我知道，我是九個月大就得了小兒痳痺症，大半生都很習慣了，彷彿生來就這樣，但是Stephen最近才遇到這種不幸的事故，一時的轉變非常巨大，心理上的調適很困難。沒關係！我們先擱下恐懼和憂慮，好好調養手術後的身體，一邊接受復健治療，逐漸適應新的狀況，我們一定可以克服，又能發展出符合我們實際需求的生活模式，對吧？」李邊說邊擁抱盧，也早已滿面淚痕。

那天晚上，除了李裕亨留在醫院陪盧品學，盧的弟弟、妹妹因翌日須上班，阿姨隔天也得回木柵的醫院服勤，故皆告辭離去。晚餐時刻，李搭電梯下樓，至生活廣場的攤位，買了份排骨便當就上樓來，以便和享用院方營養餐的盧一齊吃晚飯。李與盧二人，特別是盧，一番痛哭後，內心的鬱悶、壓抑、憂傷顯然有得到舒緩排解，情緒穩定多了，不再那麼緊張和恐懼，吃起餐食也較能品嚐出美味，吸收到營養。他們不免邊吃邊聊，其間盧問起天母家中可有請鄰居留意，李告之出門前即捆好垃圾，交代三樓的何先生當晚拿去倒，並請他家人代收可能送達的掛號郵件。接著，李幽默地說道，反正家裡還有太郎在，果真半夜有賊闖入，一看到太郎必定嚇得落跑。盧聽了不覺莞爾一笑。末了，李提及欲於近期內，最遲在盧可返回天母前，跟二哥一同將老房子賣掉，自己再找間樓下的，或備有電梯的二樓房子。這對盧對李都安全又便利，不管是需要坐輪椅時，或平常穿著鐵鞋、義肢進出時。對此盧頗贊同，這樣就不必再跟二哥共有房子了。

飯後，和李裕亨一樣，盧品學也有刷牙的習慣。只見他端坐在床上，面前可移動的小桌子已拿掉了餐具，換上了準備好的牙膏、牙刷、漱口杯、毛巾，還有李從浴室取來的一個小盆子，以便讓他吐出混有膏沫的液體。這時值班的護士叩門進來，送上餐後須服用的止痛藥、抗生素等數種藥品。她看到盧在刷牙，誇他有這習慣真好，而且在床上也刷得很俐落。不過，當她發現陪伴盧的李是個身障者，又是位長者時，她不很清楚兩人是親屬還是朋友關係，祇知道一個行動不便者欲照顧另一個肢障者真教人捏把冷汗，令人十分擔心。因此，她特別交代李，也叮嚀盧，半夜裡要起床上廁所，或睡到一半感到不舒服等等，務必要按鈴叫她，千萬別急著自己處理。幸好，這一晚盧吃了藥，聽了點音樂就安穩入眠，而李也因旅途勞累，又憂心不已，洗完澡，換上睡衣，倒頭就在病床旁的一張沙發椅似的床鋪上安然睡去。待兩人翌日先後醒來，已過上午九點半。

這天午後約兩點二十分，Grand Hair天母分店的曾經理及美髮師楊小姐，即盧品學的要好同事Rebecca，專程南下來探望盧，並帶來一籃水果、一盒燕窩、一箱雞精，還有一份優渥的慰問金。因六樓病房已有李裕亨在，他們也是分兩梯次上來。輪到曾經理時，除了和志工搬來整箱雞精，且致上慰問金之外，還轉達了葉董的慰問、勉勵等心意。曾坦承前天和葉董等一行人先去淡水蔡家，弔唁已往生的Laurence，並慰問喪家，因此到第三天才來探病。很不巧，葉董這一、兩天身體微恙，不能到醫院探望，但之後會儘量抽空來看盧。曾還提到，除了美髮技藝，葉董也知道盧尚有彩妝的才能與經驗，要盧不必擔心出院後的工作，日後新增的彩妝部門一定委以重任。

回程的列車上，曾經理難免疑惑，總覺得李裕亨與盧品學的房東、房客之關係似乎不尋常，兩人猶如父子，亦似莫逆之交，這在今日社會很少見。就這點他問起Rebecca，而Rebecca雖略知李和盧的感情之事，然不多言，只說他們確實有緣，情同家人。除了Rebecca，不幸喪命的Laurence也知情，但均不及盧品蓉在往後幾天裡的觀察、理解與接納。過去，品蓉跟品學偶爾通電話，已聽出品學對李這位房東的好感及好評，那種欣賞兼喜愛的心聲，在過去品學與同儕、同袍、同事等熱切交往時，品蓉也曾聽過，就像戀愛中的男女會有感而發一樣，祇是品學傾心的對象皆為同性罷了。當時品蓉也試著去了解自己的長兄，明白其性傾向，更何況如今他已步入中年，總算在情感上有了歸宿。起初，品蓉對李身為肢障者也頗有疑慮，但幾天下來，她發覺李將品學看顧得很好，像小解、大解等，正因為他們是同性，反而在協助時免去無謂的尷尬。

當盧品學在醫護人員、輔具製造商的安排下，展開復健治療，並順利進行時，李裕亨基於賣屋買屋的計畫，以及最重要的，必須在過完二〇二二年的春節，盧由台中北返，回到天母之前，完成這項計畫，遂開始收拾行囊，準備搭高鐵回家。當然李是捨不得離開盧，但為了最終兩人擁有他們自己的家，而且外部、內部均有無障礙空間、安全措施、便利設備等，李明白須花些心思、時間去物色並布局或改造，因而看準品誠、品蓉常來探望，亦透過院方仲介，請了專人來照顧之際，開口向盧說明了去意。

「真想現在就跟你回天母，那樣的房子真難得。」盧品學說。

「可是屋齡已超過四十年，基地狹小，無法改建，也沒電梯，對你很不方便，對我也很快就會造成困擾，還是和二哥一齊賣了，他很贊成，我們祇是需要再找棟新房子，要花些時間和精力罷了。不用擔心，附近的永幸房屋、信念房屋的業務員，我都有名片，回家後會立刻跟他們聯絡上，請他們找找天母、石牌一帶的房子，必需要有電梯或一樓的。我會仔細觀察，仔細斟酌，儘量做到賣掉老房子的錢，和二哥平分後，我們再添些錢，就可買到一間不錯的房子，半新就行，坪數大概在二十五坪就夠我們住了。前些天剛跟你提起時，你不也是覺得很好，說這樣就不必再跟二哥共有房子了。再說，就算你現在可以跟我回天母，到了明年一月末還是要回你豐原老家過年，何必這麼奔波勞累？不如這段期間專心在中榮做復健，等年初三就可搭高鐵回來，那時大家還在休假中，你在交通、旅途上也較輕鬆，不過一定要請品誠或品蓉，還有看顧的外勞陪伴同行。」李裕亨說。

「這些我都知道啦！只是不太喜歡和品誠他們夫婦住，品誠還好，他太太幾乎沒跟我講過話，簡直比陌生人還陌生，現在我又這個樣子，她恐怕更討厭。」

「你是她的大伯耶！再說她也在上班，照顧你的是請來的印尼看護，她討厭個什麼？別計較這些，反正你再待在台中頂多就一個月，還是想想我們未來的新生活吧！到時再有什麼回診、復健、醫療諮詢的統統可移到北榮，一定離我們的新家很近，這對你我都方便。」

「好吧！可是你一個人搬家，那麼多家具，還有些瑣事，想起來就頭痛。」

「放心，二哥知道一齊賣了老房子，他可拿到一半的錢，能盡快還銀行貸款，他會來幫我搬的，他早說過，何況還有大哥、房仲人員也會幫忙。」

「這些天太郎在天母孤零零的，一定很想你。」

「太郎也很想你呀！要我多安慰你，鼓勵你，還說無論怎樣你依然是你。」

「還真有些羨慕他，現在我們三個，就只有他擁有健康的雙腿。」

「可是他沒辦法走路啊！而我們穿上鐵鞋、義肢就可以走動了，物理治療師還說你很有運動細胞，意志也很堅定，這些天都練習得很好，再一陣子就可走得跟常人一樣了。你也知道，超人Christopher Reeve出事後雙腿都有保住，但就跟許多下半身癱瘓的人一樣，即便穿上鐵鞋，有鐵支架支撐著，還是無法邁開腳步走動。我曾在新聞上看到，現在下肢癱瘓的患者在背部、腰部、腿部等都綁上導電裝置，再經由電流的通過，因受到刺激感應，患者已能在操控下慢慢挪動腳步，但這些都還在實驗階段，而且成本也很高。」

「那樣不就像機器人一般。」

「是啊！光背負那些裝置就夠累了，還得通電遙控才能慢慢跨出步伐。」

暫別盧品學，返回天母那天下午，因盧品誠有開車來醫院探視，故品學就請品誠順便載李裕亨至火車站，好方便他乘高鐵北返。品誠不比品蓉那般心胸開闊，多少還覺得李跟其兄的關係有些不可思議，已超出一般房東與房客的身分，但他也不否認，這些天李照顧品學非常細膩且用心，想來若是自己臥病在床，恐怕太太也無法這麼專心盡力，總還念著她廣告公司的企劃案。而李呢？若對方如品蓉那樣，無須挑明了說，人家也能看出並接納；但若是像品誠或曾經理那樣，終有一天他們也會恍然明白。至於接不接受則全是他們的問題。

上了列車，找到座位，放好行囊，李裕亨隨即閉目養神，像似午睡，然腦子裡卻想著賣掉祖宅，另覓新居，正意味著三兄弟完全分家，那原先的祖先牌位該歸誰保管？當然是大哥，而這也表示未來除夕圍爐，李和二哥都必須到大哥家。這也是天經地義，可是李要帶著盧品學過去嗎？就如二哥會帶二嫂過去一般，還是應由盧帶著李回他豐原老家過年？不知別的男同性配偶如何處理此事，因為在男同性戀中，並非某方一定扮演妻子的角色，另一方絕對飾演丈夫的角色，就如一般異性戀中，主內的未必是女性，主外的更不必然是男性，而是經常角色互換，主內主外之能力皆得具備，以適應現今複雜多變的社會。故圍爐時李就去他大哥家，盧則回豐原祖厝，或乾脆兩人就在自己的新居吃年夜飯，誰曰不可？祭拜先人有心最重要，流於形式，或彼此應付稱得上慎終追遠嗎？

眼前最迫切的，李裕亨想著，莫過於回到家後，盡快申辦一支手機，這樣和房仲人員在聯絡看房子，或洽談事情才會便利，更能免去以市話撥打手機，因系統不同所須支付的較高費用。再者，這對遠在中榮的盧品學亦非常有利。透過手機李可隨時用Line留言，或即時與盧通話，或傳送房屋的外觀、內部格局、周邊環境等之照片給盧看，以徵詢其意見，即刻和他討論等。甚且，新年轉瞬間將到來，屆時李除了布置新購的住家，將可留用的舊家具搬進去，多餘且失修的請人回收之外，還想為太郎換新裝。雖然就祇那套淺藍色西裝，但再添購一件同色系的背心，還有先前所買的領帶、口袋巾等，搭配起來還是會煥然一新。請人協助換好衣褲後，再為太郎梳款新髮型，及時以手機拍下，隨送給盧，就當是太郎給他拜年，盧收到看到後，必定發出會心的一笑。

「太郎啊！太郎！在我孤單的日子裡，你曾扮演情人的角色，填補了我在愛情上的空虛。後來因緣際會，你又扮演起愛神邱比得，撮合了我跟盧品學，有你真是太好了。未來的日子想必陰晴交替，悲歡並存，但願在我與盧爭吵、互罵、嘔氣或起疑等低潮的時刻，你也能扮演起和事老，讓我們懂得多包容，多疼惜，多珍愛彼此。」李裕亨這般默默自言著，一邊睜開雙眼，望向車窗，不覺已過數站，家所在的台北越來越近了。

釀小說125　PG2818

太郎

作　　者　陳彥亨
責任編輯　楊岱晴
圖文排版　黃莉珊
封面設計　劉肇昇

出版策劃　釀出版
製作發行　秀威資訊科技股份有限公司
114 台北市內湖區瑞光路76巷65號1樓
電話：+886-2-2796-3638　傳真：+886-2-2796-1377
服務信箱：service@showwe.com.tw
http://www.showwe.com.tw
郵政劃撥　19563868　戶名：秀威資訊科技股份有限公司
展售門市　國家書店【松江門市】
104 台北市中山區松江路209號1樓
電話：+886-2-2518-0207　傳真：+886-2-2518-0778
網路訂購　秀威網路書店：https://store.showwe.tw
國家網路書店：https://www.govbooks.com.tw
法律顧問　毛國樑　律師
總 經 銷　聯合發行股份有限公司
231新北市新店區寶橋路235巷6弄6號4F
電話：+886-2-2917-8022　傳真：+886-2-2915-6275

出版日期　2022年8月　BOD一版
定　　價　320元

讀者回函卡

Printed in Taiwan

國家圖書館出版品預行編目

太郎 / 陳彥亨著. -- 一版. -- 臺北市 : 釀出版, 2022.08
面； 公分
BOD版
ISBN 978-986-445-709-0 (平裝)

863.57 111012281